本项目受广西民族大学立项教材建设项目和
广西高校高水平创新团队公关课题资助

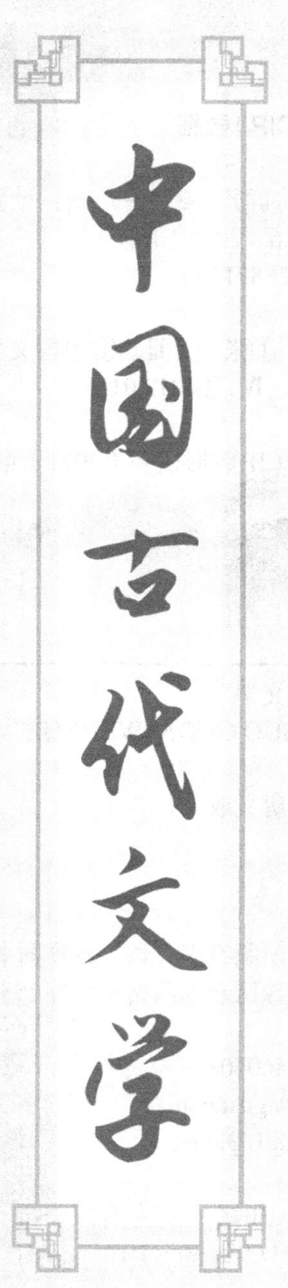

中国古代文学

主　编　张群芳
副主编　桂春芳　唐文成

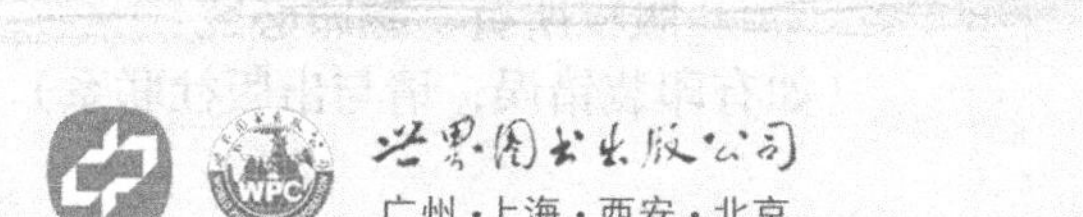

世界图书出版公司
广州·上海·西安·北京

图书在版编目（CIP）数据

中国古代文学 / 张群芳主编. —广州：世界图书出版广东有限公司，2021.6（2025.1重印）
ISBN 978-7-5192-8711-5

Ⅰ. ①中…　Ⅱ. ①张…　Ⅲ. ①中国文学—古典文学—高等学校—教材　Ⅳ. ①I212.01

中国版本图书馆CIP数据核字（2021）第117016号

书　　名　中国古代文学
　　　　　ZHONGGUO GUDAI WENXUE
主　　编　张群芳
副 主 编　桂春芳　唐文成
责任编辑　刘　旭
责任技编　刘上锦
装帧设计　青　玄
出版发行　世界图书出版有限公司　世界图书出版广东有限公司
地　　址　广州市海珠区新港西路大江冲25号
邮　　编　510300
电　　话　（020）84460408
网　　址　http://www.gdst.com.cn/
邮　　箱　wpc_gdst@163.com
经　　销　新华书店
印　　刷　悦读天下（山东）印务有限公司
开　　本　787 mm × 1 092 mm　1/16
印　　张　17.5
字　　数　248千字
版　　次　2021年6月第1版　　2025年1月第2次印刷
国际书号　ISBN 978-7-5192-8711-5
定　　价　88.00元

前 言 Preface

《中国古代文学》是针对来华留学生特别是学习汉语专业的东南亚来华留学的本科生设计编写的中国文学教材，也是编者根据多年的对外汉语文学教学的实践和经验编写而成的。这本教材以文学史为脉络，以文学作品选读为重点，在简单介绍古代文学的发生、发展和各个文学史阶段的文学现象、思潮等的同时，把解读各阶段的代表作家作品作为课堂教学内容的重点，力图把文学教学和对外汉语语言教学有机结合起来，在留学生的文学学习和语言学习之间找到一个平衡点，从而让留学生更高效地学习中国古代文学。为了方便使用，编者特作以下说明，以供使用者参考。

一、本教材是专门供开设有中国文学课的汉语专业留学生在三、四年级学习时使用。根据编者的教学实践，一般来说，面向留学生的汉语专业大都开设中国文学课，学习时长为一到两个学期不等，对应的汉语水平至少要四级以上，但实际情况往往并非如此，所以我们在编写时根据学生实际情况，尽量用简单明了的语言把文学史的脉络串讲起来，对于文学作品的注释也尽量使用四级以内的词汇，超出四级的词汇也尽量注音。当然，由于古代文学语言的特点，完全把词语划定在某一级的固定范围内是很难做到的。

二、本教材是为留学生的中国文学课程而专门编写的，一共分为20讲，把从中国古代神话到明清小说几千年的文学作了一个简单的介绍，每讲选录数量不等的几篇作品精读，每篇作品后会有配套的练习，相对于其他作品来说是独立的。教师可以根据实际的教学情况来选择讲解哪些作品。例如如果每周两节课，授课时间是一年的，可以每讲选两到三篇文章精讲；如果每周两节课，授课时间是一个学期的，可以每讲选一两篇文章精讲。此教材还可以作为语言进修生或其他相关专业的留学生的选修教材。

三、本教材的内容分为课内精读和课外延伸阅读两个部分。课内精读的内容由编者根据十几年的文学教学实践、反思和学生的反馈，斟酌再三而决定的，力求把经典性、趣味性、生动性结合起来。注释也是针对留学生的实际情况，语言表述上力求准确、通俗易懂。为了方便学生预习，还特地在每篇作品的后面配上了译文，帮助学生快速有效地理解作品的大意。每一讲所选篇目数量不等，教师可根据实际情况作出适当调整，选择讲授内容。练习的编写把语言学习和文学理解欣赏结合起来，包括字词的读音、解释、文学知识的积累以及对文学作品的理解、分析和背诵等，既可以帮助学生强化巩固所学知识，也可以方便老师检查学生的学习情况和教师的教学效果。课外延伸阅读是为了方便学生进一步拓展延伸学习而设计的。每讲选录数量不等的名篇，后配有注释和译文。此外，根据每讲的内容和留学生的学情，课外延伸阅读部分还加入一些文学知识、文化常识、名句摘录以及与作家作品相关的小故事等内容。这一部分内容丰富，从不同层面和角度对课文内容进行拓展、延伸和补充，既充实了教材内容，也为学生的进一步学习提供了更大的空间和更多的可能性。

本教材是编者在教学实践基础上编写的，由于编者本身学识有限，或会存在不足和错漏之处。我们真诚地期待各相关领域专家的批评与指正。

编者

2020年10月

目　录 Contents

第一讲　中国古代神话

神话是关于神仙或神化的古代英雄的故事，是古代人民对自然现象和社会生活的一种天真的解释和美丽的向往。

中国古代神话的内容非常丰富：有关于自然神的描述，有英雄神的故事，还有奇异[①]的人奇异的物的传说等。在中国的古书中，收存有古代神话的主要有《山海经》[②]《淮南子》[③]《楚辞》[④]等，其中《山海经》收存的故事最多。中国古代神话是中国传统文化的宝贵财富，对中国后世文学的发展具有深远影响。

注释

① 奇异：不一般的，特别的，不常见的。

②《山海经》：是中国先秦重要古籍，内容广泛，包括神话、地理、植物、动物、矿物、物产等，是一本旅游、地理知识方面百科全书式的奇书。

③《淮南子》：是西汉淮南王刘安和他的门客集体编写的一本书。全书内容丰富，保存了不少神话故事。

④《楚辞》：中国文学史上的一部浪漫主义诗歌总集。

盘古开天地[①]

天地混沌[②]如鸡子[③]，盘古生其中[④]。万八千岁[⑤]。天地开辟[⑥]，阳清为天[⑦]，阴浊为地[⑧]。盘古在其中，一日九变[⑨]，神于天[⑩]，圣于地[⑪]。天日高一丈，地日厚一丈[⑫]，盘古日长一丈[⑬]。如此[⑭]万八千岁，天数极高[⑮]，地数极深[⑯]，盘古极长[⑰]。后乃有三皇[⑱]。

注释

① 本文选自《艺文类聚》卷一。盘古（Pán Gǔ）：中国古代神话传说人物，传说是他开辟了天地。

② 混沌（hùndùn）：中国民间传说中指盘古开天辟地之前宇宙模糊一团的状态。

③ 如：好像。鸡子：鸡蛋。

④ 盘古生其中：盘古就在这里面生长起来。生：孕育（yùnyù），生长。其中：指混沌里面。

⑤ 万八千岁：一万八千年。岁：年。

⑥ 天地开辟（pì）：传说中，盘古用一把神斧（fǔ）把混沌劈（pī）开，形成了天和地。

⑦ 阳清为天：阳的东西清而轻，上升变成天。中国古代的人认为，阴阳两种元素是构成宇宙（yǔzhòu）万物最基本的东西。

⑧ 阴浊（yīnzhuó）为地：阴的东西浊而重，下沉变成地。

⑨ 一日九变：一天的变化很多。九变：形容变化非常多，“九”表示多的意思。

⑩ 神于天：他的智慧超过了天，“神”指智慧。

⑪ 圣于地：他的能力胜过了地，“圣”指能力。

⑫ 天日高一丈，地日厚一丈：天每天升高一丈，地每天加厚一丈。日：每天。丈：中国古代的长度单位，十尺为一丈。

⑬ 盘古日长（zhǎng）一丈：盘古每天长高一丈。长：长高，动词。

⑭ 如此：像这样。此：指代前面说的情况。

⑮ 天数极高：天升得极高。数（shù）：用数计算。

⑯ 地数极深：地变得极厚。

⑰ 盘古极长（cháng）：盘古也长得非常高大。长：身材高，形容词。

⑱ 后乃（nǎi）有三皇：天地开辟了以后，才出现了三皇。后：指天地开辟以后。乃：才。三皇：中国传说中的三位神人，有不同的说法，有说是天皇、地皇、人皇，有说是燧人氏（Suìrenshì）、伏羲（Fúxī）氏、神农氏。

在最早的时候，没有天和地，天地一片混沌，像一个鸡蛋，盘古就在其中孕育生长。就这样过了一万八千年。盘古用一把斧头劈开了混沌，清而轻的阳气上升变成了天，浊而沉的阴气下降变成了地。盘古在天地之间，每天都在不停地变化，他比天、地都要神圣。天每日升高一丈，地每日增厚一丈，盘古每日长高一丈。像这样又过了一万八千年，天变得非常高了，地也变得非常厚了，盘古也长得非常高了。天地开辟了以后，才有了后世的三皇。

练习

一、根据课文，看拼音，写汉字

1．hùndùn（　　　　　　）　　2．Pán Gǔ（　　　　　　）

3．yīnzhuó（　　　　　　）　　4．kāipì（　　　　　　）

二、解释加点字词的意思

1．一日九变　　2．盘古日长一丈

3．如此万八千岁　　4．后乃有三皇

三、翻译句子

1．天地浑沌如鸡子，盘古生其中。

2．天地开辟，阳清为天，阴浊为地。

四、填空

1．神话是关于＿＿＿＿＿＿，是古代人民对＿＿＿＿＿的一种＿＿＿＿＿的解释和美丽的向往。

2．在中国的古书中，收存古代神话的书主要有《＿＿＿＿＿》《＿＿＿＿＿》《楚辞》等，其中《＿＿＿＿＿》里收存的故事最多。

3．中国古代神话的内容非常丰富：有关于＿＿＿＿＿的描述，有＿＿＿＿＿的故事，还有＿＿＿＿＿＿＿的传说等。

五、回答问题

1．在中国古代神话传说中，天地最开始是什么样子的？

2．盘古生长在哪里？天地是怎么产生的？说说你对盘古的印象。

女娲造人[①]

俗说天地开辟[②]，未有人民[③]，女娲抟黄土作人[④]。剧务[⑤]，力不暇供[⑥]，乃引绳于泥中[⑦]，举以为人[⑧]。故富贵者[⑨]，黄土人[⑩]；贫贱者[⑪]，引絙人也[⑫]。

注释

① 本文选自《太平御览》卷七八引《风俗通》。女娲（wā）：中国古代神话传说中的一个神，人面蛇身，传说是她创造了人类。

② 俗说天地开辟：民间传说，天地开辟以后。

③ 未有人民：没有人。未有：没有。

④ 女娲抟（tuán）黄土作人：女娲把黄土捏（niē）成团造了人。抟：把东西捏聚成团。

⑤ 剧务：工作繁忙。

⑥ 力不暇（xiá）供：力量供应不上。暇：有时间，有空闲。

⑦ 乃引绳（shéng）于泥中：于是她就拿了绳子把它放进泥浆（níjiāng）中。乃：于是。引：牵、拉。于：到。泥中：泥浆中。

⑧ 举以为人：举起绳子一甩，泥浆洒落在地上，就变成了一个个的人。

⑨ 故富贵者：所以有钱有地位的人。故：所以。富：有钱。贵：地位高。者：……的人。

⑩ 黄土人：女娲亲手抟黄土造出来的人。

⑪ 贫贱（pínjiàn）者：没有钱地位低的人。贫：没钱。贱：地位低。

⑫ 引絙（gēng）人也：是女娲用绳沾泥浆甩出来的人。絙：粗绳索，大绳索。也：语气词，表示判断，翻译成“是”。

译文

传说天地开辟之后，世上还没有人，女娲把黄土捏成团做成人。但这事太费精力，女娲忙不过来，于是她把绳子放入泥浆之中，然后拿起绳子一甩，泥浆洒落在地上，变成了一个一个的人。所以有钱有地位的人是女娲用黄土捏成的；而没钱没地位的人是女娲用绳子沾泥浆甩出来的。

练习

一、根据课文看拼音，写汉字

1. lì bù xiá gōng（　　　　　　）　　2. tuán（　　　　　　）

3. nǎi（　　　　　　）　　4. shéng（　　　　　　）

二、解释加点字词的意思

1. 未有人民　　2. 剧务，力不暇供

3. 乃引绳于泥中

三、翻译句子

1. 女娲抟黄土作人。

2. 故富贵者，黄土人；贫贱者，引絙人也。

四、填空

在中国古代神话中，开天辟地的神是_________；造人的神是_________。

五、回答问题

1. 根据中国古代神话传说，人类是怎么产生的？为什么有的人富贵，有的人贫贱呢？

2. 你们国家有创世神话和造人传说吗？如果有，请试着对比一下它们和中国的创世造人神话传说有什么相同和不同之处。

课外延伸阅读

精卫填海[①]

又北二百里[②]，曰发鸠之山[③]，其上多柘木[④]，有鸟焉[⑤]，其状如乌[⑥]，文首[⑦]，白喙[⑧]，赤足[⑨]，名曰："精卫"[⑩]，其鸣自詨[⑪]。是炎帝之少女[⑫]，名曰女娃[⑬]。女娃游于东海[⑭]，溺而不返[⑮]，故为精卫[⑯]，常衔西山之木石[⑰]，以堙于东海[⑱]。漳水出焉[⑲]，东流注于河[⑳]。

注释

① 本文选自《山海经》。精卫：鸟名。相传是炎帝的小女儿女娃死后变成的。

② 又北二百里：再往北二百里。又：再。北：往北，向北。里：长度单位。

③ 曰（yuē）发鸠（jiū）之山：叫发鸠的山。曰：叫作。之：的。

④ 其上多柘（zhè）木：山上长了很多柘树。其：指代发鸠山。柘木：拓树，桑树的一种，树叶可以用来养蚕（cán），果实可以吃。

⑤ 有鸟焉（yān）：山里有种鸟。焉：兼词，相当于"于之"，这里指在山里。

⑥ 其状如乌（wū）：它的样子像乌鸦。其：代词，指代前面所说的鸟，可翻译成"它"。状：样子，外表。乌：乌鸦，一种鸟。

⑦ 文首：头上有花纹。文，同"纹"，花纹。首：头。

⑧ 白喙（huì）：白色的嘴巴。喙：一般指鸟兽的嘴。

⑨ 赤（chì）足：红色的脚。赤：红色。足：脚。

⑩ 名曰："精卫"：（它的）名字叫精卫。

⑪ 其鸣（míng）自詨（xiào）：它的叫声是自己呼叫自己的名字。詨，呼叫。"精卫"本是这种鸟叫声的拟音，所以说"自詨"。鸣：叫。詨：呼唤，大叫。

⑫ 是炎帝之少女：这是炎帝的小女儿。是：这。炎帝：相传就是教人民种植五谷的神农氏。

⑬ 名曰女娃：（她的）名字叫女娃。

⑭ 女娃游于东海：女娃到东海游玩。

⑮ 溺（nì）而不返：溺水死了，再也没有回来。

⑯ 故为精卫：所以化为精卫鸟。故：所以。

⑰ 常衔（xián）西山之木石：经常（用嘴）叼（diāo）着西山上的树枝和石块。衔：用嘴含，用嘴叼。

⑱ 以堙（yīn）于东海：来填塞东海。堙：填。

⑲ 漳（zhāng）水出焉：漳水就发源于发鸠山。

⑳ 东流注于河：向东流入黄河。河：黄河。

译文

再往北二百里，有一座名叫发鸠的山，山上长了很多柘树。在树林中有一种鸟，它的外形像乌鸦，头上有花纹，白色的嘴，红色的爪子，名叫精卫，它的叫声就像叫自己的名字一样。这其实是炎帝的小女儿，名叫女娃。女娃到东海游玩，结果溺水死了，再也没有回来，所以变成了精卫鸟，常常用嘴叼西山上的树枝和石块丢到东海里，想填平东海。漳水就发源于发鸠山，向东流入黄河。

夸父逐日①

夸父与日逐走②，入日③；渴，欲得饮④，饮于河、渭⑤；河、渭不足⑥，北饮大泽⑦。未至⑧，道渴而死⑨。弃其杖⑩，化为邓林⑪。

注释

① 本文选自《山海经》。夸父（Kuā Fù）：中国神话传说中的巨人。

② 夸父与日逐（zhú）走：夸父和太阳赛跑。日：太阳。逐：竞争，比赛。走：跑。逐走：赛跑。

③ 入日：追赶到太阳落下的地方。

④ 渴（kě），欲（yù）得饮（yǐn）：（他感到）口渴，很想能够喝水解渴。渴：口干想喝水。欲：想。得：能够。饮：喝。

⑤ 饮于河、渭（wèi）：到黄河和渭河去喝水。于：到。河：黄河。渭：渭河。

⑥ 河、渭不足：黄河、渭河的水不够（喝）。不足：不够。

⑦ 北饮大泽（zé）：去北方的大泽湖喝水。北：向北。大泽：大泽湖，传说很大，纵横（zònghéng）千里，在雁门山北。

⑧ 未至：没赶到。未：没有。至：到。

⑨ 道渴而死：在半路因为口渴而死。道：名词作状语，在半路上。

⑩ 弃（qì）其杖（zhàng）：遗弃的手杖。弃：丢弃，遗弃。其：代词，他，指夸父。杖：手杖。

⑪ 化为邓（dèng）林：变成了邓林。化：变成。邓林：地名，现在在河南灵宝西南，邓林即“桃林”。

夸父与太阳赛跑，追赶到太阳落下的地方时，他感到口渴，想喝水，就到黄河、渭河去喝水，但是黄河、渭河的水不够他喝，于是他又去北方的大泽湖喝水，但是还没走到大泽湖，就在半路上渴死了。他死时丢掉的手杖变成了邓林。

第二讲 《诗经》

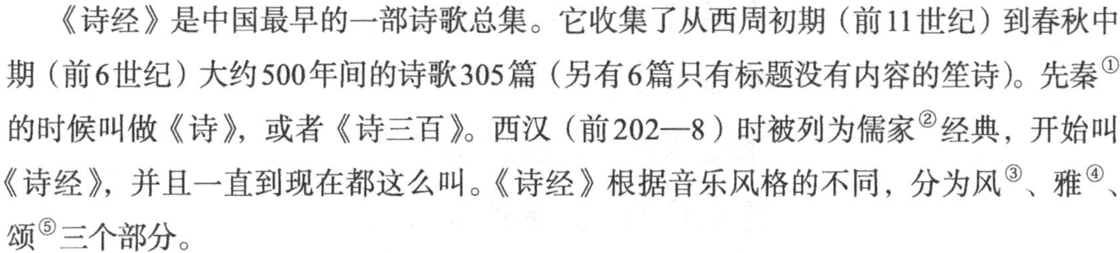

《诗经》是中国最早的一部诗歌总集。它收集了从西周初期（前11世纪）到春秋中期（前6世纪）大约500年间的诗歌305篇（另有6篇只有标题没有内容的笙诗）。先秦[1]的时候叫做《诗》，或者《诗三百》。西汉（前202—8）时被列为儒家[2]经典，开始叫《诗经》，并且一直到现在都这么叫。《诗经》根据音乐风格的不同，分为风[3]、雅[4]、颂[5]三个部分。

《诗经》是中国文学的起点，影响非常巨大、深远。具体表现在三个方面：首先是它开创[6]了中国诗歌的现实主义优良传统；其次，它的赋、比、兴[7]的艺术表现手法为后世文学的创作提供了成功的艺术借鉴[8]；第三，它奠定[9]了中国诗歌以抒情[10]传统为主的发展方向。

注释

① 先秦（qín）：指秦朝建立（前221）之前的历史时代。

② 儒（rú）家：孔子创立的一个思想流派，对中国文化的影响深远。

③ 风：各个地区的地方音乐，共160篇，大部分是黄河流域的民间乐歌。

④ 雅（yǎ）：周王朝国都附近的乐歌。这一部分诗歌是宫廷宴会或朝会（cháohuì）时的乐歌，共105篇，大部分是贵族文人的作品。

⑤ 颂（sòng）：是宗庙祭祀（jìsì）的舞曲歌辞，内容大多是歌颂祖先的功业，共40篇，全部是贵族文人的作品。

⑥ 开创（chuàng）：开始建立，创建。

⑦ 赋（fù）、比、兴（xìng）：《诗经》的三种主要表现手法。赋：直接叙述；比：比喻；兴：托物起兴，先写他物，然后加以联想，引出诗人所要描述的事物、思想、感情。

⑧ 借鉴（jièjiàn）：是指把别的人或事当镜子，对照自己，来吸取经验或教训，学习别人做得好的方面，弥补（míbǔ）自己的不足。

⑨ 奠（diàn）定：打下基础。

⑩ 抒情（shūqíng）：抒发感情，也就是把感情表达出来。

关雎【诗经·国风·周南】①

关关雎鸠②，在河之洲③。
窈窕淑女④，君子好逑⑤。
参差荇菜⑥，左右流之⑦。
窈窕淑女，寤寐求之⑧。
求之不得⑨，寤寐思服⑩。
悠哉悠哉⑪，辗转反侧⑫。
参差荇菜，左右采之⑬。
窈窕淑女，琴瑟友之⑭。
参差荇菜，左右芼之⑮。
窈窕淑女，钟鼓乐之⑯。

注释

① 关雎（jū）：诗歌的题目，《诗经》里每篇都用第一句里的几个字（一般是两个字）作为题目。周南：指东周都城洛阳东南边的江汉一带，这里指这一地区的诗歌。

② 关关雎鸠（jūjiū）：雎鸠鸟在“关关”地叫。关关：雎鸠鸟的叫声。雎鸠：生活在水边的鸟，这种鸟有固定的配偶（pèi'ǒu）。

③ 在河之洲：在河中的小岛上。之：的。洲：河中沙洲，或者指河中的小岛。

④ 窈窕（yǎotiǎo）淑（shū）女：善良美丽的姑娘。窈窕：外表和内心都非常美好。淑女：品德、性格都很好的女子。淑：善，好。

⑤ 君子好逑（qiú）：君子理想中的配偶。好逑：好的配偶。

⑥ 参差（cēncī）荇（xìng）菜：长短不齐的荇菜。参差：长短不齐。荇菜：一种水草，夏天开黄色花，叶子可以做菜吃。

⑦ 左右流之：或者向左或者向右地采摘（cǎizhāi）它。流：顺着水流的方向去采摘。之：它，代荇菜。

⑧ 寤（wù）寐（mèi）求之：白天晚上都想追求她。寤：睡醒。寐：睡着了。求：追求。之：她，代淑女。

⑨ 求之不得：追求她却不可得。

⑩ 寤寐思服：日日夜夜都想念她。思：语助词。服：思念。
⑪ 悠（yōu）哉（zāi）悠哉：想念啊，想念啊。悠：长久。哉：啊。
⑫ 辗（zhǎn）转反侧（cè）：翻来覆（fù）去睡不着觉。辗：半转。反侧：反身，侧身。
⑬ 采：采摘。
⑭ 琴（qín）瑟（sè）友之：弹琴弹瑟向淑女表达爱意。琴：五弦（xián）或七弦乐（yuè）器。瑟：二十五弦乐器。友：交好。
⑮ 芼（mào）：采摘（有选择的意思）。
⑯ 钟鼓（gǔ）乐（lè）之：敲钟打鼓来使“淑女”快乐。钟：一种金属打击乐器。鼓：一种皮革打击乐器。

译文

河中小岛上一对雎鸠鸟在恩爱地歌唱，使我想起了心中的那个美丽善良的姑娘，她是我理想的对象。河中的荇菜长短不齐，姑娘顺着水流左右采摘。善良美丽的姑娘啊，我白天想她梦里爱。追求姑娘没能如我所愿，我日日夜夜都想念。想念啊想念啊，我躺在床上翻来覆去难成眠。河中的荇菜长短不齐，姑娘采了左边采右边。善良美丽的姑娘，我弹琴鼓瑟向她表达爱意。河中的荇菜长短不齐，姑娘左右两边来挑选。善良美丽的姑娘，我敲钟打鼓换来她笑颜。

练习

一、给下列词语注音

1. 雎鸠（　　　　）　　2. 窈窕（　　　　）
3. 好逑（　　　　）　　4. 参差（　　　　）
5. 寤寐（　　　　）　　6. 悠哉（　　　　）
7. 辗转（　　　　）　　8. 琴瑟（　　　　）

二、解释加点字词的意思

1. 在河之洲　　2. 寤寐求之

3. 琴瑟友之　　4. 钟鼓乐之

三、翻译诗句

1. 窈窕淑女，君子好逑。

2．参差荇菜，左右流之。

3．悠哉悠哉，辗转反侧。

四、填空

1．是中国古代最早的一部诗歌总集。收录了从西周到春秋时期的诗歌________篇，分为________、________、________三部分。
2．《诗经》的句式以四言为主。根据不同内容的表达需要，分别采用________、________、________的艺术表现手法。
3．《关雎》中君子产生追求淑女愿望的句子是“________，________”。
4．《关雎》中君子追求淑女不得时苦苦思念的句子是“________，________。________，________”。
5．《关雎》中君子想象求得淑女后欢乐气氛的句子是“________，________”。

五、回答问题

1．“关关雎鸠，在河之洲”用了什么艺术表现手法？有什么作用？

2．“参差荇菜，左右流之。……左右采之。……左右芼之”用了什么艺术表现手法？有什么作用？

3．《关雎》的主题是什么？

4．孔子说《关雎》“乐而不淫，哀而不伤”，谈谈你对这句话的理解。

六、朗读并背诵《关雎》

课外延伸阅读

蒹葭【诗经・国风・秦风】[1]

蒹葭苍苍[2]，白露为霜[3]。
所谓伊人[4]，在水一方[5]。
溯洄从之[6]，道阻且长[7]。
溯游从之[8]，宛在水中央[9]。
蒹葭凄凄[10]，白露未晞[11]。
所谓伊人，在水之湄[12]。
溯洄从之，道阻且跻[13]。
溯游从之，宛在水中坻[14]。
蒹葭采采[15]，白露未已[16]。
所谓伊人，在水之涘[17]。
溯洄从之，道阻且右[18]。
溯游从之，宛在水中沚[19]。

注释

① 蒹葭（jiānjiā）：这首诗歌的题目，《诗经》每篇都用第一句里的几个字（一般是两个字）作为题目。秦风：秦地（今陕西中部和甘肃东南部）的诗歌。

② 蒹葭苍苍（cāngcāng）：河边的芦苇浓密茂盛（màoshèng）。蒹：没有长穗（suì）的芦苇。葭：刚长出来不久的芦苇。苍苍：深绿色，形容植物茂盛的样子。

③ 白露（lù）为霜（shuāng）：露水变成了白霜。白露：指天气转凉温度降低后，水汽在地面或近地物体上凝结而形成的水珠。为：凝（níng）结成。霜：附着在地面或植物上面的微细冰粒，是接近地面的水蒸气冷却到0℃以下凝结而成的。

④ 所谓（wèi）伊（yī）人：我所思念的那个人。所谓：所说，这里指所思念的。伊人：这个人或那个人，指诗人所思念追寻的人。

⑤ 在水一方：在河的另一边。

⑥ 溯洄（sùhuí）从之：逆流而上去寻找她。溯洄：逆流而上，即沿着河流向上游走。从：追求。之：她，指代“伊人”。

⑦ 道阻（zǔ）且长：道路险阻而且漫（màn）长。道：路。阻：险阻，难走。且：而且。长：漫长。

⑧ 溯游从之：顺流而下寻找她。溯游：顺流而下，即沿着河流向下游走。

⑨ 宛（wǎn）在水中央：（那个人）仿佛在河的中间。宛：仿佛，好像。

⑩ 凄凄（qīqī）：通“萋萋”，茂盛的样子。

⑪ 未晞（xī）：没有干。

⑫ 湄（méi）：水和草交接的地方，指岸边。

⑬ 跻（jī）：升，高，这里形容道路又陡又高。

⑭ 坻（chí）：水中的小洲或小岛。

⑮ 采采：茂盛鲜明的样子。

⑯ 已（yǐ）：停止，这里的意思是干，变干。

⑰ 涘（sì）：水边。

⑱ 右：迂回，向右转弯，就是道路弯曲的意思。

⑲ 沚（zhǐ）：水中小沙滩，比坻大一点儿。

译文

河边的芦苇茂盛浓密，闪亮透明的露珠，凝结成白霜。我心爱的人啊，在河水的那一方。逆流而上去寻她，道路险阻而且漫长；顺流而下去找她，她仿佛就在河水中央。

河边的芦苇青青的还没有变黄，芦苇上的露珠呀，还闪闪发亮。我心爱的人啊，在那边的河岸上。逆流而上去寻她，道路不平又艰难；顺流而下去找她，她仿佛就在水边沙滩上。

河边的芦苇茂盛鲜明，叶上的露水还没干。我心爱的人啊，在河水的那一方。逆流而上去寻她，道路弯曲又漫长；顺流而下去找她，她仿佛就在河水中央。

静女【诗经·国风·邶风】[1]

静女其姝[2]，俟我于城隅[3]。

爱而不见[4]，搔首踟蹰[5]。

静女其娈[6]，贻我彤管[7]。
彤管有炜[8]，说怿女美[9]。
自牧归荑[10]，洵美且异[11]。
匪女之为美[12]，美人之贻。

注释

① 静女：这首诗歌的题目,《诗经》每篇都用第一句里的几个字（一般是两个字）作为题目。静女：娴雅安详的女子。邶（bèi）风：邶地（在今河南省汤阴县东南）的诗歌。
② 静女其姝（shū）：娴雅安详的姑娘真美丽。其：形容词词头，起加强形容的状态的作用。姝：美好的样子。
③ 俟（sì）我于城隅（yú）：约好在城边的角落里等我。俟：等待。于：在。城隅：城角不容易被人发现的地方，还有一种说法指城上的角楼。
④ 爱（ài）而不见：故意躲藏起来不出现。爱：通“薆”，隐藏，躲起来；见（xiàn）：通“现”，出现，还有一种说法指看见。
⑤ 搔首（sāoshǒu）：非常着急，用手挠（náo）头。踟蹰（chíchú）：心思安定不下来，在一个地方走过来走过去。
⑥ 娈（luán）：年轻美丽。
⑦ 贻（yí）：赠送。彤（tóng）管：不清楚具体指什么东西，可能是指红管的笔或者是刚长出来不久的红色管状的草。
⑧ 有：形容词词头，没有实际意义。炜（wěi）：红色的光彩。
⑨ 说怿（yuèyì）：喜悦。说：通“悦”，高兴。怿：喜爱。
⑩ 自：从。牧（mù）：野外放牧牛羊的地方。归（kuì）：通“馈”，赠送。荑（tí）：白茅，刚刚长出来的茅，一种香草，男女相赠表示结下恩情。
⑪ 洵（xún）：实在，诚然。异：奇特，别致。
⑫ 匪：通“非”，不，不是。女（rǔ）：通“汝”，指“荑”。

译文

那个娴雅又美丽的姑娘，和我约好在城边角落相会。到了那里却有意躲藏不相见，我急得挠头又徘徊。

那个娴雅又俊俏的姑娘，送我一支小彤管。彤管红红的闪闪发亮，让人越看越喜欢。

那个娴雅又美丽的姑娘，放牧回来送我茅荑，茅荑洁白美得出奇。不是茅荑有多美丽，而是姑娘所送含爱意。

文学常识

诗经六义：是指《诗经》"风、雅、颂"三个部分的内容与"赋、比、兴"三种艺术表现手法。

风，是各地的民歌；雅，包括大雅和小雅，大多是王公贵族所写，是宫廷宴饮或朝会时的乐歌。颂，是宗庙祭祀的舞曲歌辞，内容多是歌颂祖先的功业的，分为周颂、鲁颂和商颂。赋，是直接叙述，是最基本的表现手法。比，即比喻。兴，即起兴，先说其他事物，用其引出要说的内容。

《诗经》名句摘录

1. 关关雎鸠，在河之洲，窈窕淑女，君子好逑。

——《诗经·国风·周南·关雎》

译：河中小岛上一对雎鸠鸟在恩爱地歌唱，使我想起了心中的那个美丽善良的姑娘，她是我理想的对象。

2. 蒹葭苍苍，白露为霜。所谓伊人，在水一方。

——《诗经·国风·秦风·蒹葭》

译：河边的芦苇茂盛浓密，闪亮透明的露珠，凝结成白霜。我心爱的人啊，在河水的那一方。

3. 彼采萧兮，一日不见，如三秋兮。

——《诗经·国风·王风·采葛》

译：那个采蒿的姑娘，一天看不见，就好像三个季节那么长。

4. 青青子衿，悠悠我心。

——《诗经·国风·郑风·子衿》

译：青青的是你的衣襟，悠悠的是我的心境。

5. 昔我往矣，杨柳依依。今我来思，雨雪霏霏。

——《诗经·小雅·采薇》

译：回想当初离家去参军打仗时，杨柳轻轻飘动。现在走在回家的路上，却是大雪纷飞。

6. 风雨如晦，鸡鸣不已。既见君子，云胡不喜？

——《诗经·国风·郑风·风雨》

译：秋天的夜晚，风雨交加，鸡鸣声声叫不停。看到你来这里，还有什么不高兴呢？

7. 死生契阔，与子成说。执子之手，与子偕老。

——《诗经·邶风·击鼓》

译：生死都与你在一起，和你一起立下誓言。牵着你的手，和你白头到老。

8. 桃之夭夭，灼灼其华。

——《诗经·国风·周南·桃夭》

译：千万朵桃花在春风中绽放，色彩鲜艳红似火。

9. 巧笑倩兮，美目盼兮。

——《诗经·国风·卫风·硕人》

译：俊俏的脸蛋笑起来很美丽，明亮的眼睛转动，令人着迷。

10. 投我以桃，报之以李。

——《诗经·大雅·抑》

译：人家送我一篮桃子，我便以李子相回报。

第三讲　寓言故事

“寓言”一词最早见于《庄子·寓言》：“寓言十九，藉外论之。”意思就是寓言是寄托之言，假借别人的话，论说自己的理。寓言一般用简短的故事来表达深刻的思想和道理。先秦时代，是中国寓言文学发生期，也是中国古代寓言文学的黄金时代。《庄子》[①]《韩非子》[②]《吕氏春秋》[③]《战国策》[④]等都是先秦保存寓言较多的书。如《揠苗助长》《守株待兔》等很大一部分先秦寓言后来慢慢变成了成语。先秦寓言，不但故事情节完整，形象鲜明有特点，而且想象丰富，逻辑[⑤]严密，善于运用拟人化手法进行论辩[⑥]和劝诫[⑦]，寓意[⑧]深刻，具有强大的生命活力，历代文人和广大读者都很喜爱。

注释

①《庄子》：是战国中期道家学派代表人物庄周以及他的门人后学所著的道家学说汇总。

②《韩非子》：是战国末期法家集大成者韩非所写的一本书。

③《吕氏春秋》：是秦国丞相吕不韦组织门客集体编写的一部作品。

④《战国策》：西汉刘向编订的国别体史书，原作者不明，主要记载了战国时期的历史。

⑤ 逻辑（luójí）：思维的规律、规则。

⑥ 论辩（lùnbiàn）：讨论分辩，用理由来说服别人。

⑦ 劝诫（quànjiè）：劝告人们改正缺点错误，警惕未来。

⑧ 寓意（yùyì）：语言文字或文学作品里所寄托或者隐含的意思。

揠苗助长[①]

宋人有闵其苗之不长而揠之者[②]，芒芒然[③]归[④]，谓其人曰[⑤]：“今日病矣[⑥]！予助苗长矣[⑦]！”其子趋而往视之[⑧]，苗则槁矣[⑨]。

①本文选自《孟子·公孙丑上》，题目是编者加上去的。揠苗助长（yàmiáo-zhùzhǎng）（成语）：把苗拔起，帮助它生长。揠：拔起。苗：禾苗。比喻不管事物的发展规律，急于求成，反而坏了事。也作“拔苗助长”。

②宋人有闵其苗之不长而揠之者：有个担心他的禾苗长不高而把禾苗往上拔的宋国人。闵（mǐn）：同“悯”，担心，忧虑。其：他（的）。之：主谓之间，取消句子独立性，无实义，可以不翻译。

③芒芒（mángmáng）然：很累的样子。

④归（guī）：回，回家。

⑤谓（wèi）其人曰：对他的家人说。谓：对，告诉。

⑥今日病矣（yǐ）：今天累死了。病：很累，是引申义。矣：了。

⑦予（yú）助苗长（zhǎng）矣：我帮助禾苗长高了。予：我。长：生长，长高。

⑧其子趋（qū）而往视之：他儿子快步去到田里看禾苗（的情况）。趋：快步走。往：去，到。视：看。之：代禾苗。

⑨苗则槁（gǎo）矣：然而禾苗都枯萎（kūwěi）了。槁：枯萎。

译文

宋国有一个农民，他担心自家的禾苗长不高，于是就把禾苗往上拔出一些，全部拔完后才很累地回到家，对他的家人说：“今天可累死我了！我帮助禾苗长高了！”他儿子听说后急忙到田里去看禾苗（的情况），发现禾苗都枯萎了。

练习

一、给下列词语注音

1. 揠苗助长（　　　　　　）　2. 闵（　　　）　3. 谓（　　　）

4. 矣（　　　）　5. 予（　　　）　6. 趋（　　　）　7. 槁（　　　）

二、解释加点字词的意思

1. 宋人有闵其苗之不长而揠之者

2. 其子趋而往视之

3．苗则槁矣

三、翻译句子

1．芒芒然归。

2．今日病矣！

四、填空

1．“寓言”一词最早见于________：“寓言十九，藉外论之。”意思就是寓言是________，假借________，论说________。

2．寓言一般用________来表达________。

3．________是中国寓言文学发生期，也是中国寓言的黄金时代。《________》《________》《吕氏春秋》《战国策》等都是先秦保存寓言较多的书。

五、回答问题

1．宋国的农夫为什么要拔苗，结果怎样？

2．这个寓言故事说明了什么道理？

鹬蚌相争[①]

蚌方出曝[②]，而鹬啄其肉[③]，蚌合而箝其喙[④]。鹬曰：“今日不雨[⑤]，明日不雨，即有死蚌[⑥]！”蚌亦谓鹬曰[⑦]：“今日不出[⑧]，明日不出，即有死鹬！”两者不肯相舍[⑨]，渔者得而并禽之[⑩]。

注释

① 本文节选自《战国策·燕策》，题目是编者加上去的。鹬蚌相争（yùbàng-xiāngzhēng）

（成语）：比喻双方相持不下，而使第三者从中得到好处。这则故事后来演化为成语“鹬蚌相争，渔翁得利”。

② 蚌方出曝（pù）：一只河蚌刚从水里出来（到河边沙地上）晒太阳。蚌：一种生活在水里的贝类软体动物，有两个椭圆形外壳，可以打开合上。方：刚，刚刚。曝：晒太阳。

③ 而鹬啄（zhuó）其肉：一只鹬（飞来）啄它的肉。鹬；一种水鸟，常在水边捕吃鱼、虫、贝类等。啄：鸟用嘴获取食物，这里指鹬用嘴咬蚌的肉。

④ 蚌合而箝（qián）其喙（huì）：蚌合上自己的外壳，把鹬鸟尖尖的长嘴紧紧夹住。箝：夹（jiā）住。喙：多指鸟类的嘴。

⑤ 雨：动词，下雨。

⑥ 即：就。

⑦ 蚌亦（yì）谓（wèi）鹬曰：河蚌也对鹬说。亦：也。谓：对……说。

⑧ 出：拔出。

⑨ 两者不肯相舍（shě）：两个不肯互相放弃。舍：放弃。

⑩ 渔者得而并禽（qín）之：一个渔夫把它们俩一起捉走了。渔者：捕鱼的人，渔夫。并：一起。禽：同“擒”，捕捉，抓住。

一只河蚌刚出来晒太阳，一只鹬就飞过来啄它的肉，河蚌合上它的蚌壳，夹住了鹬的嘴。鹬说：“今天不下雨，明天不下雨，就会有一只死河蚌了！”河蚌也对鹬说：“今天拔不出嘴，明天拔不出嘴，就会有一只死鹬了！”它们两个都不肯先放开对方，一个渔翁走过来把它们两个都抓住了。

练习

一、给下列词语注音

1. 鹬蚌相争（　　　　　　　　）　2. 曝（　　　）　3. 啄（　　　）

4. 箝（　　　）　5. 喙（　　　）　6. 舍（　　　）　7. 禽（　　　）

二、解释加点字词的意思

1. 今日不雨

2. 即有死蚌

3. 蚌亦谓鹬曰

三、翻译句子

1. 蚌方出曝，而鹬啄其肉，蚌合而箝其喙。

2. 两者不肯相舍，渔者得而并禽之。

四、回答问题

1. 鹬蚌为什么不肯相让？结果如何？

2. 鹬蚌相争这个故事说明了一个什么道理？

守株待兔[①]

宋人有耕田者[②]。田中有株[③]，兔走触株[④]，折颈而死[⑤]。因释其耒而守株[⑥]，冀复得兔[⑦]。兔不可复得[⑧]，而身为宋国笑[⑨]。今欲以先王之政，治当世之民[⑩]，皆守株之类也[⑪]。

注释

① 本文选自《韩非子·五蠹》，题目是编者加上去的。守株待兔（shǒuzhū-dàitù）(成语)：守：守候；株：砍掉树干剩下来的树根，也叫树桩，树墩（dūn）子；待：等待；字面意思是守着树桩等待兔子跑过来撞死在树桩上，比喻不主动努力，而存万一的侥幸心理，希望得到意外的收获或者是死守狭隘的经验，不知变通。

② 宋（sòng）人有耕（gēng）田者：宋国有个种田的人。宋：宋国，春秋战国时国名。耕田者：种田的人，就是农夫，农民。

③ 田中有株：（他）的田里有一个树桩。
④ 兔走触（chù）株：兔子跑过来撞到了树桩上。走：跑。触：撞。
⑤ 折颈（zhéjǐng）而死：折断脖子死了。折：折断。颈：脖子。
⑥ 因释（shì）其耒（lěi）而守株：（从那天以后）（农夫）就放下他的农具，等在树桩旁。因：于是，就。释：放，放下。其：他（的）。耒：古代指耕地用的农具。
⑦ 冀（jì）复得兔：希望能再得到兔子。冀：希望。复：再，又。
⑧ 兔不可复得：兔子不可能再次得到。
⑨ 而身为宋国笑：而他自己却被宋国人耻（chǐ）笑。身：自身，自己。为：被。笑：嘲笑，耻笑。
⑩ 今欲以先王之政，治当世之民：现在想用以前的君王的治国方法来治理当今的百姓。今：当今，现在。欲：想。以：用。先王：以前的君王。政：治国的方略。治：治理。
⑪ 皆（jiē）守株之类也：这都是在犯守株待兔一样的错误呀！

译文

宋国有一个种田的人。田里有一个树桩子，一只兔子跑过来撞到树桩子上，折断脖子死了。于是这个宋国人就放下他的农具，守在树桩子旁，希望再次得到兔子。兔子不可能再次得到，他自己却被宋国人嘲笑。现在想用以前的君王的治国方法来治理当今的人民，都是在犯守株待兔一样的错误呀。

练习

一、给下列词语注音

1. 守株待兔（　　　　　　）　2. 耕（　　　）　3. 株（　　　）
4. 颈（　　　）　5. 触（　　　）　6. 耒（　　　）　7. 冀（　　　）
8. 释（　　　）　9. 皆（　　　）

二、解释加点字词的意思

1. 宋人有耕田者

2. 因释其耒而守株

3. 冀复得兔

三、翻译句子

1．田中有株，兔走触株，折颈而死。

2．今欲以先王之政，治当世之民，皆守株之类也。

四、回答问题

1．宋国农夫在田里干活儿的时候发生了什么事？

2．那个宋国人为什么再也没有等到兔子撞到树桩上？

3．这个故事说明了什么道理？

鲁侯养鸟[①]

昔者海鸟止于鲁郊[②]，鲁侯御而觞之于庙[③]。奏《九韶》以为乐[④]，具太牢以为膳[⑤]。鸟乃眩视忧悲[⑥]，不敢食一脔[⑦]，不敢饮一杯[⑧]，三日而死。此以己养养鸟也[⑨]，非以鸟养养鸟也[⑩]。

注释

① 本文选自《庄子•外篇•至乐》，题目是编者加上去的。鲁（lǔ）：春秋战国时诸侯国国名，在今山东西南部。鲁侯（hóu）：鲁国国君。

② 昔（xī）者海鸟止于鲁郊（jiāo）：从前，有一只海鸟停留在鲁国国都的郊外。昔：从前。者：……的时候。止：停留，栖息。于：在。郊：郊外。

③ 鲁侯御（yù）而觞（shāng）之于庙（miào）：鲁王让人驾车迎接它，并且在宗庙里对它敬酒。御：驾驶车马，这里指用车子迎接。而：而且，并且。觞：古代用来喝酒的器物，这里用作动词，指敬酒。之：它，代海鸟。庙：宗庙，祖庙，天子或诸侯祭祀（jìsì）祖先的专用房屋。

④ 奏《九韶》（sháo）以为乐（yuè）：每天都演奏古时的音乐《九韶》给它听。九韶：虞（yú）舜（shùn）时乐（yuè）曲名，韶乐九章，所以叫九韶。以为：把……作为。乐：音乐。

⑤ 具太牢以为膳（shàn）：准备牛、羊、猪的肉作为它的食物。具：准备。太牢：指古代帝王或诸侯祭祀时用猪、牛、羊三种牲畜（shēngchù）做的供品。膳：饭食。
⑥ 鸟乃眩（xuàn）视忧悲：于是海鸟眼花了，忧愁悲伤。眩视：看得眼花。
⑦ 不敢食一脔（luán）：一块肉也不敢吃。食：吃。脔：切成小块的肉。
⑧ 不敢饮（yǐn）一杯：一杯酒也不敢喝。饮：喝。
⑨ 此以己养养鸟也：（鲁侯）这是用他自己的生活方式来养鸟。以己养：用自己的生活方式。
⑩ 非以鸟养养鸟也：而不是用鸟的生活方式来养鸟啊。非：不是。以鸟养：用鸟的生活方式。

译文

从前，有一只海鸟停留在鲁国国都的郊外，鲁王让人驾车迎接它，并且在宗庙里对它敬酒，每天都演奏古时的音乐《九韶》给它听，准备牛、羊、猪的肉作为它的食物。于是海鸟眼花了，忧愁悲伤，一块肉也不敢吃，一杯酒也不敢喝，过了三天就死了。（鲁侯）这是用自己的生活方式来养鸟，不是用鸟的生活方式来养鸟啊！

练习

一、给下列词语注音

1. 脔（　　）　2. 御（　　）　3. 眩视（　　）
4. 觞（　　）　5. 韶（　　）　6. 膳（　　）
7. 忧悲（　　）　8. 郊（　　）

二、解释加点字词的意思

1. 昔者海鸟止于鲁郊

2. 鲁侯御而觞之于庙

3. 鸟乃眩视忧悲

4. 不敢食一脔

三、翻译句子

1. 奏《九韶》以为乐，具太牢以为膳。

2. 此以己养养鸟也，非以鸟养养鸟也。

四、把下面的成语故事和它的寓意用线段连起来

1. 守株待兔　　A. 处理事情要注意外部情况，否则，只顾与对手争强好胜，只会两败俱伤，使第三者得利。

2. 揠苗助长　　B. 好的愿望必须符合事实，如果只有主观愿望而违背客观实际，好事便会变成坏事。

3. 鲁侯养鸟　　C. 比喻违反事物发展规律，急于求成，反而会坏事。

4. 鹬蚌相争　　D. 来比喻不想努力，而希望获得成功的侥幸心理，现在也用来比喻死守狭隘的经验，不知变通。

五、回答问题

1. 鲁侯是怎么对待鸟的？鸟又有什么反应？

2. 鲁侯养鸟这个故事说明了什么道理？

六、请你课后搜集中国古代寓言故事，在课堂上跟同学们一起讲故事。

课外延伸阅读

朝三暮四[①]

宋有狙公者[②]，爱狙[③]，养之成群[④]，能解狙之意[⑤]；狙亦得公之心[⑥]。损其家口[⑦]，充狙之欲[⑧]。俄而匮焉[⑨]，将限其食[⑩]，恐众狙之不训于己也[⑪]。先诳[⑫]之曰："与若芧[⑬]，朝三而暮四[⑭]，足乎[⑮]？"众狙皆起怒[⑯]。俄而曰："与若芧，朝四而暮三，足乎？"众狙皆伏而喜[⑰]。

注释

① 本选自《庄子·齐物论》，题目是编者加上去的。朝三暮四（zhāosān-mùsì）(成语)：原指用不好的手法欺骗人，后用来比喻常常改变主意或想法，反复无常。朝：早上。暮：晚上。

② 宋有狙（jū）公者：宋国有一个养猴子的老人。狙公：养猴子的老人。

③ 爱狙：很喜欢猴子。

④ 养之成群：养了一大群猴子。

⑤ 能解狙之意：（他）很了解猴子们，知道它们心里想什么。解：了解，理解，懂得。意：心意，心里的想法。

⑥ 狙亦（yì）得公之心：猴子们也了解老人的心思。亦：也。得：了解。

⑦ 损（sǔn）其家口：老人减少了他全家的口粮。损：减少。口：口粮，就是吃的粮食。

⑧ 充狙之欲：来满足猴子们的欲望。充：满足。欲：欲望，要求。

⑨ 俄（é）而匮（kuì）焉（yān）：不久，(家里）缺乏（食物）了。俄而：不久。匮：缺乏，不够。焉：了。

⑩ 将限其食：他想要限制猴子们的食物。将：将要，想要。限：限制，这里是减少的意思。

⑪ 恐（kǒng）众狙之不训（xùn）于己也：怕猴子们不听自己的话。恐：恐怕。训：驯服，顺从，听从。

⑫ 诳（kuáng）：欺骗。

⑬ 与若芧（xù）：给你们橡栗（xiànglì）。与：给。若：人称代词，就是"你""你们"。芧：橡栗，一种果实。

⑭ 朝三而暮四：早上三颗，晚上四颗。

⑮ 足乎：够吗？足：够。乎：吗。

⑯ 众狙皆起怒：猴子们一听，都站了起来，十分生气。众：所有的。皆：都。起：站起来。怒：恼怒，生气。

⑰ 众狙皆伏而喜：猴子们听后都很开心地趴（pā）下，乖乖地听老人的话了。伏而喜：都很高兴地趴在地上（一般是动物感到满足时的动作）。

译文

宋国有一个养猴子的老人，他很喜欢猴子，养了一大群猴子，(他）很了解猴子们，知道它们心里想什么，猴子们也了解老人的心思。那位老人减少了他全家的口粮，来满足猴子们的欲望。但是不久，家里缺乏食物了，他想要减少猴子们的食物，但又怕猴子们生气不听从自己，就先骗猴子们："我给你们的橡栗，早上三颗，晚上四颗，(这样）够吗？"猴子们一听都很生气。过了一会儿，他又说："我给你们的橡栗，早上四颗，晚上三颗，(这样）够吗？"猴子们听后都很开心地趴下，乖乖地听老人的话了。

掩耳盗铃[①]

范氏之亡也[②]，百姓有得钟者[③]，欲负而走[④]，则钟大不可负[⑤]；以锤毁之[⑥]，钟况然有声[⑦]。恐人闻之而夺己也[⑧]，遽掩其耳[⑨]。恶人闻之，可也[⑩]；恶己自闻之，悖也[⑪]！

注释

① 本文选自《吕氏春秋·自知》，题目是编者加上去的。掩耳盗铃（yǎněr-dàolíng）(成语)：原来写作"掩耳盗钟"，意思是把耳朵捂住偷铃铛（língdang），比喻自己欺骗自己，明明掩盖不住的事情偏要想办法掩盖。掩：掩盖。盗：偷。

② 范氏之亡也：范氏逃亡的时候。范氏：春秋末期晋国的贵族，被其他四家贵族联合打败后，逃往齐国。亡，逃亡。

③ 百姓有得钟者：有个（趁机）偷了一口钟的人。钟：古代的打击乐器。

④ 欲负而走：想要背（bēi）着它逃跑。负：用背（bèi）驮（tuó）东西。走：逃跑。

⑤ 则钟大不可负：但是，这口钟太大了，不好背。则：但是。

⑥ 以锤（chuí）毁（huǐ）之：(他就打算）用锤子砸（zá）碎它。以：用。锤：敲打东西的工具，这里指用锤子敲打。毁：毁坏，这里指用锤子打碎。之：代钟。

⑦ 钟况（huáng）然有声：(刚敲了一下）那口钟就轰轰地响起来。况然：指钟的声音。况：同"锽"，指钟声。

⑧ 恐（kǒng）人闻之而夺（duó）己也：他怕别人听到钟声，来抢这口钟。恐：害怕。人：别人。闻：听到。之：代钟声。夺：抢夺。己：自己的（钟）。也：语气词。

⑨ 遽（jù）掩其耳：就马上把自己的两只耳朵紧紧捂住。遽：立刻，马上。

⑩ 恶（wù）人闻之，可也：害怕别人听到钟的声音，这是可以理解的。恶：不喜欢，这里指害怕。

⑪ 恶己自闻之，悖（bèi）也：捂住自己的耳朵就以为别人也听不到了，这就太荒谬了。悖：荒谬（huāngmiù），不合情理。

译文

范氏逃亡的时候，有个人趁机偷了一口钟，想要背着它逃跑。但是，这口钟太大了，不好背，（他就打算）用锤子敲碎（以后再背）。（刚敲了一下），那口钟就轰轰地响起来。他害怕别人听到钟声，来抢这口钟，就急忙把自己的两只耳朵紧紧捂住（继续敲）。害怕别人听到钟的响声，这是可以理解的；但捂住自己的耳朵就以为别人也听不到了，这就太荒谬了。

第四讲 《论语》

《论语》[1]是一部记载[2]孔子和他的学生的言行的书。《论语》是儒家[3]的一部重要经典。它是一部最集中记载孔子思想的著作。《论语》记录了孔子关于哲学、经济、政治、伦理、美学、文学、音乐、道德等方面的言论，是研究孔子及其创立的儒家学说的主要文献[4]。

孔子（前551—前479）名丘，字仲尼，春秋[5]时鲁国[6]（今山东曲阜）人。儒家学派[7]创始人[8]，中国古代最著名的思想家、政治家、教育家，对中国思想文化的发展有极其深远的影响。

注释

①《论语》(lúnyǔ)：儒家学派经典作品之一，由孔子的学生以及学生的学生整理编辑而成。记录了孔子和他的学生的言行，集中体现了孔子的思想，是研究儒家学说的主要文献。

② 记载（zǎi）：把事情写下来。

③ 儒（rú）家：中国古代思想家孔子创立的一个学术流派，对后世影响深远。

④ 文献：有历史意义和研究价值的书。

⑤ 春秋：中国古代的一段历史时期，一般指公元前770年到公元前476年这个时期。

⑥ 鲁国：周朝的诸侯国。

⑦ 学派：同一学科中由于学说、观点不同而形成的派别。

⑧ 创始人：事件的发起人。

《论语》十则

1. 子[1]曰[2]：“学[3]而[4]时[5]习[6]之[7]，不亦[8]说[9]乎[10]？有朋[11]自[12]远方来，不亦乐[13]乎？人[14]不知[15]而[16]不愠[17]，不亦君子[18]乎？”(《学而》)

注释

① 子：中国古代对有地位、有学问的男子的尊称，有时也泛称男子。《论语》书中“子曰”的“子”，都是指孔子。
② 曰（yuē）：说。
③ 学：学习，这里主要是指学习西周的礼、乐、诗、书等传统文化书籍。
④ 而：然后。
⑤ 时：在周秦时代，“时”字用作副词，意为“在一定的时候”或者“在适当的时候”，但朱熹在《论语集注》一书中把“时”解释为“时常”。
⑥ 习：指演习礼、乐，复习诗、书，也含有温习、实习、练习的意思。
⑦ 之：这里指“学习的内容”。
⑧ 亦（yì）：也。
⑨ 说（yuè）：同“悦”，愉快、高兴的意思。
⑩ 乎：表示疑问，可译为“吗”。
⑪ 朋：也就是志同道合的人。
⑫ 自：从。
⑬ 乐：快乐，与“说”有所区别，“说（悦）”主要指内心愉悦，“乐”则指表现在外的快乐。
⑭ 人：别人。
⑮ 知：了解。
⑯ 而：可是，但是。
⑰ 愠（yùn）：恼怒，怨恨。
⑱ 君子：品德高尚，有修养的人。

译文

孔子说：“学习了然后时常练习、复习，不也很高兴吗？有志同道合的人从远方来，不也很快乐吗？人家不了解我，但是我不生气，不也是一个品德高尚的人吗？”

2. 曾子①曰：“吾②日③三④省⑤吾身⑥：为⑦人谋⑧而⑨不忠⑩乎？与朋友交⑪而不信⑫乎？传⑬不习⑭乎？”（《学而》）

注释

① 曾（zēng）子（前505—前435）：姓曾，名参（音shēn），字子舆，是孔子的得意门生，因为孝顺而出名，据说《孝经》就是他写的。

② 吾（wú）：我。

③ 日：每天

④ 三：多次。

⑤ 省（xǐng）：反省。

⑥ 身：自己。

⑦ 为（wèi）：替，给。

⑧ 谋（móu）：谋划，想办法。

⑨ 而：表示转折，但是，却。

⑩ 忠：尽心尽力。

⑪ 交：交往。

⑫ 信：诚信，守信，说话算话。

⑬ 传（chuán）：传授，这里指“老师传授的知识”。

⑭ 习：与“学而时习之”的“习”字一样，指温习、实习、演习等。

译文

曾子说：“我每天多次反省自己，替别人办事是不是尽心尽力了呢？同朋友交往是不是诚实守信呢？老师传授的知识是不是复习了呢？”

3. 子曰：“学而[①]不思[②]则[③]罔[④]，思而不学则殆[⑤]。”（《为政》）

注释

① 而：表示转折，但是，却。

② 思：思考。

③ 则：就。

④ 罔（wǎng）：同“惘”，意思是感到迷茫而没有收获。

⑤ 殆（dài）：本意是危险，这里指精神疲倦（píjuàn）而无所得。

译文

孔子说：“只学习而不思考，人会被知识的表象蒙蔽（méngbì），越学越不明白；只思考而不学习，就会感到迷茫而没有收获。”

4. 子曰："由①，诲②女③知之④乎⑤？知之为⑥知之，不知为不知，是⑦知⑧也⑨。"(《为政》)

注释

① 由：仲由（前542—前480），字子路，又字季路，孔子的学生，比孔子小九岁。为人勇敢果断，豪爽（háoshuǎng）而且很有政治才干。
② 诲（huì）：教（jiào）导，教诲。
③ 女（rǔ）：同"汝"，你。
④ 之：这里指"教的知识"。
⑤ 乎：语音助词。
⑥ 为：是。
⑦ 是：这。
⑧ 知（zhì）：同"智"，智慧。
⑨ 也：表示判断，可翻译成"是"。

译文

孔子说："仲由，我教给你的知识，你明白了吗？知道就是知道，不知道就是不知道，这就是智慧啊！"

5. 子曰："三人①行②，必③有我师焉④。择⑤其善者⑥而⑦从⑧之⑨，其⑩不善者⑪而改⑫之⑬。"(《述而》)

注释

① 三人：几个人。
② 行：走。
③ 必：一定，必定。
④ 焉（yān）：兼词，相当于"于之"，意思是在这几个人中。
⑤ 择（zé）：选择。
⑥ 善者：好的方面，也就是优点、长处。善：好，这里指优点，长处。者：……的方面。
⑦ 而：连接先后两个动作。

⑧ 从：跟从，这里指学习。
⑨ 之：这里指“善者”。
⑩ 其：这里指一起走的人，可译成“他们”。
⑪ 不善者：不好的方面，也就是缺点、短处。
⑫ 改：改正。
⑬ 之：这里指“不善者”。

译文

孔子说：“几个人一起走，其中必定有可以当我老师的人，（我要）选择他们的优点来学习，看到自己有他们那些缺点就要改正。”

6. 子曰：“岁寒①，然②后③知松柏④之⑤后⑥凋⑦也。”（《子罕》）

注释

① 岁寒（hán）：一年中最寒冷的时候。岁：年。寒：寒冷。
② 然：这样。
③ 后：之后，以后。
④ 松（sōng）柏（bǎi）：松树和柏树，都是一年四季常青的树。
⑤ 之：结构助词，主谓之间，不翻译。
⑥ 后：迟，晚。
⑦ 凋（diāo）：凋零，凋落，这里指树叶变黄变枯，从树上落下来。

译文

孔子说：“（到了）一年中最寒冷的季节，才知道松树、柏树是最后落叶的。”

7. 子曰：“温①故②而知③新④，可以⑤为⑥师矣⑦。”（《为政》）

注释

① 温：复习。
② 故：旧的知识。
③ 知：领悟，体会。
④ 新：新的知识，新的体会，新的发现。

⑤ 可以：可以凭借。可：可以。以：凭，凭借。

⑥ 为：当，做。

⑦ 矣（yǐ）：语气词，相当于“了”。

孔子说：“在复习学习的知识后，能有新体会、新发现，凭这点就可以当老师了。”

8. 子在川上①，曰：“逝者②如斯③夫④，不舍⑤昼夜⑥。”（《子罕》）

注释

① 川（chuān）上：河边。川：河流。

② 逝（shì）者：流逝的时光。逝：流逝，消逝。

③ 如斯：像河水一样。如：像。斯：代词，这，指河水。

④ 夫（fú）：语气词，表示感叹。

⑤ 舍（shě）：停留。

⑥ 昼（zhòu）夜：白天和晚上。昼：白天。

孔子在河边，感叹道：“流逝的时间像河水一样啊！日夜不停地流去。”

9. 子曰：“饭①疏食②，饮水③，曲肱④而枕⑤之，乐⑥亦在其中⑦矣。不义⑧而富且贵，于⑨我如浮云⑩。”（《述而》）

注释

① 饭：吃，名词作动词。

② 疏（shū）食：粗粮。

③ 饮水：喝冷水。水：古代与“汤”相对，“汤”指热水，“水”指冷水。

④ 曲（qū）肱（gōng）：弯着胳膊。曲：弯曲。肱：胳膊。

⑤ 枕（zhěn）：动词，旧读“zhèn”，意思是头枕在胳膊上。

⑥ 乐：乐趣。

⑦ 其中：这里面。其：代指前面提到的事儿。
⑧ 不义：不正当。
⑨ 于：对于。
⑩ 浮（fú）云：飘动的云，比喻不在意的事物，不值得一提的事物，没意义的事物。

译文

孔子说：“吃粗粮，喝冷水，弯着胳膊当枕头，乐趣也就在其中了。做不正当的事而得来的富贵，对我来说就像是天上的浮云一样（不值得在意）。”

10. 曾子曰：“士①不可以不弘毅②，任重③而道远④。仁⑤以为⑥己任⑦，不亦重⑧乎？死而后已⑨，不亦远⑩乎？”（《泰伯》）

注释

① 士：读书人。
② 弘毅（hóngyì）：坚强有毅力。意指抱负远大，意志坚定。
③ 任重：肩负（担负）重大的责任（使命）。
④ 道远：路途遥远。
⑤ 仁：指儒家的核心思想，主要指推己及人，仁爱待人。
⑥ 以为：把……作为。
⑦ 己任：自己的责任（任务）。
⑧ 重：重大。
⑨ 死而后已（yǐ）：到死才停止。已：停止，结束。
⑩ 远：遥远。

译文

曾子说：“读书人不可以不抱负远大，意志坚定，因为他肩负着重大的使命（或责任），路途又很遥远。把实现‘仁’的理想当作自己的使命，不也很重大吗？直到死才停止，（路途）不也很遥远吗？”

练习

一、给下列加点字注音

1. 学而时习之，不亦说乎（　　）（　　）

2. 学而不思则罔，思而不学则殆（　　）（　　）
3. 诲汝知之乎（　　）（　　）
4. 三人行，必有我师焉（　　）
5. 逝者如斯夫，不舍昼夜（　　）（　　）
6. 人不知而不愠（　　）
7. 吾日三省吾身（　　）
8. 岁寒，然后知松柏之后凋也（　　）（　　）（　　）
9. 饭疏食饮水，曲肱而枕之（　　）（　　）（　　）
10. 知之为知之，不知为不知，是知也（　　）（　　）

二、解释加点字词的意思

1. 诲汝知之乎

2. 吾日三省吾身

3. 饭疏食饮水，曲肱而枕之

4. 死而后已，不亦远乎

5. 逝者如斯夫，不舍昼夜

三、翻译句子

1. 学而不思则罔，思而不学则殆。

2. 择其善者而从之，其不善者而改之。

3. 知之为知之，不知为不知，是知也。

4. 岁寒，然后知松柏之后凋也。

5. 温故而知新，可以为师矣。

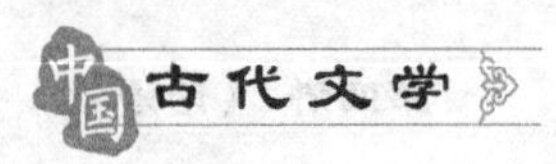

四、填空

1. __________是一部记载孔子和他的学生的言行的书，是__________的一部重要经典。
2. 孔子（前551—前479），名__________，字__________，春秋时国（今山东曲阜）人。______学派创始人，中国古代最著名的________、政治家、_______，对中国思想文化的发展有极其深远的影响。
3. 《论语》中认为能保持君子风格的句子：________________，__________________？
4. 说“学”与“思”的关系的句子是：________________________，______________。
5. 我们欢迎朋友的到来，可用《论语》___________________的句子来表达。
6. 告诉我们在学习中要有老老实实的态度的句子是：______________________________，______________________________，__________________________。
7. 曾子告诉我们做人做事的道理的句子是：__________________________________？______________________________？______________________________？
8. 告诉我们新知识与旧知识的关系的句子是：________________________。
9. 比喻君子始终能坚守志节的句子是：__________________________。
10. 以流水来比喻时间，告诉我们珍惜时间的句子是：________________________，________________________。

五、回答问题

1. 孔子说“学而时习之，不亦说乎”，他是怎样看待“学”与“习”的？
2. 如何理解“三人行，必有我师焉”？
3. 怎样理解“不义而富且贵，于我如浮云”这句话？
4. 曾子认为“士”应该具有的品质和承担的责任是什么？

六、请写出出自《论语》十则中常用的成语三个，并解释它们的意思。

七、背诵默写课文

通假字和假借字

通假字和假借字都泛指中国古书的用字现象之一。“通假”就是“通用、借代”的意思，就是用读音相同或者相近的字代替本字。通假字所代替的那个字我们把它叫做“本字”。通假字本质上属于错字或别字，但这属于正常的文言现象。假借字则是本无这个字，因为要创制新字比较麻烦或为了不让字数大量增加，而采用同音或近音字表达那种意思，例如“自”字本义是鼻子，因同音关系，借来表示“自己”之意。本书中解释为“同‘*’”的都是通假字或者假借字。

《论语》名言摘录

求学篇

1. 吾十有五而志于学，三十而立，四十而不惑，五十而知天命，六十而耳顺，七十而从心所欲，不逾矩。《论语·为政》

   译：我十五岁时开始立志学习，三十岁时能立足于社会，四十岁时能通情达理遇事不再困惑，五十岁时知道哪些是不能为人力支配的事情而乐知天命，六十岁能听得进不同的意见，到了七十岁时已经可以随心所欲而不超出规矩。

2. 知之者不如好之者，好之者不如乐之者。《论语·雍也》

   译：（对任何事业或学问）懂得它不如爱好它，爱好它不如乐在其中。

立志篇

3. 士不可以不弘毅，任重而道远。《论语·泰伯》

   译：读书的人不可不抱负远大，意志坚强，因为他责任重大而路程遥远。

4. 三军可夺帅也，匹夫不可夺志也。《论语·子罕》

   译：一个军队的主帅可以被改变，但男子汉（有志气的人）的志向不可能被改变的。

品德篇

5. 仁远乎哉？我欲仁，斯仁至矣。《论语·述而》

   译：仁德难道离我们很远吗？只要自己愿意实行仁，仁就可以达到。

6. 志士仁人，无求生以害仁，有杀生以成仁。《论语·卫灵公》（杀身成仁）

   译：有志之士和仁人，不会贪生怕死而损害仁，只会勇于牺牲来成全仁。

处世篇

7. 君子坦荡荡，小人长戚戚。《论语·述而》

译：君子胸怀坦荡，无忧无虑；小人心胸狭隘，患得患失。

8. 夫仁者，己欲立而立人，己欲达而达人。《论语·雍也》

译：仁爱的人，自己要在社会上立足，就要使别人能在社会上立足；自己要过得好，就要让别人也能过得好。

第五讲　汉乐府

乐府[①]最开始是指主管音乐的官府[②]，它的主要任务是制定乐谱、训练乐工、采集民歌等。汉乐府指由汉代（前202—220）乐府机关所采制的诗歌。这些诗大多原本在民间流传，由乐府保存下来，汉人叫做“歌诗”，魏晋[③]时开始称“乐府”或“汉乐府”。现在流传下来的汉代乐府诗，绝大多数被宋朝人郭茂倩收入他编著的《乐府诗集》[④]中。《乐府诗集》现存汉乐府民歌40多篇，大多数是东汉[⑤]时期作品。

汉乐府是继《诗经》之后，中国古代民歌的又一次大汇集，汉乐府创作的基本原则是“感于哀乐，缘事而发[⑥]”（《汉书·艺文志》）。它继承《诗经》现实主义的优良传统，广阔而深刻地反映了汉代的社会现实。汉乐府在艺术上最突出的成就表现在它的叙事性方面；其次是它善于选取典型细节，通过人物的言行来表现人物性格。汉乐府在形式上采用杂言和五言，灵活多变。汉乐府对中国古典诗歌的发展具有深远的影响。

注释

① 乐府（yuèfǔ）：“乐府”一词在古代有多种涵义。最初是指主管音乐的官府。汉代人把乐府配乐演唱的诗称为“歌诗”，魏晋以后称其为“乐府”，六朝文人用乐府旧题写作的诗，也称为“乐府”。唐代把仿照乐府诗的某种特点写作的诗叫做“新乐府”。宋元以后，“乐府”又用作词、曲的别称。

② 官府：古代指政府机关。

③ 魏（wèi）晋（jìn）：魏晋时期（220—420）指东汉灭亡后，三国到两晋的这一段历史时期，魏晋中“魏”指的是三国时期北方的曹丕建立的魏国（213—266），而“晋”指的是司马氏建立的晋朝（266—420）。

④《乐府诗集》：北宋郭茂倩所编的一部中国古代乐府歌辞总集，现存100卷共5000多首诗歌。

⑤ 东汉：汉朝分为西汉（前202—8）、东汉（25—220）两个时期，东汉由光武帝刘秀在公元25年建立。

⑥ 感于哀乐，缘（yuán）事而发：意思是乐府诗的创作是作者有感于现实生活中的悲哀或快乐，是因为具体的事件而发出的感慨（kǎi）。

长歌行[①]

青青园中葵[②]，朝露待日晞[③]。
阳春布德泽[④]，万物生光辉[⑤]。
常恐秋节至[⑥]，焜黄华叶衰[⑦]。
百川东到海[⑧]，何时复西归[⑨]？
少壮不努力[⑩]，老大徒伤悲[⑪]。

注释

① 长歌行：指"长声歌咏"为曲调的自由式歌行体，这首诗选自《乐府诗集》卷三十。行（xíng）：古代诗歌的一种体裁，歌行体的简称，诗歌的字数和句子的长度不受限制。

② 青青（qīngqīng）：茂盛的样子，植物生长得好。园（yuán）：园子，种植水果蔬菜花草树木的地方。葵（kuí）：蔬菜（shūcài）名，是中国古代重要蔬菜之一。

③ 朝露（zhāolù）：清晨的露水。待：等待。日：太阳。晞（xī）：天亮，引申为阳光照耀。

④ 阳春：就是春天，是阳光和露水充足的时候。布：散布，洒满。德泽：恩泽，露水和阳光都是植物所需要的，都是大自然的恩惠（ēnhuì），也就是"德泽"。

⑤ 生光辉（huī）：这里指世界上所有的生物都充满活力，生机勃勃（bó）。

⑥ 恐（kǒng）：担心。秋节：秋天。节：时节，节令。至（zhì）：到。

⑦ 焜（kūn）黄：形容草木凋落（diāoluò）枯黄（kūhuáng）的样子。华（huā）：同"花"。衰（cuī）：衰败（shuāibài），为了押韵，这里可以按古音读作cuī。

⑧ 百川（chuān）：无数条江河。川：河流。东：往东，向东。东到海：向东流入大海。

⑨ 何时：什么时候。复：再。西：向西。归：回。西归：向西流回来。

⑩ 少壮（shàozhuàng）：年轻力壮的时候。

⑪ 老大：年纪大了，老了。徒（tú）：徒然，白白地。伤悲（shāngbēi）：伤心，难过。

译文

早晨，园中绿绿的葵菜叶子上的露珠等待阳光照耀。

春天给大地普施阳光雨露，所有生物都充满生机和活力。

常常担心秋天来到，花和叶都变黄衰败了。

无数条大河向东流入大海，什么时候才能再向西流回来？

如果年轻力壮的时候不知道努力，到老了一事无成，再伤心也没用了。

练习

一、给下列词语注音

1. 朝露（ ） 2. 晞（ ） 3. 恐（ ）

4. 焜黄（ ） 5. 伤悲（ ） 6. 葵（ ）

7. 衰（ ） 8. 川（ ）

二、解释加点字词的意思

1. 常恐秋节至

2. 焜黄华叶衰

3. 百川东到海

4. 何时复西归

三、填空

1. 乐府最开始是指主管__________的官府，汉乐府指由汉代乐府机关所采制的__________。汉乐府是继__________之后，中国古代______的又一次大汇集，汉乐府创作的基本原则是“__________，__________”。

2.《长歌行》一诗中，“长歌行”的“行”是中国古代诗歌的一种体裁。这首诗的一到四句写了春天的__________，以季节的变换为顺序，说明一年里最美好的季节是__________，人的一生当中最美好的时光是__________时期。七到十句说明时间一去不复返，劝导人们__________，不要到老了再后悔。

四、回答问题

1.“百川东到海，何时复西归”字面意思是什么？实际是用来比喻什么？

2. 说说你对“少壮不努力，老大徒伤悲”的理解。

五、背诵默写这首诗后四句

六、你还知道哪些“惜时”的名言、警句或谚语？请写出一则你最喜欢的。

上邪[1]

上邪！
我欲与君相知[2]，
长命无绝衰[3]。
山无陵[4]，
江水为竭[5]，
冬雷震震[6]，
夏雨雪[7]，
天地合[8]，
乃敢[9]与君绝[10]！

注释

① 上邪（yé）：天啊！上：指天。邪：语气词，表示感叹，可译为“啊”。
② 欲（yù）：想，想要。君：对对方的尊称，相当于“您”。相知：相爱。
③ 命：古时与“令”字通，让，使。衰（shuāi）：衰减、断绝。

④ 山无陵（líng）：高山变成平地。陵：山峰，山头。
⑤ 竭（jié）：枯竭，这里指河里的水干了，没有水了。
⑥ 震（zhèn）震：形容雷声很大。
⑦ 雨（yù）雪：下雪。雨：名词用作动词，下。
⑧ 天地合：天与地合一起。
⑨ 乃（nǎi）敢：才敢，“敢”字是委婉的用语。乃：才。
⑩ 绝：断绝关系，这里指分手。

译文

天啊！我愿与您相爱到永远。除非高山变成平地，江水枯竭，冬天响起了雷声，夏天下起了雪，天和地合在一起的时候，我才肯和你分手！

练习

一、给下列词语注音

1. 上邪（　　　　　）　2. 竭（　　　）　3. 雨雪（　　　　　）
4. 震震（　　　　　）　5. 陵（　　　）　6. 衰（　　　）

二、解释加点字词的意思

1. 上邪

2. 山无陵

3. 江水为竭

4. 夏雨雪

5. 冬雷震震

三、翻译诗句

1. 我欲与君相知，长命无绝衰。

2. 乃敢与君绝!

四、回答问题

1.《上邪》诗中女主人公“我”是一个怎样的人?请结合具体诗句来分析。

2. 诗中的“我”发誓“与君相知，长命无绝衰”，然后列举了五种不可能发生的自然现象，表明“与君绝”的条件，说说这样写的好处。

五、背诵默写《上邪》

课外延伸阅读

上山采蘼芜[①]

上山采蘼芜，下山逢故夫[②]。
长跪问故夫[③]，新人复何如[④]？
新人虽完好[⑤]，未若故人姝[⑥]。
颜色类相似[⑦]，手爪不相如[⑧]。
新人从门入[⑨]，故人从閤去[⑩]。
新人工织缣[⑪]，故人工织素[⑫]。
织缣日一匹[⑬]，织素五丈余[⑭]。
将缣来比素[⑮]，新人不如故[⑯]。

注释

①《上山采蘼芜》是汉代的一首乐府诗，最早见于《玉台新咏》卷一。蘼芜(míwú)：一种香草，叶子风干可以做香料。古人相信蘼芜可使女人多子。

② 逢（féng）：遇到。故夫：前夫。

③ 长跪（guì）：直身而跪。古人坐的时候是两膝（xī）着地，两脚背朝下，屁股（pìgu）落在脚跟上。长跪就是屁股抬起来，上身挺直，以示庄敬。

④ 新人：新娶的妻子。何如：怎么样？

⑤ 完好：不错。

⑥ 未（wèi）：不。若（ruò）：像。姝（shū）：好。

⑦ 颜色：容貌，姿色。类：好像。相似：差不多。

⑧ 手爪（zhǎo）：指纺织等手艺。

⑨ 门：正大门。入：进。

⑩ 閤（gé）：侧门，小门。去：离开。

⑪ 工：擅长（shàncháng），善于。缣（jiān）：一种绢，缣色带黄，比较便宜。

⑫ 素：一种绢，素色洁白，比缣贵。

⑬ 日：一天。匹（pǐ）：古代度量单位，一匹长四丈，宽二尺二寸。

⑭ 五丈余（yú）：五丈多。丈（zhàng）：古代度量单位。余（yú）：多。

⑮ 将：拿。

⑯ 不如：比不上。

爬上山中采蘼芜，下山之时遇到前夫。前妻长跪问前夫："你的新妻怎么样？"
前夫说："新妻虽然也不错，却也比不上你的好。容貌和你差不多，纺织技巧差很多。
新妻正门娶回家，你从小门离开我。新妻很会织黄绢，你却能够织白素。
黄绢一天织只一匹，白素一天五丈多。黄绢白素来相比，我的新妻不如你。"

十五从军征①

十五从军征②，八十始得归③。
道逢乡里人④："家中有阿谁⑤"？
"遥看是君家⑥，松柏冢累累⑦"。
兔从狗窦入⑧，雉从梁上飞⑨。
中庭生旅谷⑩，井上生旅葵⑪。
舂谷持作饭⑫，采葵持作羹⑬。
羹饭一时熟⑭，不知贻阿谁⑮。
出门东向看⑯，泪落沾我衣⑰。

①《十五从军征》选自《乐府诗集》。
② 十五从军征（zhēng）：十五岁就参军当兵出征打仗。从军：加入（跟随）军队。征：出征，去战场参加战争。
③ 始：才。得：能够。归（guī）：回家。
④ 道：在路上。逢（féng）：遇到，碰到。乡里人：家乡的人。
⑤ 阿谁：谁。阿：语助词，无意义。
⑥ 遥（yáo）望：远远地看。君：您，表示尊敬的称呼。
⑦ 冢（zhǒng）：坟墓。累累（lěilěi）：与"垒垒"通，形容坟墓一个连一个的样子。
⑧ 狗窦（dòu）：给狗出入的墙洞。窦：洞穴。
⑨ 雉（zhì）：野鸡。梁：屋梁。

⑩ 中庭：屋前的院子。旅谷：植物没有人播种自己长出来叫“旅生”，旅生的谷子叫“旅谷”。

⑪ 井上：指井台周围。旅葵（kuí）：即野葵。葵：葵菜，又名冬葵菜，是中国古代常见的一种蔬（shū）菜。

⑫ 舂（chōng）：把东西放在石臼（jiù）或乳钵（bō）里捣（dǎo）掉皮壳或捣碎。持：用。作：当作。

⑬ 羹（gēng）：汤，这里指用野葵做的菜汤。

⑭ 一时：一会儿。

⑮ 贻（yí）：送，赠送。

⑯ 东向：向东。

⑰ 沾（zhān）：打湿。

（我）十五岁就参加军队去打仗，八十岁才能够回到家乡。

路上碰到一个家乡的人，问：“我家里还有什么人？”

“从这里看过去，那儿就是您以前的家，那个地方现在已是松树柏树林中的一片坟墓。”

走到家门前，我看见野兔从狗洞里进出，野鸡在屋梁上飞来飞去。

院子里长着野生的谷子，井台周围长满了野生的葵菜。

用捣掉壳的野谷来做饭，摘下葵叶煮菜汤。

汤和饭一会儿都做好了，却不知送给谁吃。

走出大门向着东方望去，眼泪洒落在我的衣服上。

中国古代惜时名句摘录

1. 子在川上曰：“逝者如斯夫，不舍昼夜。”

——孔子《论语·子罕》

译：孔子在河边感叹道：“时光像河水一样流去，日夜不停。”

2. 人生天地之间，若白驹之过隙，忽然而已。

——庄子《庄子·知北游》

译：人活在天地之间，就像透过缝隙看到白马飞驰而过，只不过是一瞬间而已。

3. 盛年不重来，一日难再晨，及时当勉励，岁月不待人。

——陶渊明《杂诗》

译：精力充沛的年岁不会再重新来过，就像一天之中只能有一个早晨。年纪轻轻的时候，要勉励自己抓紧时间努力，不然岁月一去不回，它是不会停下来等人的。

4. 三更灯火五更鸡，正是男儿立志时。黑发不知勤学早，白首方悔读书时。

——颜真卿《劝学》

译：每天三更半夜到鸡叫的五更天，正是男儿们读书的好时间。年少时不懂得抓紧时间勤奋学习，到老了才后悔已经晚了。

5. 少年易老学难成，一寸光阴不可轻。未觉池塘春草梦，阶前梧叶已秋声。

——朱熹《偶成》

译：青春年少的时间很容易过去，学问却很难学成功，一点点时间都不能轻易浪费。春天刚刚来到，春草就绿了，一转眼就到了秋天，台阶前的梧桐叶已经发黄，在秋风中沙沙作响了。

6. 明日复明日，明日何其多。我生待明日，万事成蹉跎。世人若被明日累，春去秋来老将至。朝看水东流，暮看日西坠。百年明日能几何？请君听我明日歌。

——钱福《明日歌》

译：明天又一个明天，明天非常地多。如果我们一生做事都要等待明天，一切事情都会错过机会。世人如果被明日牵累，一年又一年衰老将到。早晨看河水向东流去，傍晚看太阳向西坠（zhuì）落。人的一生有多少个明天？请您听听我的《明日歌》。

7. 天可补，海可填，南山可移，日月既往，不可复追。

——曾国藩

译：天可以补，海可以填，山可以移，时间过去了，就再也追不回来了。

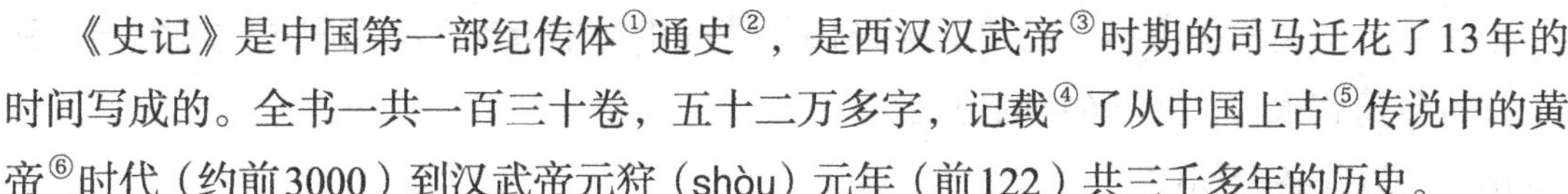

第六讲 《史记》故事

《史记》是中国第一部纪传体[①]通史[②]，是西汉汉武帝[③]时期的司马迁花了13年的时间写成的。全书一共一百三十卷，五十二万多字，记载[④]了从中国上古[⑤]传说中的黄帝[⑥]时代（约前3000）到汉武帝元狩（shòu）元年（前122）共三千多年的历史。

《史记》是中国历史上第一本“纪传体”史书，它不同于前代史书所采用的以时间为顺序的编年体[⑦]，或者以地域（yù）为划分的国别体[⑧]，而是以人物传记为中心来反映历史内容的一种体例。从此以后，从东汉班固[⑨]的《汉书》[⑩]到民国初期的《清史稿》[⑪]，近两千年间历代[⑫]所修正史[⑬]，都沿袭[⑭]了《史记》的本纪和列传两部分，而成为传统。同时，《史记》还被认为是一部优秀的文学著作，在文学史上有重要地位，具有极高的文学价值，被鲁迅[⑮]称赞为“史家之绝唱，无韵之《离骚》[⑯]”。

司马迁（前145—约前90），字子长，西汉史学家、文学家、思想家，《史记》的作者。

注释

① 纪传（jìzhuàn）体：中国传统史书的体裁之一，以人物传记为中心来讲述历史。汉代的司马迁在他写的《史记》中最先用这种形式，用“本纪”叙述帝王的事迹；用“世家”讲述各个时代诸侯贵族的活动和事迹；用“列传”记叙各个时代各阶层有影响人物的传记；用“表”呈现各个历史时期的大事记；用“书”记载关于天文、历法、水利、经济、文化等方面的专题史。后来历代所修正史，基本上都采用这一体例。

② 通史：连贯地记叙各个时代的史实的史书称为通史。

③ 汉武帝：刘彻（前156—前87）西汉第七位皇帝，在位54年。是中国历史上最伟大的皇帝之一，与秦始皇并称为“秦皇汉武”。

④ 记载（jìzǎi）：把事情记录下来。

⑤ 上古：指文字记载出现以前的历史时代，中国上古时代一般指夏以前的时代。

⑥ 黄帝：中国远古时期华夏部落联盟首领，传说他打败了炎帝，统一了黄河流域的部落，成为部落联盟首领，是中华民族的始祖。

⑦ 编年体：以时间为中心，按年、月、日顺序记述史事的史书体裁，采用此体裁的史书有《左传》《资治通鉴》等。

⑧ 国别体：以国家为单位，分别记叙历史事件的史书体例，如《战国策》。

⑨ 班固（32—92）：东汉著名史学家、文学家，史书《汉书》的作者。

⑩《汉书》：又称《前汉书》，由中国东汉时期的历史学家班固编撰。《汉书》记述了从西汉的汉高祖元年（前206）到新朝的王莽地皇四年（23），共230年的史事。是中国第一部纪传体断代史，二十四史之一。

⑪《清史稿》：中华民国初年由北洋政府设馆编修的记载清朝历史的正史——《清史》的未定稿，由赵尔巽主编。记载了从1616年清太祖努尔哈赤在赫图阿拉建国称汗，到1911年清朝灭亡，共296年的历史。

⑫ 历代：以往各个朝代。

⑬ 正史：由官府组织史官编写的历史书。

⑭ 沿袭（yánxí）：按照以前的传统、规定或做法来做事。

⑮ 鲁迅（1881—1936）：原名周树人，中国近现代最伟大的文学家之一、思想家和革命家，是中国现代文学的奠基人。

⑯ 史家之绝唱，无韵之《离骚》：是历史书中最优秀的作品，也是没有韵的《离骚》。绝唱：前无古人，后无来者，最好的。《离骚》：中国伟大的浪漫主义诗人屈原的代表作，在中国古代文学史上有着划时代的意义，抒写了诗人高洁的志向和人格。屈原是中国第一位浪漫主义诗人，开创了中国的浪漫主义文学。鲁迅的这两句话既说明了《史记》的史学价值和地位，又说明了《史记》的文学价值。

指鹿为马[①]

赵高[②]欲为乱[③]，恐[④]群臣[⑤]不听，乃[⑥]先设验[⑦]，持鹿献于二世[⑧]，曰："马也。"二世笑曰："丞相误邪[⑨]？谓鹿为马[⑩]。"问左右[⑪]，左右或默[⑫]，或言马以阿顺赵高[⑬]。或言鹿者[⑭]，高因阴中诸言鹿者以法[⑮]。后群臣皆畏高[⑯]。

注释

① 文段选自《史记·秦始皇本纪》，题目是编者加的。指鹿为马（zhǐlù-wéimǎ）（成语）：指着鹿，说是马，比喻故意颠倒黑白，混淆（hùnxiáo）是非。

② 赵高（?—前207）：秦朝二世皇帝时的丞相，是有名的奸臣。

③ 欲为乱：想要叛乱。欲：想。为乱：叛乱，这里指夺取秦朝的政权，自己做皇帝。
④ 恐（kǒng）：害怕，担心。
⑤ 群臣（chén）：朝廷的各位大臣。臣：当官的人。
⑥ 乃：于是，就。
⑦ 设验：想办法试探（shìtàn）。试探：用某种方法看看大臣们的反应，来了解他们心里的想法。
⑧ 持（chí）鹿（lù）献于二世：于是带来一只鹿献给二世。持：带着。鹿：一种动物，四肢细长，尾短。二世（前230—前207）：指秦朝的第二个皇帝胡亥（hài）。
⑨ 丞相误邪（yé）：丞相错了吧？误：错。邪：语气词。
⑩ 谓鹿为马：把鹿说成是马。谓：说。为：是。
⑪ 左右：身边的人，这里指大臣们。
⑫ 左右或默：大臣们有的沉默（不说话）。或：有的（人）。默：沉默，不说话。
⑬ 或言马以阿顺（ēshùn）赵高：有的为了阿谀顺从赵高说是马。以：来。阿顺：阿谀顺从，拍马屁。
⑭ 或言鹿者：有的大臣说是鹿。
⑮ 高因阴中（zhòng）诸（zhū）言鹿者以法：赵高就暗地里假借法律杀害那些说是鹿的人。因：于是，就。阴中：暗害，中伤。诸：众，许多。者：……的人。以：根据，依照。法：法律。以法：这里指以法律为杀人的借口。
⑯ 后群臣皆（jiē）畏（wèi）高：从此以后，大臣们都很害怕赵高。皆：都。畏：畏惧，害怕。

译文

赵高想要叛乱（夺取秦朝的政权，自己做皇帝），害怕各位大臣不听从他，就先想了一个办法去试探。（有一天赵高）带来一只鹿献给秦二世，说："这是一匹马。"秦二世笑着说："丞相错了吧？您把鹿说成是马。"（秦二世）问身边的大臣，大臣们有的沉默不说话，有的故意顺从赵高说是马。有的人说是鹿，赵高就在暗中假借法律杀害了那些说是鹿的人。从此以后，大臣们都很害怕赵高。

练习

一、给下列词语注音

1. 阴中（　　　　）　2. 恐（　　　）　3. 邪（　　　）
4. 谓（　　　）　5. 阿顺（　　　）　6. 鹿（　　　）
7. 诸（　　　）　8. 畏（　　　）

二、解释句中加点的字词的意思

1. 赵高欲为乱，恐群臣不听，乃先设验

2. 问左右，左右或默，或言马以阿顺赵高。或言鹿者

三、翻译句子

1. 二世笑曰："丞相误邪？谓鹿为马。"

2. 高因阴中诸言鹿者以法。

四、填空

1.《史记》是中国第一部________通史，是以__________为中心来反映历史内容的，是西汉汉武帝时期的__________花了13年的时间写成的。

2.《史记》还被认为是一部优秀的文学著作，在文学史上有重要地位，具有极高的文学价值，被鲁迅称赞为"_______________，________________"。

五、回答问题

1. 在"指鹿为马"的成语故事中，赵高和秦二世分别是怎样的人？

2. 赵高为什么能指鹿为马？

3. 成语"指鹿为马"是什么意思？

四面楚歌[1]

项王[2]军壁垓下[3]，兵少食尽[4]，汉军及诸侯兵围之数重[5]。夜

闻汉军四面皆楚歌[6]，项王乃大惊[7]曰："汉皆已得楚乎[8]？是何楚人之多也[9]！"项王则夜起[10]，饮帐中[11]。有美人名虞，常幸从[12]；骏马名骓[13]，常骑之。于是项王乃悲歌慷慨[14]，自为诗[15]曰："力拔山兮气盖世[16]，时不利兮骓不逝[17]。骓不逝兮可奈何[18]，虞兮虞兮奈若何[19]！"歌数阕[20]，美人和之[21]。项王泣数行下[22]，左右皆泣[23]，莫能仰视[24]。

注释

① 文段选自《史记·项羽本纪》，题目是编者加的。四面楚歌（sìmiàn-chǔgē）（成语）：四面都是楚人的歌，比喻陷（xiàn）入四面受敌、孤立无援（yuán）的境地。

② 项王：指项羽。项羽，名籍，字羽，秦朝末年下相（现在江苏省宿迁市）人，起兵反秦，以善战著名。秦朝灭亡后，他自立为西楚霸王。后与刘邦争天下，双方交战五年，被围困在垓下，最后逃到乌江自杀而死。

③ 军壁（bì）垓下（Gāixià）：军队驻扎（zhùzhā）在垓下。军：军队。壁：驻扎，安营扎寨，也就是军队在一个地方住下。垓下：古地名，在今安徽省灵璧县东南，是刘邦和项羽最后决战的地方。

④ 兵少食尽：士兵很少，粮食也没有了。兵：士兵。食：粮食。尽：完。

⑤ 汉军及诸侯（zhūhóu）兵围（wéi）之数重（shùchóng）：刘邦的军队和韩信、彭越的军队（把项羽的军队）围了好几层。汉军：指刘邦的军队，刘邦被封为汉王，所以称他的军队为汉军。及：和。诸侯：原本指古时帝王所管治的各小国的王侯，这里指淮阴侯韩信，建成侯彭越等人。兵：士兵，这里指军队。围：包围，四周拦挡起来。数重：好几层。

⑥ 夜闻汉军四面皆楚歌：（项羽）在深夜听到四面的汉军都唱起了楚地的歌曲。闻：听到。皆：都。楚歌：楚地的歌，用楚地方言土语唱的歌，这里是唱楚地的歌曲，项羽就是楚地人。

⑦ 乃大惊：于是十分吃惊。

⑧ 汉皆已得楚乎：汉军都已经取得楚地了吗？乎：语气词，可以翻译成"吗"。

⑨ 是何楚人之多也：怎么楚国人这么多呢！

⑩ 项王则夜起：项羽就连夜起床。则：就。夜：在夜晚。

⑪ 饮帐（zhàng）中：在帐中喝酒。账：军帐，军队晚上睡觉时搭的帐篷。

⑫ 有美人名虞（yú），常幸从：项王有一个美人，名叫虞姬（jī）。项羽非常宠幸（chǒngxìng）她，经常把她带在身边。幸：宠幸（地位高的人对地位低的人的宠爱）。

⑬ 骏（jùn）马名骓（zhuī）：有一匹骏马叫乌骓。骏马：跑得快的好马。

⑭ 悲歌慷慨（kāngkǎi）：唱起了悲凉激愤的歌。慷慨：这里指情绪激动愤慨。

⑮ 自为（wéi）诗：自己作歌词。为：作，写。

⑯ 力拔（bá）山兮（xī）气盖（gài）世：我的力气能够拔山啊，勇气盖过世人。拔山：拔起大山，形容力大无穷。兮：文言助词，相当于现代的"啊"或"呀"。气：勇气。盖世：超过世人。

⑰ 时不利兮骓不逝（shì）：时机和命运不好啊，乌骓马也不能奔驰了。不逝：是说被困而不得驰骋（chíchěng）。逝，向前行进。

⑱ 骓不逝兮可奈何：乌骓马不前进啊，我该怎么办？奈何：怎么办。

⑲ 虞兮虞兮奈若何：虞姬啊虞姬，我可把你怎么办呢？奈何：怎样，怎么办。若：你。

⑳ 歌数阕（què）：唱了好几遍。阕：量词，歌曲或词，一首为阕；一首词的一段也叫一阕。

㉑ 美人和（hè）之：虞姬在一旁应和。和：有节奏地跟着唱。

㉒ 项王泣（qì）数行（háng）下：项王的眼泪一道道流下来。泣：小声哭。数行：几行，这里指项羽的眼泪一直流。下：眼泪流下。

㉓ 左右皆泣：身边的人也都跟着流泪。

㉔ 莫（mò）能仰（yǎng）视：没有谁忍心抬起头来看他。莫：没有谁。仰视：抬起头来看。

译文

项羽的军队驻扎在垓下，士兵很少，粮食也没有了。刘邦的军队和韩信、彭越的军队（把项羽的军队）围了好几层。（项羽）在深夜听到四面的汉军都唱起了楚地的歌曲，于是非常吃惊，说："汉军都已经取得楚地了吗？为什么楚国人这么多呢！"于是连夜起床，在帐中喝酒。项王有一个美人，名叫虞姬。项羽非常宠幸她，经常把她带在身边。有一匹骏马叫乌骓，常常骑它。于是项王就唱起了悲凉激愤的歌，自己作歌词："我的力气能够拔山啊，勇气盖过世人。时机和命运不好啊，乌骓马也不能跑了。乌骓不能跑了，我该怎么办呢，虞姬啊虞姬，我又拿你怎么办呢！"唱了好几遍，虞姬在一旁应和。项王的眼泪不停地流下来。身边的人也都跟着流泪，没有谁忍心抬起头来看他。

练习

一、给下列词语注音

1. 垓下（　　　　） 2. 数重（　　　　） 3. 诸侯（　　　　）

4. 骓（　　　　） 5. 骏马（　　　　） 6. 宠幸（　　　　）

7. 驰骋（　　　　） 8. 阕（　　　　）

二、解释加点字词的意思

1．项王军壁垓下，兵少食尽，汉军及诸侯兵围之数重

2．项王泣数行下，左右皆泣，莫能仰视

三、翻译句子

1．力拔山兮气盖世，时不利兮骓不逝。

2．骓不逝兮可奈何，虞兮虞兮奈若何！

四、回答问题

1．项羽在哪儿被刘邦的军队围住？

2．刘邦的军队为什么唱起楚地的歌？

3．成语“四面楚歌”是什么意思？

多多益善[①]

上[②]尝[③]从容[④]与信[⑤]言[⑥]诸将[⑦]能不[⑧]，各有差[⑨]。上问曰：“如我能将[⑩]几何[⑪]？”信曰：“陛下[⑫]不过能将十万。”上曰：“于[⑬]君何如[⑭]？”曰：“臣多多而益善耳[⑮]。”上笑曰：“多多益善，何为[⑯]为[⑰]我禽[⑱]？”信曰：“陛下不能将兵[⑲]，而善将将[⑳]，此乃[㉑]信之所以[㉒]为陛下禽也[㉓]。且陛下所谓天授[㉔]，非人力也。”

注释

① 文段选自《史记·淮阴侯列传》，题目是编者加的。多多益善（duōduō-yìshàn）(成语)：(东西或人等）越多越好。益：更加。善：好。
② 上：皇上，这里指汉高祖刘邦。
③ 尝：曾经。
④ 从容：随口，意思就是随口说到。
⑤ 信：指韩信。韩信（约前231—前196），西汉开国功臣，曾被封为齐王、楚王、上大将军，后贬为淮阴侯。中国历史上伟大的军事家、战略家、战术家、统帅和军事理论家。
⑥ 言：谈论，讨论。
⑦ 诸将（jiàng)：各位将领。
⑧ 能不（fǒu)：是否有才能。不：通“否”。
⑨ 差：差别，不同。
⑩ 将（jiàng)：统率，指挥。
⑪ 几何：多少（人）
⑫ 陛下（bìxià)：对帝王的尊称。
⑬ 于：对于。
⑭ 何如：如何，怎么样。
⑮ 臣多多而益善耳：我是越多越好了。耳：语气词，“了”。
⑯ 何为（wèi)：为何，为什么。
⑰ 为（wéi)：被。
⑱ 禽（qín)：同“擒”，抓住，这里是控制的意思。
⑲ 将兵：指挥军队。
⑳ 善将将：善于指挥将领。善：善于。将：指挥。将：将领，统帅。
㉑ 此乃：这就是。
㉒ 之所以：……的原因。
㉓ 也：语气词，“了”。
㉔ 天授（shòu)：天生的。

译文

刘邦曾经随意地和韩信谈论各位将领有没有才能，结果各有高低。刘邦问韩信：“像我，能带多少兵？”韩信说：“陛下带兵最多不超过十万。”刘邦说：“对你来说，能带多少兵？”韩信回答说：“我是越多越好了。”皇上笑着说：“越多越好，为什么还被我控制，听我的话？”韩信说：“陛下不善于带兵，却善于指挥将领，这就是我被陛下控制，听从陛下的原因。并且陛下的能力是天生的，不是别人努力就能获得的。”

练习

一、给下列词语注音

1. 能不（　　　　　）　2. 诸将（　　　　　）　3. 陛下（　　　　　）
4. 禽（　　　）

二、解释加点字词的意思。

1. 上尝从容与信言诸将能不，各有差

2. 多多益善，何为为我禽

3. 如我能将几何

三、翻译句子

1. 臣多多而益善耳。

2. 陛下不能将兵，而善将将，此乃信之所以为陛下禽也。

四、回答问题

1. 韩信认为刘邦能指挥多少兵马？他自己呢？为什么？

2. 你觉得韩信和刘邦各有什么特长？

3. 成语“多多益善”的意思是什么？

课外延伸阅读

纸上谈兵[①]

赵括[②]自少时[③]学兵法[④]，言兵事[⑤]，以天下莫能当[⑥]。尝与其父奢言兵事[⑦]，奢不能难[⑧]，然不谓善[⑨]。括母问奢其故[⑩]，奢曰："兵，死地也[⑪]，而括易言之[⑫]。使赵不将括即已[⑬]；若必将之[⑭]，破赵军者必括也[⑮]！"

赵括既代廉颇[⑯]，悉更约束[⑰]，易置军吏[⑱]。秦将白起闻之[⑲]，纵奇兵，佯败走[⑳]，而绝其粮道[㉑]，分断其军为二[㉒]，士卒离心[㉓]。四十余日[㉔]，军饿[㉕]，赵括出锐卒自搏战[㉖]，秦军射杀赵括。括军败，数十万之众遂降秦[㉗]，秦悉坑之[㉘]。

注释

① 文段选自《史记·廉颇蔺相如列传》，题目是编者加的。纸上谈兵（zhǐshàng-tánbīng）（成语）：在纸面上谈论带兵打仗，比喻空谈理论，不能解决实际问题，也比喻空谈不能成为现实。

② 赵括（Zhào Kuò）：战国时期赵国将领，赵括熟读兵书，但缺乏战场经验，不会指挥作战。公元前260年作为赵国指挥将领，在长平之战中被秦国军队射杀身亡，他带领的40多万赵国士兵被秦军坑杀。

③ 少（shào）时：小时候。

④ 兵法：用兵作战的方法。

⑤ 言兵事：说起用兵打仗的事。言：说。兵事：用兵打仗的事。

⑥ 以天下莫能当：认为天下没有人能比得上他。以：认为。当：比得上。

⑦ 尝与其父奢（shē）言兵事：（赵括）曾经和他的父亲赵奢讨论用兵打仗的事。尝：曾经。奢：赵奢，赵括的父亲，赵国有名的将领。

⑧ 难：使之为难，意思是说不过赵括。

⑨ 然不谓善：但是（赵奢）并不说好，意思就是赵奢并不承认赵括有实际指挥作战的能力。

⑩ 括母问奢其故：赵括的母亲问赵奢其中的原因。故：原因。

⑪ 兵，死地也：用兵打仗，本是危险的场合。兵：战争。死地：生死存亡的地方。

⑫ 而括易言之：然而赵括把它说得很轻松容易。易：轻松容易。

⑬ 使赵不将（jiàng）括即（jí）已（yǐ）：假使赵国不让赵括做将军也就算了。使：假使，假如。将：以……为将，让……做将军。即：就。已：罢了，算了。

⑭ 若（ruò）必将之：如果一定要让他当将军。若：如果。必：一定。

⑮ 破（pò）赵军者必括也：打败赵国军队的一定是赵括。破：打败。

⑯ 赵括既代廉颇（Lián Pō）：赵括代替了廉颇（担任抗秦大将）后。既：已经。代：代替（tì），取代。廉颇：赵国名将。廉颇对秦作战，根据实际情况，采用深沟高垒（lěi）的防御（fángyù）战。后赵王中了秦的离间（líjiàn）计，用赵括代廉颇。

⑰ 悉（xī）更（gēng）约束：全部改变原有的纪律和规定。悉：全，全部。更：更换，改变。

⑱ 易置（zhì）军吏：撤换并重新安排军官。易：换。置：安排。

⑲ 秦将白起闻之：秦国将领白起听说了这件事。白起：战国时期秦国著名将领，也是中国古代著名的将领和军事家。

⑳ 纵（zòng）奇兵，佯（yáng）败走：调遣奇兵，假装失败逃跑。纵：发，放，这里指派遣。奇兵：让人意想不到的军队。佯：假装。走：逃跑。

㉑ 而绝其粮道：却断绝他的粮道。绝：断绝。粮道：运送粮食的道路。

㉒ 分断其军为二：把赵军分成两段。

㉓ 士卒（zú）离心：赵军军心涣散（指作战时的士气和勇气都消失了）。士卒：士兵。离心：不同心，不团结。

㉔ 四十余日：四十多天。余：多。

㉕ 军饿（è）：军队士兵饥饿。

㉖ 赵括出锐卒（ruìzú）自搏（bó）战：赵括带领精锐的兵士亲自上阵战斗。锐卒：精锐的士兵，厉害的士兵。搏战：格斗，也就是近身战斗。

㉗ 数十万之众遂（suì）降（xiáng）秦：于是几十万兵士向秦军投降。遂：于是。降：投降，认输。

㉘ 秦悉坑（kēng）之：秦军把他们全部杀死，并把尸体（shītǐ）堆积（duījī）起来。坑：坑杀，将敌军杀死后把尸体堆积起来的行为。

译文

赵括从小起就学习兵法，谈论用兵打仗的事，认为天下没有人能够比得上他。（赵括）曾经跟他的父亲赵奢议论过用兵打仗的事，赵奢说不过（他），但是（赵奢）不认为他有军事才能。赵括的母亲问赵奢其中的原因，赵奢说："打仗是关乎生死存亡的事，但是赵括把它说得轻松容易。赵国不让赵括做将军也就算了，如果一定要他当将军，那么打败赵国军队的一定是赵括。"

赵括代替了廉颇（担任抗秦大将）后，全部更改（原有的）纪律和规定，撤换并重新安排军官。秦国将领白起听说了这件事后，便派出奇兵，假装失败逃跑，却断绝赵括运粮食的道路，把赵军隔断，分成两部分，赵军军心涣散。四十多天后，军队士兵饥饿，赵括带领精锐的兵士亲自上阵格斗。秦军射死了赵括，赵国军队大败，于是几十万兵士向秦军投降，秦军把他们全部杀死，并把尸体堆积起来。

沐猴而冠①

居数日②，项羽引兵西屠咸阳③，杀秦降王子婴④，烧秦宫室⑤，火三月不灭；收其货宝妇女而东⑥。人或说项王曰⑦："关中阻山河四塞⑧，地肥饶⑨，可都以霸⑩。"项王见秦宫皆以烧残破，又心怀思欲东归⑪，曰："富贵不归故乡，如衣绣夜行⑫，谁知之者！"说者曰："人言楚人沐猴而冠耳⑬，果然。"项王闻之，烹说者⑭。

注释

① 文段选自《史记·项羽本纪》，题目是编者加的。沐猴而冠（mùhóu-érguàn）(成语)：猴子穿衣服戴帽子，但不是真人。比喻仅有外表，形同傀儡（kuǐlěi）。沐猴：猕（mí）猴。冠：戴上帽子。

② 居（jū）数（shù）日：过了几天。居：过了。

③ 项羽引兵西屠（tú）咸阳（Xiányáng）：项羽带领军队，向西进入咸阳城内，大量杀害城内的人。引兵：带领军队。西：向西。屠：屠杀，大量杀害。咸阳：秦国的国都，在今陕西省境内。

④ 子婴（yīng）(？—前206)：秦朝第三位皇帝，在位46天。刘邦带兵到灞上（今陕西省西安市东），他出城投降，后被项羽杀死。

⑤ 宫室：这里指秦朝的宫殿（diàn）。

⑥ 收其货宝妇女而东：项羽还搜寻（sōuxún）抢夺了许多金银财物和一些年轻妇女，往东方而去。

⑦ 人或说（shuì）项王曰：有人劝项羽说。说：劝说（quànshuō）。

⑧ 关中阻（zǔ）山河四塞（sài）：关中这块地方，有山河作为屏障，四方都有要塞。阻：依靠，依仗。塞：要塞，指非常重要的关隘（ài）。

⑨ 地肥饶（ráo）：土地肥沃（wò）。

⑩ 可都以霸（bà）：可以建立都城成就霸业。都：（建立）都城。以：来，表目的。霸：称雄，称霸。

⑪ 又心怀思欲东归：思念家乡，想回去。东归：往东回去。

⑫ 如衣绣夜行：好像穿着华丽漂亮的衣服在黑夜中行走。衣：穿。绣：锦绣（jǐnxiù），这里指精美华丽的衣服。

⑬ 人言楚人沐猴而冠耳：人们说楚人是戴着帽子的猴子。耳：罢了。

⑭ 烹（pēng）说者：烹杀了那个游说的人。烹：中国古代一种酷刑，用鼎镬（dǐnghuò）煮人。

过了几天，项羽带领军队向西进入咸阳城，大量杀害城内百姓，又杀了投降的秦王子婴，放火烧了秦朝的宫殿，大火烧了几个月都不熄灭；他抢夺了秦宫的财宝、妇女，往东走了。有人劝项王说："关中这个地方，有山河作为屏障，四方都有要塞，土地肥沃，可以在此建立都城成就霸业。"但项王看到秦朝宫殿都被火烧毁，又思念家乡，一心想回去，就说："富贵不回故乡，就像穿了漂亮衣裳在黑夜中行走，有谁知道呢？"那个劝项王的人说："人们说楚国人是戴了人的帽子的猴子，果真是这样。"项王听见这话，把那个人扔进锅里烹杀了。

《史记》名言摘录

1. 究天人之际，通古今之变，成一家之言。

——《史记·太史公自序》

译：研究探索自然和人之间的关系，理顺通晓从古代到现在的自然和社会的变化，形成自己一家的学说。这是司马迁本人说的，说明自己写《史记》的目的和意义。

2. 天下熙熙，皆为利来；天下攘攘，皆为利往。

——《史记·货殖列传》

译：天下人为了利益蜂拥而至，为了利益各奔东西。

3. 士为知己者死，女为说（yuè）己者容。

——《史记·刺客列传》

译：大丈夫甘愿为了解和赏识自己的人去死，美女情愿为欣赏、爱慕自己的人精心打扮。

4. 智者千虑，必有一失；愚者千虑，必有一得。

——《史记·淮阴侯列传》

译：聪明的人在上千次考虑中，总会有一次失误；愚蠢的人在上千次考虑中，总会有一次收获。

5. 得黄金百斤，不如得季布一诺。

——《史记·季布栾布列传》。

译：得到百斤黄金，比不上得到季布一句允诺。

6. 鸟之将死，其鸣也哀；人之将死，其言也善。

——《史记·滑稽列传》

译：鸟将要死时，它的叫声是悲哀的；人将要死时，他的话也是善良的。

7. 桃李不言，下自成蹊。

——《史记·李将军列传》

译：桃树李树虽不会说话，但是它们果实甜美，让人喜爱，人们在它下面走来走去，走成了一条小路。

8. 富贵不归故乡，如衣绣夜行，谁知之者？

——《史记·项羽本纪》

译：有钱有地位后不回家乡，就好像穿着漂亮衣服在夜里行走，谁会知道你成功了呢？

9. 高山仰止，景行行止，虽不能至，然心向往之。

——《史记·孔子世家》

译：品行才学像高山一样，令人敬仰，虽然不能达到这种程度，可是心里却一直向往着。

10. 飞鸟尽，良弓藏；狡兔死，走狗烹。

——《史记·越王勾践世家》

译：天上的飞鸟被打完了，再好的弓箭也没有用了，只有收藏起来；狡猾的兔子死了，跑得再快的猎狗也没用了，只有被猎人杀了煮来吃了。

历史小故事

司马迁发愤写《史记》

司马迁出生在黄河岸边的龙门（今陕西省韩城市）。他从小听着人们讲述古代英雄的故事而长大。他的父亲司马谈是汉朝的史官（专门记录历史的官员），立志要编写一部史书，记载从黄帝到汉武帝大约3000年的历史。受父亲的影响，司马迁努力读书，充实自己的历史知识。他还到处游历，广交朋友，积累了大量的历史资料。

司马谈快死的时候，流泪拉着儿子的手说："我死之后，朝廷会让你继任我的官职，你千万不要忘记我生平想要完成的史书啊！"司马迁牢记父亲的话，每天忙着研读历史文献，整理父亲留下来的史料和自己搜集来的资料。

公元前104年，司马迁开始写《史记》。正当他专心致志著书的时候，一场灾祸突然降临到他的头上。因为帮一位将军朋友辩护，得罪了汉武帝，他被关进了监狱，并且被判了死刑。据汉朝的刑法，死刑有两种减免办法：一是拿五十万钱赎罪，二是受"宫刑"（割掉男子生殖器、破坏女子生殖机能的一种肉刑）。司马迁拿不出这么多钱赎罪，所以他只能选择宫刑。面对最残酷的刑罚，司马迁痛苦到了极点，几次想要自杀，但想到《史记》还没有完成，便打消了这个念头。他想："人总是要死的，但是有人的死比泰山还重，非常有意义，有人的死却比鸟的羽毛还轻，一文不值！（人固有一死，或重于泰山，或轻于鸿毛）。我如果就这样死了，不是比鸿毛还轻吗？我一定要活下去！我一定要写完这部史书！"想到这里，他尽力克制自己，把个人的耻辱、痛苦全都埋在心底，继续写《史记》。

就这样，司马迁努力写作，用了整整13年时间，终于完成了一部52万字的辉煌巨著——《史记》。这部前无古人的著作，几乎耗尽了他毕生的心血，是他用生命写成的。

第七讲　魏晋南北朝诗歌

魏晋南北朝（220—589）是中国历史上政权更迭[①]最频繁[②]的时期。因为长期的封建割据[③]和连绵不断的战争，社会动荡不安，佛教、道教以及各种神鬼观念很流行，这些都对文学产生了深刻的影响。这一时期的文学观和文学的审美[④]追求都有了很大的改变，这些也给诗歌的写作带来了非常大的影响。题材方面，这一时期出现了各种各样题材的诗歌，其中对后世影响比较大的有田园诗[⑤]、山水诗[⑥]、咏怀诗[⑦]和咏史诗[⑧]等；诗歌形式也越来越丰富和多样化，古体诗[⑨]进一步丰富和发展，齐梁[⑩]“永明体[⑪]”的出现为唐代律诗[⑫]的成熟奠定[⑬]了基础。这一时期的诗歌在语言上很多不像《诗经》和汉乐府那样自然、朴素，倾向追求华美[⑭]的词风，在用词方面更加用心和讲究，喜欢运用典故[⑮]，并有意识地注意语言的声律[⑯]美和诗句的对仗[⑰]工整。这些都对后世的诗歌创作有着巨大的影响。

注释

① 更迭（gēngdié）：更替，变换。

② 频繁（pínfán）：时间短，次数多。

③ 封建割据（gējù）：封建社会有武装力量的人占据部分地区，对抗中央政权，形成分裂对抗的局面。

④ 审美（shěnměi）：欣赏、领会事物或者艺术作品的美。

⑤ 田园诗：描写农村生活和风光的诗歌。

⑥ 山水诗：描写自然景物的诗歌。

⑦ 咏怀诗：抒发诗人内心思想情感的诗歌。

⑧ 咏史诗：对历史古迹或历史事实发表感慨的诗歌。

⑨ 古体诗：古体诗是指唐代格律诗产生以前的诗歌形式，古体诗又称古诗或古风，古体诗不受近体诗的格律的束缚，形式比较自由，有三言、四言、五言、七言等。

⑩ 齐梁：指南北朝时南朝的齐（479—502）、梁（502—557）两个王朝。

⑪ 永明体：指南朝齐武帝永明年间出现的一种新诗体，其特点是讲求声律，对律诗的形成有重要影响。

⑫ 律诗：中国传统诗歌的一种体裁，因格律要求非常严格而得名，律诗在字句、押韵、平仄、对仗等方面都有严格规定。常见的类型有五言律诗和七言律诗。

⑬ 奠定（diàndìng）：使稳固，使安定。
⑭ 华美：美丽又有光彩。
⑮ 典故：诗歌文章等作品中引用古书中的故事或有出处的词句。
⑯ 声律：指语言文字的声韵格律。
⑰ 对仗：诗词中要求严格的对偶。

曹操（155—220）：字孟德，东汉末年的政治家、军事家、文学家及诗人。现在流传下来的诗有20多首。他的一部分诗真实反映了东汉末年动乱的社会现实和百姓的苦难[①]。另一部分诗抒发[②]了他的人生抱负[③]和统一天下的雄心壮志[④]。风格苍劲有力，慷慨悲凉。曹操用自己的诗歌创作开创了新的风气，为建安文学[⑤]的繁荣和发展作出了贡献。

注释

① 苦难（kǔnàn）：痛苦和灾难。
② 抒发：情感等的表达。
③ 抱负：远大的志向、理想。
④ 雄心壮志：伟大的理想，宏伟的志愿。
⑤ 建安文学：指汉末建安至魏初的文学。代表作家有曹操、曹丕、曹植和建安七子等。

观沧海[①]

曹操

东临碣石[②]，以[③]观沧海。
水何澹澹[④]，山岛竦峙[⑤]。
树木丛生[⑥]，百草丰茂[⑦]。
秋风萧瑟[⑧]，洪波涌起[⑨]。
日月之行[⑩]，若出其中[⑪]；
星汉灿烂[⑫]，若出其里[⑬]。
幸甚至哉[⑭]，歌以咏志[⑮]。

① 观沧海：观赏大海。沧（cāng）：水青绿色。沧海：大海，因为大海的水看上去是青

绿色，所以叫“沧海”。

② 东：方位名词，这里作状语，表示向东、朝东。临：到，这里是登上的意思。碣（jié）石：山名，碣石山在河北昌黎，公元207年秋天，曹操征乌桓（huán）时经过这个地方。

③ 以：来，表示目的。

④ 何：多么。澹（dàn）澹：水波摇动的样子。

⑤ 竦（sǒng）峙（zhì）：耸立。竦，通“耸”，高。峙：高高地立起。

⑥ 丛（cóng）生：草木聚集在一起生长，形容茂盛。

⑦ 丰茂（mào）：茂盛。

⑧ 萧瑟（sè）：树木被秋风吹动的声音。

⑨ 洪（hóng）波：巨大的波浪。涌（yǒng）起：出现。涌：形容大波浪掀动的样子。

⑩ 日月之行：太阳和月亮的运行。日月：太阳和月亮。之：的。行：运行。

⑪ 若：好像。其：这里指大海。出其中：从大海中出来。

⑫ 星汉：银河。灿烂（cànlàn）：形容光芒照得非常耀眼，夺目。

⑬ 若出其里：好像从大海里出来的一样。

⑭ 幸甚至哉：庆幸得很，好极了。幸：庆幸。甚（shèn）：极点。至：非常。哉（zāi）：语气词。

⑮ 歌以咏（yǒng）志：用诗歌表达志向或理想。歌：诗歌。以：用。咏：表达。志：志向，理想。

译文

我往东走登上碣石山，来观赏大海。

海水多么宽阔浩荡，山岛高高耸立在海边。

碣石山上长满了树木，各种草又多又茂盛。

秋风吹动树木发出瑟瑟（sèsè）的声音，海中涌起巨大的波浪。

太阳和月亮的运行，好像是从这大海中出发的。

银河星光灿烂，好像是从这大海中涌现出来的一样。

太庆幸了！就用这首诗歌来表达自己内心的志向吧。

练习

一、给下列词语注音

1. 碣石（　　　　　　）　2. 沧海（　　　　　　）　3. 澹澹（　　　　　　）

4. 竦峙（　　　　　　）　5. 萧瑟（　　　　　　）　6. 洪波（　　　　　　）

7．灿烂（　　　　　　）　8．涌（　　　）

二、解释加点字词的意思

1．东临碣石，以观沧海

2．秋风萧瑟，洪波涌起

3．树木丛生，百草丰茂

三、翻译诗句

1．水何澹澹，山岛竦峙。

2．星汉灿烂，若出其里。

四、填空

曹操，字__________，东汉末年著名的__________家、__________家、__________家及诗人。

五、回答问题

1.《观沧海》中哪几句是实写大海的景色的？表现了大海的什么特点？哪几句是虚写大海的？有什么特点？

2.《观沧海》这首诗表达了诗人怎样的思想感情？从诗中可以看出诗人是一个怎样的人？

六、背诵默写这首诗

陶渊明（约365—427），名潜（qián），字渊（yuān）明，东晋[①]人，中国文学史上著名的诗人、辞赋家、散文家。

陶渊明是中国著名的田园诗人，也是田园诗的开创者[②]，他在回到农村隐居[③]以后，能亲自参加生产劳动，写出了不少描绘美好的田园风光和抒发自己平静淡泊[④]的心情的诗歌作品，反映了他厌弃[⑤]官场生活的思想感情。他的诗歌内容真切，感情真挚[⑥]，语言朴素自然而形象鲜明，对后代诗人的创作产生了很大的影响。

注释

① 东晋（jìn）（317—420）：司马睿建立的政权，建都建康（今江苏南京），历史上叫东晋。

② 开创者：开拓一个全新的领域或者建设一个新的事物的第一人。

③ 隐居（yǐnjū）：住在偏远的地方，不肯出去做官。

④ 淡泊（dànbó）：对外在的名声和利益不在乎。

⑤ 厌弃（yànqì）：讨厌嫌弃，不喜欢。

⑥ 真挚（zhì）：（感情）真诚恳切。真：真诚。挚：诚恳。

归园田居（其三）[①]

陶渊明

种豆南山下[②]，草盛豆苗稀[③]。
晨兴理荒秽[④]，带月荷锄归[⑤]。
道狭草木长[⑥]，夕露沾我衣[⑦]。
衣沾不足惜[⑧]，但使愿无违[⑨]。

注释

① 归园田居：题目的字面意思是“回到农村生活”。《归园田居》是陶渊明的代表诗作之一，作者写了五首，这是其中的第三首。归：回。园田：田园，农村。居：隐居。

② 南山：江西庐山，因为风景秀丽而出名。

③ 盛（shèng）：茂盛。苗（miáo）：初生的植物。稀（xī）：稀疏，豆苗少的样子。

④ 晨兴：早上起床。兴：起床。理：整理，这里是除去的意思。荒秽（huì）：杂乱的野草。

⑤ 带月：指晚上月亮出来了，在月光下走路。荷（hè）锄：扛着锄头。归：回家。

⑥ 狭（xiá）：窄（zhǎi），不宽。草木长（cháng）：草木茂盛。

⑦ 夕（xī）：傍晚。露（lù）：是夜晚或清晨近地面的水气遇冷凝结于物体上的水珠。沾（zhān）：打湿。

⑧ 不足：不值得。惜：可惜。

⑨ 但：只要。愿：心愿，意愿。违（wéi）：违背，不能实现。

译文

南山脚下有我种的豆子地，杂草长得很茂盛，豆苗长得很稀疏。
早晨起来到地里清除野草，晚上在月光下我才扛着锄头回家。
草木都伸长到了狭窄的小路上，夜晚的露水打湿了我的衣服。
衣服湿了又有什么可惜，只要不违背自己的意愿就行了。

练习

一、给下列词语注音

1. 种（　　）　2. 稀（　　）　3. 荒秽（　　）
4. 荷锄（　　）　5. 狭（　　）　6. 夕露（　　）
7. 沾（　　）　8. 违（　　）

二、解释加点字词的意思

1. 种豆南山下，草盛豆苗稀

2. 道狭草木长，夕露沾我衣

三、翻译诗句

1. 晨兴理荒秽，带月荷锄归。

2. 衣沾不足惜，但使愿无违。

四、填空

陶渊明是中国文学史上著名的＿＿＿＿＿，辞赋家，＿＿＿＿＿家。他也是＿＿＿诗的开创者。

五、回答问题

1.《归园田居（其三）》中哪几句表现了诗人一天的劳动很辛苦？诗人的心情怎么样？

2.《归园田居（其三）》中的“但使愿无违”中的“愿”具体指什么心愿？由此可以看出作者有着怎样的生活态度和人生理想？

六、背诵默写这首诗

课外延伸阅读

阮籍（Ruǎn Jí）（210—263），三国时魏国诗人。现在流传下来的阮籍的作品有赋6篇、散文较完整的有9篇、诗90多首。阮籍的诗歌代表了他的主要文学成就，主要作品就是五言咏怀诗82首。

咏怀（其一）①

阮籍

夜中不能寐②，起坐弹鸣琴③。
薄帷鉴明月④，清风吹我襟⑤。
孤鸿号外野⑥，翔鸟鸣北林⑦。
徘徊将何见⑧？忧思独伤心⑨。

注释

① 咏怀（yǒnghuái）：用诗歌来描述、表达内心的感受、感情。阮籍的《咏怀》82首是有名的抒情组诗,《夜中不能寐》是《咏怀》的第一首。
② 夜中：中夜、半夜。不能寐（mèi）：睡不着觉。
③ 起坐：起来。弹鸣琴：弹琴。
④ 薄（báo）帷（wéi）：薄薄的帷帐。鉴（jiàn）：照。
⑤ 襟（jīn）：衣襟，即上衣的前幅。
⑥ 孤鸿（hóng）：失群的大雁。号（háo）：鸣叫、哀号。外野：野外。
⑦ 翔（xiáng）鸟：飞翔盘旋（pánxuán）着的鸟，鸟在夜里飞翔是因为月光明亮。北林：《诗经·秦风·晨风》中有“鴥（yù）彼晨风，郁彼北林。未见君子，忧心钦钦（qīnqīn）。如何如何，忘我实多！”后人往往用“北林”一词表示忧伤。
⑧ 徘徊（páihuái）：走来走去。何见：即“见何”，看见什么。何：什么。
⑨ 忧思：忧虑。

译文

夜里睡不着觉，起床坐着弹琴。月光照在薄帷上，清风吹着我的衣襟。失群的大雁在野外悲伤地叫着，飞翔盘旋着的鸟在北林上空鸣叫。这时徘徊会看到些什么呢？不过是独自伤心罢了。

左思（约250—305），西晋著名文学家，他的《三都赋》在当时非常有名，造成了著名的“洛阳纸贵”的现象。《咏史》八首是他的代表作之一。

咏史（其二）①

左思

郁郁涧底松②，离离山上苗③。
以彼径寸茎④，荫此百尺条⑤。
世胄蹑高位⑥，英俊沉下僚⑦。
地势使之然⑧，由来非一朝⑨。
金张藉旧业⑩，七叶珥汉貂⑪。
冯公岂不伟⑫，白首不见招⑬。

注释

① 咏史：以历史故事或历史人物为题材来写诗歌。左思的咏史诗一共有八首，这首诗歌是其中的第二首。

② 郁郁（yùyù）：形容植物生长得很好，很茂盛。涧（jiàn）：原指夹在两山间的水沟或流水，这里指两山之间的谷底。涧底松：字面意思是长在山谷底的松树，实际比喻很有才华却地位低下的读书人。

③ 离离：下垂（chuí）的样子。山上苗：山上小树。苗：刚长出来不久的草木。

④ 彼（bǐ）：指山上苗。径（jìng）寸茎（cùnjīng）：直径一寸的茎干，比喻没才能。

⑤ 荫（yīn）：遮蔽（zhēbì），遮掩（zhēyǎn）。此：指涧底松。百尺条：百尺高的树木。百尺：意思是树非常高大。条：条干，枝干。

⑥ 世胄（zhòu）：世家子弟，贵族后代。胄：后裔（yì），后代。蹑高位：当大官。蹑（niè）：登。

⑦ 英俊（yīngjùn）：有才能的人。沉：埋没（máimò），没有机会发挥才能。下僚（liáo）：地位低下的小官。

⑧ 地势（dìshì）：地面高低起伏的形势。这里表面上指松苗所处的地理位置不同，实际上指世胄英俊所处的地位权势不同。使之然：使他们如此。

⑨ 由来：从来，从古而来。非一朝（zhāo）：不是一天形成的，意思是这种情况已经存在很久了。

⑩ 金：指汉朝的金日磾（Jīn Mìdī），他家自汉武帝到汉平帝，七代做内侍。张：指汉朝的张汤，他家自汉宣帝以后，有十多人做侍中、中常侍。藉（jiè）：凭借。旧业：祖先的功业。

⑪ 七叶：七代。珥（ěr）：插（chā）。珥汉貂：汉代侍中、中常侍的帽子上，都插貂尾（diāo wěi）。这两句是说金张两家的子弟凭借祖先的功业，七代做汉朝的大官。

⑫ 冯公：指汉朝的冯唐，汉文帝时，冯唐年过七旬，仍是小官。岂（qǐ）：难道。伟：指才能突出。

⑬ 白首：白头，指年老。招（zhāo）：指被皇帝召见、重用的意思。

茂盛的松树生长在山谷底，低垂的小树生长在山头上。

（由于生长的地势高低不同，）山顶直径一寸的小树，却能遮盖山谷高大的松树。

贵族世家子弟能做大官，有才能的人却被埋没，只能做小官。

这种情况就像涧底松和山上苗一样，是地位的不同使他们这样的，这种情况已经存在很久了。

汉代金日磾和张汤两家就是依靠了祖上的功业，子孙七代做了高官。

冯唐难道还不算是个才能出众的人才吗？可就因为出身低下，头发都白了还得不到重用。

历史小故事

1. 割发代首

有一次，曹操带领军队经过麦田，下令说：“大家不要踩坏了麦子，若有违反则要处死！”军中骑马的人都下马，用手扶着麦子走。没想到，曹操骑马正在走路，忽然，田野里飞起一只鸟儿，惊吓了他的马。他的马一下子跑进田地，踏坏了一片麦田。他很严肃地让执法的官员为自己定罪。执法的官员用《春秋》的典故应对说：自古刑法是不对尊贵的人使用的。曹操说：“既然古书《春秋》上有‘法不加于尊’的说法，我又肩负着天子交给我的重要任务，那就暂且免去一死吧。但是，我不能说话不算话，我犯了错误也应该受罚。那么，我就割掉头发代替我的头吧。”于是拿起剑来割断自己的头发扔到地上。

2. 穷途之哭

魏晋时的官道上，人们常常可以看到一辆破牛车慢慢走着，没有车夫，没有方向，没有目标。有时车走到了小路上，就这么走着，走着，也不知走了多久，最后老牛停下来了，因为已到了路的尽头，前面或者是高山，或者是深谷。总之，没有路可以走了。

这时，坐在车里的那个人正喝着酒，看到这种情况，全身发抖，放声痛哭起来，等哭够了之后，他调转车头，走上另一条路，走着走着又走到了路的尽头，他又放声痛哭起来。

这个有名的故事叫“穷途之哭”，故事的主人公就是阮籍。

3. 但识琴中趣，何劳弦上声！

人们都知道陶渊明生平有两大爱好：喝酒、读书，而且都非常有特点，喝酒一定要喝醉，读书则只求大概了解。其实，陶渊明还有一爱，而且爱得特别怪异，那就是弹琴。他的琴没有任何装饰，没有弦，其实就是一个像琴的木板或木箱。这样一个木板木箱，陶渊明却非常喜欢，把它看作是宝琴，经常带在身边，只要喝酒，就一定弹琴来表达自己的感情，弹着弹着，就完全沉醉在其中了。一人在家中这样也就算了，偏偏陶渊明又重友情，自己有喜欢的东西，一定要与朋友分享。每当朋友相聚，他就带着琴去，别人弹琴，他也弹着那张怪异的无弦琴。朋友问他无弦无声，弹的是啥？他就真诚地回答说：“只要领会了琴中的乐趣，又何必非要在琴上奏出美妙的音乐呢？”

第八讲 魏晋南北朝小说

魏晋南北朝（220—589）是中国历史上一个战争很多、社会非常动乱的时期。人民生活没有希望，很痛苦，所以常常觉得精神上没有寄托[①]、产生了生命无常[②]的思想情绪。加上佛教、道教、鬼神迷信思想的广泛传播，很多人通过信神仙道术来得到精神上的解脱[③]，所以记载[④]神鬼仙怪、奇闻异事[⑤]的志怪小说得到广泛的流行。魏晋南北朝志怪小说的代表作是干宝的《搜神记》。魏晋南北朝还是玄学[⑥]很流行的时期，在玄学的影响下，读书人、当官的人、有钱人都非常重视个人的言谈，风度等。这是志人小说兴盛的一个重要原因。魏晋南北朝志人小说的代表作是刘义庆的《世说新语》。

注释

① 寄托（jìtuō）：把理想、希望、感情等放在（某人身上或某种事物上）

② 无常：佛教语言，意思是生死变化不定，没有规律。

③ 解脱（jiětuō）：解除烦恼，脱离束缚（shùfù），自由自在。

④ 记载（jìzǎi）：用文字写下来。

⑤ 奇闻异（yì）事：难以理解，想象不到的事。

⑥ 玄学（xuánxué）：是对《老子》《庄子》和《周易》的研究和解说。产生于魏晋，是道家和儒家融合而出现的一种哲学、文化思潮，是这一时期的主要哲学思潮。

刘义庆（403—444），南朝宋文学家。组织文人编写了著名的志人小说《世说新语》。

王子猷居山阴[①]

王子猷居山阴。夜大雪，眠觉[②]，开室命酌酒[③]，四望皎然[④]。因起彷徨[⑤]，咏左思《招隐诗》[⑥]，忽忆戴安道[⑦]。时戴在剡[⑧]，即便夜乘小船就之[⑨]，经宿方至[⑩]，造门不前而返[⑪]。人问其故[⑫]，王曰："吾本乘兴而行[⑬]，兴尽[⑭]而返，何必见戴？"

注释

① 本篇选自《世说新语》，题目是编者加的。《世说新语》是一本记载魏晋人物言谈轶（yì）事的笔记小说。王子猷（yóu）：王徽（huī）之，字子猷，王羲（xī）之的儿子。居：住。山阴：旧县名，在今浙江绍兴市。

② 眠（mián）觉（jué）：睡醒。

③ 开室命酌（zhuó）酒：打开房门，叫下人拿酒来喝。开室：打开房门。命：让，叫。酌酒：斟酒，倒酒。

④ 皎（jiǎo）然：明亮洁白的样子。

⑤ 因起彷徨（pánghuáng）：于是起身走来走去。因：于是。彷徨：徘徊（páihuái），走来走去。

⑥ 左思：西晋文学家，他的《招隐诗》主要内容是歌咏隐士的清高生活。

⑦ 忽忆戴安道：忽然想起老朋友戴安道。戴安道：就是戴逵（kuí），西晋人，学问好，才能高，擅长音乐、书画和佛像雕刻，性情高洁，终生隐居不当官。

⑧ 剡（shàn）：水名，剡溪（xī），即在现在的浙江嵊（shèng）县南。

⑨ 即：立即，马上。就：到，这里"拜访"的意思。

⑩ 经宿（xiǔ）：经过了一夜。方至：才到。

⑪ 造门：到了门口。

⑫ 故：原因。

⑬ 吾本乘兴（chéngxìng）而行：我本来趁着一时高兴而来。乘兴：趁着一时高兴。兴：兴致。

⑭ 兴尽：兴致没有了。

译文

王子猷住在浙江绍兴。有一天夜里下大雪，他从睡梦中醒来，打开房门，叫人拿酒来喝。远望四周，大地一片洁白。他于是在屋里走来走去，吟咏起左思的《招隐诗》，忽然想起老朋友戴安道。当时戴安道住在剡溪，王子猷马上连夜坐小船前往。经过一夜才到，到了戴安道家门前却不进去，而是转身坐船返回。有人问他为什么这样，王子猷说："我本来是趁着兴致去的，兴致没有了，自然返回，为什么一定要见戴安道呢？"

练习

一、给下列词语注音

1. 眠觉（ ） 2. 酌酒（ ） 3. 剡（ ）
4. 咏（ ） 5. 彷徨（ ） 6. 皎然（ ）
7. 宿（ ） 8. 乘兴（ ）

二、解释加点的字词的意思

1. 眠觉
2. 因起彷徨
3. 即便夜乘小船就之

三、翻译句子

1. 开室命酌酒，四望皎然。
2. 经宿方至，造门不前而返。
3. 吾本乘兴而行，兴尽而返，何必见戴？

四、填空

魏晋南北朝志怪小说的代表作是__________，作者是__________。志人小说的代表作是__________，作者是__________。

五、回答问题

1. 王子猷为什么想去看望老朋友戴安道？他是什么时候、怎么去的？
2. 王子猷见到朋友了吗？为什么？
3. 从这个故事可以看出王子猷是个什么样的人？

管宁割席[①]

管宁、华歆共园中锄菜[②]。见地有片金[③]，管挥锄与瓦石不异[④]，华捉而掷去之[⑤]。又尝同席[⑥]读书，有乘轩冕过门者[⑦]，宁读书如故[⑧]，歆废书出观[⑨]。宁割席分坐[⑩]，曰："子非吾友也[⑪]。"

注释

① 文段选自《世说新语》，题目是编者加的。管宁：字幼安，传说是管仲的后人。为人淡泊，对名利没有什么兴趣。割（gē）：用刀切断。席（xí）：用来坐的坐垫（diàn），古代人常常把席子铺（pū）在地上，坐在席子上面。

② 华歆（Huà Xīn）：汉末魏初时有名的士人，曹魏时重要的大臣。小时与管宁同学，是好朋友。共：一起。锄（chú）：弄松土地除草。

③ 片（piàn）金：一片金子。片（量）：用于平而且薄（báo）的东西。

④ 挥（huī）锄：挥动锄头。与瓦（wǎ）石不异：跟瓦石没有什么不同。瓦：用土烧成的盖在房顶的东西。

⑤ 捉（zhuō）：（从地上）捡起来，拿起来。而：然后。掷（zhì）去：扔掉。之：代金子。

⑥ 尝（cháng）：曾经。同席：一起坐在一张坐席上。

⑦ 乘：坐。轩（xuān）冕（miǎn）：偏义复指，单指"轩"。轩：古代大夫以上官员所坐的马车。冕：古代地位在大夫以上的官戴的帽。过：经过。

⑧ 如故：和原来一样。如：如同，好像。故：原来。

⑨ 废（fèi）书：放下书。废：停止。出观：出去看。

⑩ 割席分坐：用刀割断坐席，与华歆分开坐。

⑪ 子非吾友也：你不是我的朋友了。

译文

管宁和华歆一起在菜园中锄草，看见地上有一片金子，管宁把金子看得跟瓦片石头一样，还是挥动着锄头干活儿，华歆高兴地捡起金片，然而看到管宁的神色后又扔了它。又有一次他们同坐在一张席子上读书，有个达官贵人坐着大马车刚好从门前经过，管宁还像原来一样读书，华歆却放下书出去观看。管宁就割断席子和华歆分开坐，说："你不是我的朋友了。"

练习

一、给下列词语注音

1. 割席（ ） 2. 掷（ ） 3. 华歆（ ）
4. 轩（ ） 5. 锄菜（ ） 6. 尝（ ）
7. 瓦石（ ） 8. 冕（ ）

二、解释句中加点的字词的意思

1. 管宁、华歆共园中锄菜

2. 管挥锄与瓦石不异

3. 又尝同席读书

4. 有乘轩冕过门者

三、翻译句子

1. 华捉而掷去之。

2. 宁读书如故，歆废书出观。

3. 宁割席分坐，曰："子非吾友也。"

四、回答问题

1. 管宁看见金子有什么反应？华歆呢？从中可以看出他俩有什么不同？

2. 有当大官的人坐车从门前经过，管宁什么反应，华歆呢？从中可以看出他俩有什么不同？

3. 管宁为什么要割席？从管宁割席可以看出管宁是怎样一个人？你赞同他的做法吗？为什么？

课外延伸阅读

干宝（？—336），字令升，是中国古代著名的史学家和文学家，更是小说家的一代宗师[①]。他的短篇小说集《搜神记》[②]在中国小说史上有着极其深远的影响，他被称作“中国志怪小说的鼻祖[③]”。

注释

① 宗师：指在思想或学术上受人尊敬崇拜（chóngbài）而被人模仿学习的人。

②《搜神记》：是一部记录古代民间传说中神奇怪异故事的小说集，共20卷，有大小故事454个。故事大多篇幅短小，情节简单，想象奇特，浪漫主义色彩浓厚。其中《干将莫邪》《李寄》《韩凭妻》《吴王小女》《董永》等是其中的有名篇章。

③ 鼻祖（bízǔ）：比喻某一学派或某一行业的创始人。

韩凭妻[①]

宋康王舍人[②]韩凭，娶妻何氏[③]，美。康王夺之[④]。凭怨[⑤]，王囚之[⑥]，论为城旦[⑦]。妻密遗凭书[⑧]。缪其辞[⑨]曰：“其雨淫淫[⑩]，河大水深，日出当心[⑪]。”既而[⑫]王得其书，以示左右[⑬]，左右莫解其意[⑭]。臣苏贺对曰：“其雨淫淫，言愁且思也[⑮]；河大水深，不得往来也；日出当心，心有死志也[⑯]。”俄而凭乃[⑰]自杀。

其妻乃阴腐[⑱]其衣。王与之登台[⑲]，妻遂自投台[⑳]；左右揽[㉑]之，衣不中手[㉒]而死。遗书于带[㉓]曰：“王利其生[㉔]，妾[㉕]利其死，愿以尸骨[㉖]，赐凭合葬[㉗]！”

王怒，弗[㉘]听，使里人[㉙]埋之，冢相望[㉚]也。王曰：“尔夫妇[㉛]相爱不已[㉜]，若能使冢合[㉝]，则吾弗阻[㉞]也。”宿昔之间[㉟]，便有大梓木生于二冢之端[㊱]，旬日而大盈抱[㊲]。屈体相就[㊳]，根交于下[㊴]，枝错于上[㊵]。又有鸳鸯[㊶]，雌雄[㊷]各一，恒栖[㊸]树上，晨夕不去[㊹]，交颈悲鸣[㊺]，音声感人。宋人哀之[㊻]，遂号[㊼]其木曰相思树；相思之名，起于此也[㊽]。南人谓此禽即韩凭夫妇之精魂[㊾]。

今睢阳[㊿]有韩凭城。其歌谣至今犹存[51]。

注释

①本篇选自《搜神记》卷十一。韩凭（Hán Píng）妻：韩凭的妻子。

②宋康王：名偃（yǎn），战国晚期宋国国君，在位47年。舍（shè）人：官职名，战国时以及汉朝初期，王公大臣左右都有舍人，类似门客。

③娶妻何氏：娶了一个姓何的女子为妻。

④康王夺（duó）之：宋康王把她（指韩凭妻）抢夺走了。之：她，代韩凭妻。

⑤凭怨：韩凭心里对宋康王产生了怨恨之情。

⑥王囚（qiú）之：宋康王把他囚禁（关）起来。

⑦论：定罪。城旦：一种苦刑，接受刑罚的人白天防备敌人，夜晚修城。

⑧密：偷偷地。遗（wèi）：给。书：信。

⑨缪（miù）其辞（cí）：把信中的话说得让别的人很难看懂。缪，通“谬”，错误，用作动词，引申为隐讳（yǐnhuì），故意让别人看不懂。

⑩淫淫（yínyín）：形容雨水一直下个不停。

⑪日出当心：指太阳照着心，这句话的意思是对着太阳发誓（shì），表示决心自杀。

⑫既而：不久。

⑬以示左右：把它拿给身边的人看。以：把。示：出示，给别人看。左右：指宋康王身边的人。

⑭莫（mò）解其意：不明白信的意思。莫：不。解：理解，明白。

⑮言愁且思也：（是）说（她）很伤心而且很思念（丈夫）。言：说。

⑯必有死志也：一定有死的决心和意志了。

⑰俄（é）而：不久。乃：就。

⑱阴腐（fǔ）其衣：偷偷地使自己的衣服腐蚀（fǔshí），意思就是把衣服弄得不结实，容易破。阴，暗中。

⑲王与之登台：宋康王和她登上高台。之：她，代指韩凭妻。

⑳遂（suì）投台：就从高台跳下自杀。遂：于是，就。

㉑揽（lǎn）：拉。

㉒衣不中（zhòng）手：衣服经不住手抓拉（因为衣服已经腐蚀了，很容易破）。

㉓遗书：留言。带：衣带。

㉔王利其生：大王认为我活着好。利：认为……好。

㉕妾（qiè）：古代女子的自称，相当于“我”。

㉖愿：希望。以尸骨：把我的尸体。

㉗赐（cì）凭合葬：赐给韩凭，让我们两人埋葬在一起。

㉘弗（fú）：不。

㉙ 使：命令，叫。里人：韩凭夫妇的同乡。
㉚ 冢（zhǒng）：坟墓。相望：远远相对。
㉛ 尔（ěr）夫妇：你们夫妻俩。尔：你。
㉜ 不已：不停止。已：停止。
㉝ 若：如果。使冢合：使坟墓合在一起。
㉞ 则：那么。吾：我。阻：阻拦。
㉟ 宿昔（sùxī）：旦夕（dànxī），也就是早晨和晚上，比喻时间很短。
㊱ 梓（zǐ）木：一种枝干高大的落叶乔木。二冢之端（duān）：两座坟墓的端头。
㊲ 旬（xún）日：十天之内。旬：十天为一旬。盈（yíng）抱：双臂搂不住。盈，超过。
㊳ 屈（qū）体相就：指树的枝干弯曲靠近。就，靠近。
㊴ 根交于下：树根在地下相交。
㊵ 枝错于上：树枝在上面交错。错：交错。
㊶ 鸳鸯（yuānyāng）：一种鸟，经常成对生活在水边。
㊷ 雌雄（cíxióng）各一：雌鸟和雄鸟各一只。雌雄：公的和母的。
㊸ 恒（héng）栖（qī）树上：总是停留在树上。
㊹ 晨夕（xī）不去：从早到晚都不离开。去：离开。
㊺ 交颈（jǐng）：脖子（bózi）相交，头靠在一起。悲鸣（bēimíng）：悲伤地叫着。
㊻ 哀之：为这叫声感到悲哀。
㊼ 号：把……叫做。
㊽ 起于此也：就是从这儿开始的。
㊾ 南人：南方人。谓（wèi）：说。此禽（qín）：这种鸟。即：就是。精魂（jīnghún）：灵魂。
㊿ 睢（suī）阳：宋国国都，在今河南商丘市南。
51 其歌谣（yáo）至今犹存（yóucún）：有关韩凭夫妻的歌谣到现在还在流传。至今：到现在。犹：还。存：有，这里指流传。

译文

宋康王的舍人韩凭，娶何氏做他的妻子，何氏很漂亮。宋康王把何氏夺过来。韩凭心怀怨恨，宋康王把他关起来，并定罪判韩凭服城旦这种苦刑。何氏暗中送信给韩凭，故意写得让别人看不懂，信中说："雨一直下个不停，河大水深，太阳照见我的心。"不久宋康王得到这封信，把信拿给身边的人看，没有人能解释信中的意思。大臣苏贺回答说："雨下得久不停止，是说心中非常忧愁，思念丈夫；河大水深，是指两人长时间无法往来；太阳照见心，是内心已经确定死的志向。"不久韩凭就自杀了。

韩凭妻于是暗中使自己的衣服腐朽。宋康王和何氏一起登上高台，何氏就从台上往下跳；宋康王身边的人想拉住她，因为衣服已经腐烂，经不住手拉，何氏自杀而死。何氏在衣带上写下的遗书说："大王认为我活着好，我认为死去好，希望把我的尸骨赐给韩凭，让我们两人合葬。"

宋康王很生气，没接受韩妻何氏的请求，(而是）让韩凭夫妇的同乡埋葬他们，使他们的坟墓远远相望。宋康王说："你们夫妇一直很相爱，如果能使坟墓合起来，那我就不再阻挡你们。"一夜之间，就有两棵大梓树分别从两座坟墓的端头长出来，十天之内就长得有一抱粗。两棵树树干弯曲，互相靠近，根在地下相交，树枝在上面交错。又有一雌一雄两只鸳鸯，总是在树上栖息，早晚都不离开，交颈悲鸣，凄惨的声音很感动人。宋国人都为这叫声而悲哀，于是把这种树叫做相思树。相思的说法，就从这儿开始。南方人说这种鸳鸯鸟就是韩凭夫妇的精魂（变化而来的）。

至今河南商丘睢阳还有韩凭城，有关韩凭夫妻的歌谣到现在还在流传。

顾荣施炙①

顾荣在洛阳，尝应人请②，觉③行炙人④有欲炙之色⑤，因辍己施焉⑥。同坐嗤⑦之，荣曰："岂有终日执之⑧而不知其味者乎⑨？"后遭乱渡江⑩，每经⑪危急，常有一人左右己⑫，问其所以⑬，乃受炙人也⑭。

注释

① 文段选自《世说新语》，题目是编者加的。顾荣：西晋末年大臣、有名的士人。施(shī)：给。炙（zhì)：烤肉。

② 尝：曾经。应人请：接受别人的宴请。

③ 觉：发现。

④ 行炙人：做烤肉的厨师或端着烤肉的仆人。

⑤ 欲炙之色：想吃烤肉的神色。色：神色，脸色。

⑥ 因：于是。辍（chuò）己（jǐ)：留下自己的一份烤肉不吃。辍：停止，放下。施：给。焉：兼词"于之"，给他。

⑦ 嗤（chī)：讥笑，嘲讽。

⑧ 岂（qǐ)：哪里。终日：整天。执（zhí）之：指拿着烤肉。

⑨ 而不知其味者乎：却不知道烤肉的味道的呢？而：可是，却。其：代指烤肉。乎：呢。

⑩ 遭（zāo）乱渡（dù）江：指晋朝被侵，社会动乱，大批人渡过长江南下。

⑪ 每：每次。经：遇到，遭遇。

⑫ 左右己：在旁边保护自己。

⑬ 所以：原因。

⑭ 乃：是，就是。受炙人：接受自己烤肉的人。

顾荣在洛阳的时候，曾经接受别人的宴请，（在宴席上）发现端着烤肉的仆人表现出想吃烤肉的神情，于是他就停止吃肉，把自己那一份给了他。同座的人都讥笑顾荣，顾荣说：“哪有整天端着烤肉却不知道烤肉味道的道理呢？”后来顾荣遇上战乱渡江南下，每次遇到危险，常常有一个人在身边保护自己。问他是什么原因，原来他就是当年接受烤肉的人。

文学常识

小说：小说是以刻画人物为中心，通过完整的故事情节和具体的环境描写来反映社会生活的一种文学体裁。小说有三个要素：人物、故事情节、环境（自然环境和社会环境）。小说主要通过塑造人物形象来反映社会生活。

中国古代小说，经过漫长的发展道路，直到明清才出现繁荣的局面，涌现了大量优秀的小说作品，其中以《水浒传》《三国演义》《西游记》《红楼梦》四大古典名著最为有名。

志怪小说：是中国古典小说形式之一，产生于魏晋时期。主要内容是有关神异鬼怪的故事和传说。干宝的《搜神记》是代表作。

志人小说：是中国古典小说的一种，指魏晋六朝流行的专门记录人物言行和记载历史人物的传闻轶（yì）事的一种杂录体小说，又称清谈小说、轶事小说。刘义庆的《世说新语》是其代表作。

第九讲　初唐诗歌

中国古代文学到唐代（618—907）时进入到一个全面繁荣[①]的新阶段。唐代文学的繁荣主要表现在诗歌领域[②]，唐代是中国封建社会诗歌发展史上的黄金时代。唐代留下来的诗歌将近五万首，比从先秦《诗经》到南北朝诗的总和多出两三倍；唐诗的内容非常丰富，包括了自然景色、边塞战场、都市农村、婚姻恋爱、朋友交往、现实斗争、人民痛苦以及历史题材等；诗歌形式多样，古体诗的五古、七古、乐府、歌行，近体诗的五律、七律、五绝、七绝、五排、七排等，此外还有六言诗、长短不齐的杂言诗等等，在唐代诗坛[③]都有精彩的表现。独具[④]风格的著名诗人约有五六十个，也大大超过战国到南北朝著名诗人的总和。李白、杜甫的成就，更达到诗歌创作的顶峰[⑤]。如果说春秋战国时代是中国哲学思想上百家争鸣[⑥]的伟大时代，那么唐代就是诗歌领域百花齐放[⑦]的时代。所以鲁迅先生说："我以为一切好诗，到唐已被作完……。"

唐建立后的近百年期间（618—713），称为初唐。这一时期新的诗歌形式正在形成，为盛唐诗歌的繁荣准备了条件。"初唐四杰"的王勃、杨炯、卢照邻、骆宾王等人的诗歌创作开始摆脱[⑧]旧的诗风的影响，扩大了题材内容，由宫廷[⑨]走向市井[⑩]，开启[⑪]了一代新风，促使[⑫]诗歌朝着健康的方向发展。"初唐四杰"的创作奠定[⑬]了五律的基础，发展了七言歌行[⑭]，不仅给唐代诗坛带来了生机和活力，而且从内容到形式都为以后唐诗的发展作出了重要贡献[⑮]。陈子昂是唐代诗歌卓越[⑯]的改革创新者，他在唐代诗坛上首先竖起了诗歌革新[⑰]的大旗，主张恢复汉魏风骨和风雅兴寄的传统，诗歌要有充实的内容和雄健[⑱]的风格，在理论和实践上端正[⑲]了唐诗发展的方向。

注释

① 繁荣（fánróng）：事物发展得很好。

② 领域（lǐngyù）：一种特定的范围或区域。

③ 诗坛（tán）：诗歌界。

④ 独具：独自具有，别的人或事物没有的。

⑤ 顶峰：山的最高峰，比喻事物发展的最高点。

⑥ 百家争鸣：百家，原指战国时期的儒、法、道、墨、名、阴阳等思想流派。争鸣，比喻纷纷发表意见，展开论战。现在所说的百家争鸣，是指学术上不同的学派可以自由争论，有时候也指可以自由发表意见。

⑦ 百花齐放：千百种花同时开放，比喻艺术上的不同形式和风格自由地发展。
⑧ 摆脱（bǎituō）：脱离（束缚、困难等）。
⑨ 宫廷（gōngtíng）：由帝王及其大臣组成的上层统治集团。
⑩ 市井：街市，市场，指普通百姓。
⑪ 开启：开创。
⑫ 促使（cùshǐ）：推动。
⑬ 奠定（diàndìng）：使稳固。
⑭ 歌行（gēxíng）：中国古代诗歌的一种体裁，音节、格律比较自由，形式采用五言、七言、杂言的古体，变化多。
⑮ 贡献（gòngxiàn）：有利于事物发展的行为。
⑯ 卓越（zhuóyuè）：杰出的，非常优秀的。
⑰ 革新：革除旧的，创造新的。
⑱ 雄健：强健有力。
⑲ 端正：使不偏，不歪斜。

王勃（bó）（650—676）字子安，是“初唐四杰[①]”之首[②]。他才华横溢[③]，诗歌风格清新[④]，诗中写作手法对后世诗人有很大的影响。

注释

① 初唐四杰：指的是唐朝初年四个有名的诗人，他们分别是王勃、杨炯、卢照邻、骆宾王，也称“王杨卢骆”。
② 首：第一。
③ 才华横溢（cáihuáhéngyì）：很有才华。
④ 清新：指（语言）和一般人不一样，新颖（xīnyǐng）。

送杜少府之任蜀川[①]

王勃

城阙辅三秦[②]，风烟望五津[③]。
与君离别意[④]，同是宦游人[⑤]。

海内存知己[⑥]，天涯若比邻[⑦]。

无为在歧路[⑧]，儿女共沾巾[⑨]。

注释

① 送杜少（shào）府之任蜀（shǔ）川：送姓杜的朋友去四川上任（做县尉）。杜少府：作者的朋友，姓杜，“少府”是官名，就是县尉（xiànwèi）。之：去，往，到。任：上任，做官。蜀川：现在四川一带。

② 城阙（què）：城墙和宫阙，这里代指京城长安。阙：宫门前望楼。辅（fǔ）：护持、护卫。三秦：项羽把秦地分封给三王，所以称三秦，这里指当时长安周围一带地区。

③ 风烟：自然景色。五津：岷（mǐn）江的五大渡口：白华津、万里津、江首津、涉头津、江南津，这里泛指四川。

④ 离别意：离别时的心情。

⑤ 同是：都是。宦（huàn）游：离开家去外地求官。

⑥ 海内：天下，世界上。存：有。知己：知心的朋友。

⑦ 天涯（yá）：天边，比喻距离很远。若（ruò）：好像。比邻：近邻、邻居，古代五家相连为比。

⑧ 无为：不要，不用。歧（qí）路：岔（chà）路，指分手的地方。

⑨ 儿女：青年男女。沾（zhān）：打湿。巾（jīn）：用来擦汗擦泪的手巾。

译文

三秦之地辽阔，像士兵一样护卫着长安城，朋友你要去的地方，一眼望去却是风烟迷茫。

与你握手作别时，彼此都充满着离愁别意，（因为我们）都是远离家乡和亲人在外求官的人。

只要你我是真正知心的朋友，即使你远在天边，我们的心也会像邻居一样那么近，仿佛从来没有离开过一样。

所以请不要在分手时伤心难过，像多情的少男少女一样，任泪水打湿巾裳。

练习

一、给下列词语注音

1. 蜀川（　　　　）　2. 城阙（　　　　）　3. 辅（　　　）

4. 津（　　　）　5. 宦游（　　　　）　6. 知己（　　　　）

7. 歧（　　　）　8. 涯（　　）

二、解释下列加点的字词的意思

1．送杜少府之任蜀川

2．城阙辅三秦，风烟望五津

3．无为在歧路，儿女共沾巾

三、翻译诗句

1．与君离别意，同是宦游人。

2．海内存知己，天涯若比邻。

四、初唐四杰指的是__________、杨炯、卢照邻、__________四位诗人。

五、回答问题

1．如何理解"海内存知己，天涯若比邻"这两句诗歌？

2.《送杜少府之任蜀川》中诗人劝朋友不要太伤感的是哪些诗句？这首诗与其他的送别诗的最大的不同在什么地方？

六、背诵这首诗的第三联

陈子昂（áng）（约659—约700）字伯玉，唐代文学家，初唐诗文改革创新的主要人物之一。他生在有钱人家，个性放荡①，不受约束，到了十七岁还不努力读书，直到有一天跟朋友到学校游玩，才突然醒悟②过来，立志努力学习，二十四岁时就考中进士。他的诗风格自然雄厚，慷慨③豪放④，深刻表现出个人情感与思想，为唐代诗歌树立新的里程碑⑤。他因诗作具有汉魏风骨而被称为"诗骨"。

注释

① 放荡：自己想做什么就做什么，不受约束。

② 醒悟（xǐngwù）：觉醒明白。

③ 慷慨（kāngkǎi）：情绪激昂，充满正气。

④ 豪放（háofàng）：豪迈，无拘束。

⑤ 里程碑（lǐchéngbēi）：原意指路边标志里数的碑，这里比喻在诗歌发展过程中可以作为标志的大事。

登幽州台歌[①]

陈子昂

前不见古人[②]，
后不见来者[③]。
念天地之悠悠[④]，
独怆然而涕下[⑤]！

【背景简介】公元696年，契（qì）丹攻打唐帝国，占领了唐帝国的一个州，武则天派武攸宜率军征讨，陈子昂担任参谋，随军出征。武攸宜为人轻率，少谋略。陈子昂提的建议他都不听，次年兵败。眼看着报效国家的愿望无法实现，有一天陈子昂登上了幽州台，想起了战国时广招天下人才的燕昭王，非常伤心，写下了这首《登幽州台歌》。

注释

① 登（dēng）：往上走。幽州（Yōuzhōu）：古代十二州之一，在现在的北京市一带。幽州台：即燕（yān）国时期燕昭王所建的黄金台。燕昭王修建黄金台是用来招纳人才的，因为燕昭王命人把黄金放在台上，且在黄金台上拜当时的贤士郭隗（wěi）为相（xiàng），并给他很多黄金，所以就把这高台叫做黄金台。歌：是诗的一种形式，称为歌体。

② 前：以前，过去。古人：指像燕昭王那样尊重人才、重用人才的明君和像郭隗那样有才能的贤士。

③ 后：以后，未来。来者：和前面的"古人"意思一样。

④ 念：想到。之：助词，没有意思，可以不翻译。悠悠（yōuyōu）：既指时间的久远，又指空间的辽阔。

⑤ 独：独自，一个人。怆（chuàng）然：伤心的样子。而：从而。涕（tì）下：眼泪流下来。涕：眼泪。

以前的明君和贤士，早已经消逝在历史的长河中，
以后的明君和贤士我也见不到了。
想起这苍茫的天地存在的时间那么长久，又那么辽阔，
我独自一个人站在这高台上，更加觉得孤独寂寞、伤心难过，忍不住泪流满面！

练习

一、给下列词语注音

1. 幽州（　　　　　　）　2. 悠悠（　　　　　　）　3. 怆然（　　　　　　）
4. 涕（　　　）

二、解释下列加点的字词的意思并翻译诗句

1. 前不见古人，后不见来者。

2. 念天地之悠悠，独怆然而涕下。

三、回答问题

1. “前不见古人，后不见来者”中的“古人”和“来者”分别指什么样的人？

2. “念天地之悠悠”中的“悠悠”是什么意思？

3. 作者登上高台，为什么而流泪呢？

4. 有人说《登幽州台歌》中作者表现的孤独是一种伟大的孤独，你是如何看的呢？

四、背诵默写这首诗歌

张若虚（约660—约720），唐代诗人，扬州（今江苏省扬州市）人，曾做过兖州[①]兵曹[②]，与贺知章、张旭、包融并称“吴中[③]四士”。他的诗大多已散失[④]，收录在《全唐诗》中的仅有两首，《春江花月夜》便是其中的一首。

注释

① 兖州（Yǎnzhōu）：地名，在山东省西南部。
② 兵曹：官名，主管军事。
③ 吴中：指江（苏）浙（江）一带。
④ 散失：不见了。

春江花月夜[①]

张若虚

春江潮水连海平[②]，海上明月共潮生[③]。
滟滟随波千万里[④]，何处春江无月明[⑤]！
江流宛转绕芳甸[⑥]，月照花林皆似霰[⑦]。
空里流霜不觉飞[⑧]，汀上白沙看不见[⑨]。
江天一色无纤尘[⑩]，皎皎空中孤月轮[⑪]。
江畔何人初见月[⑫]？江月何年初照人[⑬]？
人生代代无穷已[⑭]，江月年年望相似[⑮]。
不知江月待何人[⑯]，但见长江送流水[⑰]。
白云一片去悠悠[⑱]，青枫浦上不胜愁[⑲]。
谁家今夜扁舟子[⑳]？何处相思明月楼[㉑]？
可怜楼上月徘徊[㉒]，应照离人妆镜台[㉓]。
玉户帘中卷不去[㉔]，捣衣砧上拂还来[㉕]。
此时相望不相闻[㉖]，愿逐月华流照君[㉗]。
鸿雁长飞光不度[㉘]，鱼龙潜跃水成文[㉙]。
昨夜闲潭梦落花[㉚]，可怜春半不还家[㉛]。
江水流春去欲尽[㉜]，江潭落月复西斜[㉝]。
斜月沉沉藏海雾[㉞]，碣石潇湘无限路[㉟]。
不知乘月几人归[㊱]，落月摇情满江树[㊲]。

注释

①春江花月夜：是乐府《清商曲辞·吴声歌曲》旧题。创制者是谁，说法不一。这一旧题，到了张若虚手里，大放异彩，获得了不朽的艺术生命。《春江花月夜》享有“孤篇压全唐”的美誉，闻一多先生誉之为“诗中的诗，顶峰上的顶峰”。一生仅留下两首诗的张若虚，也因这一首诗，“孤篇横绝，竟为大家”。

②春江：春天的江。潮（cháo）水：涨潮时的水。连海平：与大海连成一片。

③共：一起。生：涌现（yǒngxiàn）出来。

④滟（yàn）滟：波光摇动的样子。

⑤何处：什么地方？这里是到处的意思。

⑥宛转（wǎnzhuǎn）：弯弯曲曲的样子。绕（rào）：围绕，这里指江流顺着花草丛生的原野弯曲地流过。芳甸（diàn）：花草丛生的郊野。

⑦花林：开满鲜花的树林。皆（jiē）：都。似（sì）：好像。霰（xiàn）：细细的、薄薄的小冰粒。这里指所有的花的表面都像有了一层明亮的月光的颜色。

⑧空里：指空气里，天空中。流霜（shuāng）：飞霜，古人以为霜和雪一样，是从空中落下来的，所以叫流霜。不觉：感觉不到，这里比喻月光皎洁，月色朦胧、流荡，所以不觉得有霜霰飞扬。

⑨汀（tīng）：水边平地，小洲。白沙看不见：白沙和月色融合在一起，看不分明。

⑩无：没有。纤尘（xiānchén）：细小的灰尘。

⑪皎皎（jiǎojiǎo）：又白又亮。月轮（lún）：指圆月，因为月圆时像车轮。

⑫江畔（jiāngpàn）：江边。何人：什么人。初：最初，这里指第一个。见：看见。

⑬江月：江上的月亮。何年：哪一年。初：最初，这里指最早。照人：照到人。

⑭穷：到头。已：停止。

⑮望：一作“只”。相似：相同，一样。

⑯待：等待，等。何人：什么人。

⑰但见：只看见。送：输送。

⑱悠悠（yōuyōu）：渺茫、深远，暗喻游子离家远去又行踪不定。

⑲青枫浦（Qīngfēngpǔ）：地名，在今湖南省浏阳（Liúyáng）县南，这里指游子在的地方。不胜：受不了。愁：离愁。

⑳谁家：哪一家。扁（piān）舟：小舟。扁舟子：指小舟上的游子。

㉑楼：闺楼（guīlóu），古代女子住的内室，这里指住在这里的女子。明月楼：有明亮的月光照着的闺楼，也就是思妇。

㉒月徘徊（páihuái）：指月光斜照闺楼，徘徊不去，令人难忍相思之苦。徘徊：本义指在同一个地方不断地走过来走过去，这里指月光斜照着闺楼。

㉓应：应该，表猜测。离人：离别的人，这里指思妇。妆镜台：梳妆台。

㉔玉户：门户的美称。卷（juǎn）：把东西弯转裹（guǒ）成圆筒形。

㉕捣衣（dǎoyī）：用木棒打衣服。砧（zhēn）：这里指石板。拂（fú）：轻轻擦。

㉖此时：这个时候。相望：互相看见。相闻：互相听到，这里指互通音信。

㉗愿：愿意。逐（zhú）：随着。月华：月光。流：移动。君：您，这里指她思念着的人。

㉘鸿雁：大雁。长飞：飞的里程很远。光不度：无法飞出月光洒落的地方。

㉙潜（qián）：隐藏在水下。跃（yuè）：跳跃。潜跃：指出没。文：同"纹"，波纹。

㉚闲：安静的。潭（tán）：水潭。梦：梦见。落花：花从树上落下。

㉛春半：春天过去了一大半。还（huán）：回。

㉜江水流春：江水流走了，春天随着江水流逝。欲：快要，准备。尽：完，没有了。

㉝复：又，再。西斜（xiá）：往西边落下去。

㉞沉沉：指慢慢下沉。斜月沉沉：指西落的月亮的最后的光亮。藏（cáng）：躲起来。海雾（wù）：海上的雾气。

㉟碣（jié）石：山名，在今河北省。潇湘（Xiāoxiāng）：潇水与湘江，在湖南省合流。这里以"碣石"指北，"潇湘"指南，一北一南，暗指相隔很远，相聚希望太小。无限路：指相距非常远。无限：没有界限，这里指没有尽头。

㊱乘（chéng）月：趁着月光，指借着月光。归：回家。

㊲摇（yáo）情：摇荡着离情。

译文

春天，江里的潮水不断上涨，与大海连成一片，一轮明月升起来，就好像是从那浪潮中涌出来似的。一泻千里的月光随着波潮不停闪烁，春江上到处都有明亮的月光！江水弯弯曲曲地绕着花草丛生的原野流淌，月光洒落在开满鲜花的树林，朵朵花儿就像一颗颗小雪粒一样闪烁发光。月色如霜，所以空中的霜飞一点儿也察觉不到，白色的月光和白沙连成一片，分不清彼此。江水、天空成一色，没有一点儿微小的尘埃，只有一轮明亮的圆月高挂空中。江边什么人最开始看到月亮？江上的月亮最早又是哪一年照耀人间？人生一代又一代地无穷无尽，可江上的月亮一年一年地总是相似。不知道江上的月亮在等谁，只看见长江一直在不断地输送着流水。游子像一片白云缓缓离去，留下思妇在离别的青枫浦不胜忧愁。哪家的游子今晚坐着小船在异乡漂泊呢？什么地方有人在明月照耀的楼上思念他呢？可怜楼上不停移动（却不肯离去）的月光，应该照着离人的梳妆台。渗透着离愁的月色困扰着思妇，任凭她把帘子卷起放下，月光总是卷不走；任凭她把捶衣石拂来拂去，月光还是拂不掉。这时互相望着月亮，可是却不能互通音信，我希望追随着月光流去照耀着您。送信的鸿雁能飞很远，但也无法飞出月光到达您的身边；送信的鱼龙游得很远，但也无法游到您身边，只能在水面激起阵阵波纹。昨天夜里梦见花落在安静的水潭上，可惜的是春天过了一半自己还不能回家。江水带着春光将要流逝，水潭上的月亮又要西落了。斜月慢慢下沉，藏在海雾里，北方的碣石山与南方的潇湘江水的距离无限遥远。不知道浪迹天涯的游子中有几个人能趁着最后一点月光回家，只有那西沉的残月余晖摇荡着离情，洒满了江边的树林。

练习

一、给下列词语注音

1．潮水（ ）	2．滟滟（ ）	3．宛转（ ）	4．芳甸（ ）
5．流霜（ ）	6．皎皎（ ）	7．纤尘（ ）	8．徘徊（ ）
9．闲潭（ ）	10．鸿雁（ ）	11．碣石（ ）	12．潇湘（ ）
13．扁舟( )	14．霰（ ）	15．皆（ ）	16．汀（ ）
17．轮（ ）	18．卷（ ）	19．砧（ ）	20．拂（ ）
21．捣（ ）	22．逐（ ）	23．乘（ ）	24．摇（ ）
25．潜（ ）	26．跃（ ）	27．藏（ ）	28．雾（ ）

二、解释下列加点的字词的意思并翻译诗句

1．江流宛转绕芳甸，月照花林皆似霰

2．江天一色无纤尘，皎皎空中孤月轮

3．白云一片去悠悠，青枫浦上不胜愁

4．玉户帘中卷不去，捣衣砧上拂还来

5．鸿雁长飞光不度，鱼龙潜跃水成文

6．江水流春去欲尽，江潭落月复西斜

三、翻译诗句

1．江畔何人初见月？江月何年初照人？

2. 人生代代无穷已，江月年年望相似。

3. 谁家今夜扁舟子？何处相思明月楼？

4. 不知乘月几人归，落月摇情满江树。

四、回答问题

1.《春江花月夜》的题目共五个字，代表五种事物。你认为诗人重点写的是哪一种景物？他是如何来写的？

2.“江畔何人初见月？江月何年初照人？人生代代无穷已，江月年年望相似。”这四句诗歌蕴含了什么哲理？表达了诗人怎样的思想感情？

3.“白云一片去悠悠，青枫浦上不胜愁。谁家今夜扁舟子？何处相思明楼？”这四句诗运用了哪些表现手法？具有怎样的表达效果？

4. 这首诗描写了哪几种人物形象？刻画了他们怎样的内心情感？

5. 在中国的古诗中，月亮的意蕴非常的丰富，单单是这首诗就表达了多种情感，结合诗句谈谈在这首诗中诗人通过“月”这个意象都表达了哪些情感？

课外延伸阅读

骆宾王（约626—约687），字观光，唐初诗人，与王勃、杨炯、卢照邻合称“初唐四杰”。

于易水送别①

骆宾王

此地别燕丹②，壮士发冲冠③。
昔时人已没④，今日水犹寒⑤。

注释

① 于易水送别：在易水送别。易水：也称易河，河流名，在河北省西部的易县境内，分南易水、中易水、北易水，是战国时燕国的南界，燕太子丹送别荆轲的地点。《战国策·燕策三》：“风萧萧（xiāoxiāo）兮（xī）易水寒，壮士一去兮不复还。”

② 此地：原意为这里，这个地方，这里指易水岸边。别：告别。燕（yān）丹：指的是燕太子丹（战国时燕国太子）。

③ 壮士：意气豪壮而勇敢的人，这里指荆轲（Jīng Kē），战国卫人，刺客。发冲冠（guān）：形容人非常愤怒，因而头发直立，把帽子都顶起来了。冠：帽子。

④ 昔（xī）时：往日；从前。人：一种说法为单指荆轲，另一种说法为当时在场的人。没（mò）：死，即“殁”字。

⑤ 水：指易水之水。犹（yóu）：仍然。

译文

在这个地方荆轲告别燕太子丹，壮士悲歌壮气，愤怒得头发直立，帽子都被顶起来了。

那时的人都已经不在了，如今的易水还是那样地寒冷。

杨炯（650—约692），唐朝诗人，初唐四杰之一。

从军行[①]

杨炯

烽火照西京[②]，心中自不平[③]。
牙璋辞凤阙[④]，铁骑绕龙城[⑤]。
雪暗凋旗画[⑥]，风多杂鼓声[⑦]。
宁为百夫长[⑧]，胜作一书生[⑨]。

注释

① 从军行：乐府旧题，多以军旅生活为题材。
② 烽（fēng）火：古代边防报警的烟火。从边境到内地，沿途都会修建高高的烽火台，有敌人来犯就在台上点火报警，根据敌人的情况，逐级增加点火的数量。照西京：是说报警的烽火已经照达西京（长安），说明情况严重。
③ 不平：难以平静。
④ 牙璋（zhāng）：古代发兵所用的兵符，分为两块，相合的地方像牙齿的形状，朝廷和主帅各拿一半，这里指代奉命出征的将帅。凤阙（què）：阙名，汉武帝修建的建章宫的圆阙上有金凤，故以凤阙指皇宫。
⑤ 铁骑：精锐的骑兵，指唐军。绕（rào）：围绕。龙城：又称龙庭，汉时匈奴的要地，旧址在今蒙古国鄂尔浑河东岸，这里泛指敌方要塞（sài）。
⑥ 雪暗凋（diāo）旗画：大雪纷飞，落满军旗，使旗帜上的图案暗淡失色。凋：原意是草木枯败凋零，这里指失去了鲜艳的色彩。
⑦ 风多杂鼓声：狂风呼呼地吹，与雄壮的进军鼓声交织在一起。
⑧ 宁：宁愿。为：做。百夫长（zhǎng）：一百个士兵的头目，泛指下级军官。
⑨ 胜：胜过。书生：读书人。

译文

边塞的报警烽火传到了长安，壮士的心情激愤，难以平静。

告别皇帝，将军手里拿着兵符而去；围敌攻城，精锐的骑兵勇猛异常。

大雪纷飞，军旗上落满了雪，失去了鲜艳的颜色；狂风呼呼地吹，和战鼓的声音交织在一起。

我宁愿做个一般的军人上战场杀敌，也胜过当个读书人只会雕句寻章。

文学常识

送别诗：抒写诗人离别之情的诗歌。著名的代表诗人有李白、王维、王昌龄等。

唐代送别诗名句摘录

劝君更尽一杯酒，西出阳关无故人。

——王维《送元二使安西》

译：朋友啊，再喝一杯送别的酒吧，因为往西出了阳关之后，就再也难见老朋友了。

洛阳亲友如相问，一片冰心在玉壶。

——王昌龄《芙蓉楼送辛渐》

译：如果在洛阳的亲戚朋友问到我的情况，请你告诉他们，我这颗心，依然像放在玉石做的壶里的冰块那样干净透明。

桃花潭水深千尺，不及汪伦送我情。

——李白《赠汪伦》

译：即使桃花潭（tán）水有一千尺那么深，也比不上汪伦送别我的一片情深。

孤帆远影碧空尽，唯见长江天际流。

——李白《黄鹤楼送孟浩然之广陵》

译：孤单的船影慢慢远去，消失在晴朗的天空尽头，只看见长江水浩浩荡荡地向天边流去。

莫愁前路无知己，天下谁人不识君。

——高适《别董大》

译：不要担心以后遇不到知心朋友，天下还有谁不认识您呢。

历史小故事

1. 士为知己者死

晋国侠客豫让投效知伯，得到重用。后来韩、赵、魏三国瓜分了知伯的土地。其中赵襄子最痛恨知伯，把知伯的头盖骨拿来作酒杯。豫让发誓要给知伯报仇。

于是豫让就改名换姓潜伏到王宫里打扫厕所，想找机会杀死赵襄子。不久赵襄子上厕所时，忽然觉得心跳，就下令把打扫厕所的人抓来审问，才知道是豫让要杀他，但赵襄子被他的气节所感动而把他放了。

豫让继续想办法为知伯报仇。他全身涂漆（qī），化妆成像一个生癞（lài）的人，同时又剃光了胡须和眉毛，彻底毁容，然后假扮乞丐（qǐgài）乞讨，连他的妻子都不认识他。他还吃炭（tàn），把自己的声带也毁了。

不久，赵襄子外出，豫让偷偷藏在赵襄子必经的桥下。赵襄子骑马走在桥边时，马忽然惊跳起来，赵襄子说："这一定又是豫让。"于是派人搜捕（sōubǔ），果然发现了豫让，赵襄子下令卫士把豫让包围起来。

没办法了，豫让对赵襄子说："今天我在这里行刺您，您可以将我处死。不过我想得到您的王袍（páo），让我刺它几下，我即使死了也没有遗憾了。"赵襄子为了成全豫让的志节，就脱下自己的王袍交给豫让。豫让接过王袍以后拔出佩剑，用剑刺了几下王袍后对着天叹息："啊！天哪！我豫让总算为知伯报了仇！"说完就自杀而死了。

2. 黄金台

燕国国君燕昭王（前335—前279）一心想招揽（zhāolǎn）人才，而更多的人认为燕昭王只不过是做做样子，不是真的想寻求人才。于是，燕昭王始终找不到能帮助他治理国家的人才，整天闷闷不乐的。

后来有个聪明人郭隗（wěi）给燕昭王讲了一个故事，大意是：有一个国君愿意花千两黄金去购买千里马，然而时间过去了三年，始终没有买到，又过去了三个月，好不容易发现了一匹千里马，当国君派手下带着大量黄金去购买千里马的时候，马已经死了。可被派出去买马的人却用五百两黄金买来一匹死了的千里马。国君生气地说："我要的是活马，你怎么花这么多钱弄一匹死马来呢？"国君的手下说："您舍得花五百两黄金买死马，那活马呢？我们这么做必然会引来天下人为您提供活马。"果然，没过几天，就有人送来了三匹千里马。

郭隗又说："您要招揽人才，首先要从招纳我郭隗开始，像我郭隗这种没什么才能的人都能被国君重用，那些比我有才能的人，听到这样的事一定会来燕国的。"

燕昭王采纳了郭隗的建议，拜郭隗为师，给他优厚的俸禄，并让他修筑了"黄金台"，作为招纳天下贤士才人的地方。消息传出去不久，就出现了"士争凑燕"的局面。投奔而来的有魏国的军事家乐毅，有齐国的阴阳家邹衍，还有赵国的游说家剧辛等等。

落后的燕国一下子便人才济济（jǐjǐ）了。燕昭王在这些人才的辅助下，把燕国从一个内乱外祸的弱国，逐渐变成一个富裕兴旺的强国。

3. 荆轲刺秦王

战国时，燕国太子丹得到了一个很有本领的勇士，名叫荆轲。他把荆轲收在门下当上宾，把自己的车马给荆轲坐，自己的饭食、衣服让荆轲一起享用。荆轲当然很感激太子丹。

公元前230年，秦国灭了韩国；过了两年，秦国将军王翦（jiǎn）占领了赵国都城邯郸（Hándān），一直向北进军，离燕国越来越近。燕太子丹十分焦急，就去找荆轲。太子丹说："拿兵力去对付秦国，简直像拿鸡蛋去砸石头；想要联合各国一起抵抗秦国，看来也做不到了。我想派一位勇士，打扮成出使的人去见秦王，靠近秦王身边，让他退还诸侯的土地。秦王要是答应了最好，要是不答应，就把他杀死。您看行不行？"荆轲说："不用太子说，我也会请求去做这件事。"

公元前227年，荆轲带着燕督亢地图和樊於期的人头，前往秦国刺杀秦王嬴政。临走前，许多人在易水边为荆轲送行，场面十分悲壮。"风萧萧兮易水寒，壮士一去兮不复还"，这是荆轲在告别时所唱的诗句。荆轲来到秦国后，秦王在咸阳宫召见了他。荆轲在献地图时，地图全部展开后露出了匕首，荆轲便拿着匕首刺杀秦王，但他刺杀秦王没成功，最后被杀死。

第十讲　盛唐诗歌（一）

盛唐（650—755）时期是唐王朝经济、文化的鼎盛[①]时期。诗歌创作领域也出现大批优秀诗人，写下内容异常[②]丰富的诗歌。

随着社会物质财富的积累[③]和国力的强盛，盛唐时期人们的思想也越来越活跃，许多知识分子具有强烈的为国建功立业之心，他们广泛交际，游遍祖国名胜山水。于是，以山水田园为描写对象的诗作也随之兴盛[④]起来。由于唐代科举考试比较重视名声，一部分很难直接通过考试做官的知识分子可以通过隐居而做官。他们在隐居生活中，常常写一些山水田园诗，表达自己的情怀。再加上唐初佛道盛行，文人们或者隐居山中真诚向佛，或者游历[⑤]山川求仙访道[⑥]，有更多机会接触自然，因而在盛唐时代产生了大量的山水田园诗篇，并形成一个影响很大的山水田园诗派。他们的诗歌描绘自然山水和田园风光，表现朴素自然的情趣，抒写隐逸[⑦]生活的闲情逸致[⑧]，风格清新自然，意境[⑨]淡远[⑩]闲适[⑪]，描写景物生动形象，提高了诗歌表现自然景物的艺术技巧，是唐诗的一个重要组成部分。其代表诗人是王维、孟浩然。

注释

① 鼎盛（dǐngshèng）：正当兴盛或强壮的时候。

② 异常：不同于平常的。

③ 积累（jīlěi）：（事物）逐渐聚集，数量由少变多。

④ 兴盛：繁荣、旺盛。

⑤ 游历：到远的地方游览、漫游。

⑥ 求仙访道：寻访神仙和道人。

⑦ 隐逸（yǐnyì）：避世隐居。

⑧ 闲情逸致（xiánqíng-yìzhì）：指悠闲的心情和安逸的兴致。逸：安逸。致：情趣。

⑨ 意境：指文艺作品中表现出来的那种生活图景和思想感情融为一体的艺术境界。

⑩ 淡远：指意境冲淡高远。

⑪ 闲适：清闲安适，自由自在。

孟浩然（689—740），唐代诗人，本名浩，字浩然。孟浩然是与王维齐名的盛唐山水田园诗派的代表作家，是第一个大量写山水田园诗的诗人。孟浩然的山水田园诗的风格大多是平和冲淡，清新自然，超凡脱俗。

过故人庄[1]

孟浩然

故人具鸡黍[2]，邀我至田家[3]。
绿树村边合[3]，青山郭外斜[5]。
开轩面场圃[6]，把酒话桑麻[7]。
待到重阳日[8]，还来就菊花[9]。

注释

① 过：拜访，探访，看望。故人：老朋友。庄：村庄。
② 具：准备。鸡黍（shǔ）：指鸡和黄米饭，代指农家待客的丰盛饭食。黍：黄米。
③ 邀（yāo）：请。至（zhì）：到。田家：农家，农村的家。
④ 合：环绕，围绕。
⑤ 郭（guō）：指村外。斜（xiá）：倾斜，这里指村子远处的青山一座连着一座。
⑥ 开：打开。轩（xuān）：窗户。面：面对。场圃（pǔ）：农家的小院。场：打谷场。圃：菜园。
⑦ 把酒：举起酒杯喝酒。话：谈论。桑（sāng）：树木名，叶子可以用来养蚕（cán）。麻（má）：植物名，皮是纺织的原料，“桑麻”在这里泛指庄稼。
⑧ 待：等。重（chóng）阳日：这里指农历九月初九，人们常有登高、赏菊的习俗。
⑨ 就：这里指欣赏的意思。菊花（júhuā）：既指菊花又指菊花酒。

老朋友备好了丰盛的饭菜，请我到他的家做客。
村子周围绿树环绕，村外远处的青山连绵起伏，一座连着一座。
打开窗户面对着打谷场和菜园，我和朋友一边喝酒一边聊着农事。
等到九月初九重阳节的那一天，我会再回来喝菊花酒欣赏菊花！

练习

一、给下列词语注音

1. 黍（　　）　2. 邀（　　）　3. 至（　　）　4. 郭（　　）
5. 斜（　　）　6. 轩（　　）　7. 圃（　　）
8. 桑麻（　　　）

二、解释下列加点的字词的意思

1. 过故人庄

2. 故人具鸡黍，邀我至田家

3. 待到重阳日，还来就菊花

三、翻译诗句

1. 绿树村边合，青山郭外斜。

2. 开轩面场圃，把酒话桑麻。

四、填空

唐代山水田园诗派的代表诗人是________和________，他们俩并称______。

五、回答问题

1.《过故人庄》描写农村风光的是哪两句诗歌？表现了农村的什么特点？

2.《过故人庄中》哪两句诗最能集中表达诗人对农家生活的喜爱及主客间朴素深厚的情谊？

3.“待到重阳日，还来就菊花”两句流露诗人怎样的思想感情？

六、背诵默写《过故人庄》第二、第三联

王维（701—761），字摩诘（mójié），唐代著名诗人，信仰佛教，人称“诗佛”。他多才多艺[1]，精通[2]音律[3]，诗、画成就都很高。宋代大诗人苏轼评价他的诗歌和绘画：“味摩诘之诗，诗中有画；观摩诘之画，画中有诗[4]。”王维在诗歌上的成就是多方面的，无论是边塞诗、山水诗，还是表达友情、爱情等主题的诗歌都有佳篇传世。其中他的山水诗成就最高，与孟浩然合称“王孟”。

注释

① 多才多艺：有多方面的才能和技艺。

② 精通：理解透彻（tòuchè）并能熟练掌握。

③ 音律：这里指乐律。

④ 味摩诘之诗，诗中有画；观摩诘之画，画中有诗：品味摩诘的诗歌，觉得他的诗歌意境优美，像画儿一样；看摩诘的画，感觉他的画富有诗意。

山居秋暝[1]

王维

空山新雨后[2]，天气晚来秋[3]。
明月松间照[4]，清泉石上流[5]。
竹喧归浣女[6]，莲动下渔舟[7]。
随意春芳歇[8]，王孙自可留[9]。

① 山居：隐居山中。秋暝（míng）：秋天的傍晚。题目的意思是：隐居山中看到的秋天傍晚的景色。

② 空山：指山里没人。新雨：刚下的雨。

③ 晚：傍晚。秋：秋天。

④ 松：松树。

⑤ 清泉：清澈（chè）的泉水。

⑥ 竹喧（xuān）：竹林喧闹。浣（huàn）女：洗衣服的姑娘。浣：洗。

⑦ 莲动：莲花摆动。渔舟（yúzhōu）：捕鱼的船。

⑧ 随意：任凭，随便。春芳：春天的芳华。歇（xiē）：消歇，指花草枯萎（kūwěi）。

⑨ 王孙：原指贵族子弟，后来也泛指隐居的人，这里指诗人自己。

寂静的山里刚下过一场雨，秋天的傍晚，天气十分地凉爽。

明亮的月光照进松树林里，清澈的泉水从石头上流过。

竹林传出一阵阵谈笑声，洗衣服的姑娘们正走在回家的路上；河里的莲花摆动，渔船上捕鱼的人正在下水撒网。

春天的花花草草枯萎了就枯萎了吧，我还是愿意留在这山中生活。

练习

一、给下列词语注音

1. 暝（　　）　2. 泉（　　）　3. 喧（　　）　4. 舟（　　）

5. 歇（　　）　6. 浣（　　）

二、解释加点字词的意思

1. 山居秋暝

2. 空山新雨后，天气晚来秋

3. 竹喧归浣女，莲动下渔舟

4. 随意春芳歇，王孙自可留

三、名词解释：山水田园诗派

四、回答问题

1.“明月松间照，清泉石上流”写了哪些景物？有什么特点？

2.“竹喧归浣女，莲动下渔舟”写了哪些人？你觉得这些人怎么样？

3.《山居秋暝》描绘了一幅怎样的风景画？表达了诗人怎样的思想感情？

五、试结合所学的诗歌，比较分析孟浩然和王维诗歌的不同特点

六、背诵默写《山居秋暝》的第二、第三联

终南别业[1]

王维

中岁颇好道[2]，晚家南山陲[3]。

兴来每独往[4]，胜事空自知[5]。

行到水穷处[6]，坐看云起时[7]。

偶然值林叟[8]，谈笑无还期[9]。

注释

①中南：即终南山，王维曾在终南山隐居。别业：即别墅（shù），中南别业就是辋（wǎng）川别业，王维的庄园。

②中岁：中年。颇（pō）：很。好（hào）：喜欢。道：这里指佛家道理。

③晚：晚年。家：名词作动词用，安家。南山陲（chuí）：指辋川别墅所在的地方，就是终南山下。陲：边陲，旁边。

④兴（xìng）：兴致。每：常常。独往：独自一个人前往。

⑤胜事：美好的事。空：徒然、白白地。自知：自己知道。

⑥行：走。水穷处：流水的尽头。

⑦云起：闲云兴起漂游。

⑧值：遇到，碰到。叟（sǒu）：老者，老翁。

⑨无还期：没有回去的准确时间。

中年以后我喜好佛理，晚年安家在终南山下。

兴致来时，常常一个人出门欣赏美景，美好的事情只有自己明白自己快乐。

随意而行，不知不觉走到流水的尽头，于是干脆坐下来，看那悠闲无心的云兴起漂游。

偶然遇见山林中的一位老者，便与他自由交谈说笑起来，忘记了回家的时间。

练习

一、给下列词语注音

1. 颇（　　）2. 陲（　　）3. 兴（　　）4. 叟（　　）

二、解释加点字词的意思

1. 中岁颇好道

2. 晚家南山陲

3. 偶然值林叟

三、翻译诗句

1. 兴来每独往，胜事空自知。

2. 行到水穷处，坐看云起时。

四、回答问题

1. 如何理解颔联中的“独”与“空”字的内涵？

2. 近人俞陛云在《诗境浅说》说：“行至水穷，若已到尽头，而又看云起，见妙境之无穷。可悟处世事变之无穷，求学之义理亦无穷。此二句有一片化机之妙。”结合全诗谈谈你对这两句诗的理解。

五、背诵默写这首诗

课外延伸阅读

春晓[1]

孟浩然

春眠不觉晓[2]，处处闻啼鸟[3]。
夜来风雨声[4]，花落知多少[5]。

注释

① 春晓（xiǎo）：春天的早晨。
② 眠（mián）：睡觉。不觉晓：不知不觉天就亮了。
③ 处处：到处。闻：听到。啼（tí）鸟：鸟叫的声音。
④ 夜来：昨天夜里。来：没有实在意思。风雨声：刮风下雨的声音。
⑤ 知多少：不知有多少。知：不知，表示推想。

译文

春天里睡觉不知不觉天就亮了，醒来后我听到外面到处是鸟叫的声音。想起昨天夜里一直刮风下雨，树上的花儿不知道被风吹雨打后落了多少？

辛夷坞[1]

王维

木末芙蓉花[2]，山中发红萼[3]。
涧户寂无人[4]，纷纷开且落[5]。

注释

① 辛夷坞（Xīnyíwù）：地名，因为有很多辛夷花而得名，在今陕西省蓝田县内。坞：周围高而中间低的谷地。
② 木末：树梢（shāo），枝头。芙蓉（fúróng）花：即指辛夷花。辛夷，落叶乔木，花有紫白两种颜色，像莲花，莲花也叫芙蓉，所以用“木末芙蓉花”来指辛夷花。

③ 发：开（花）。红萼（è）：红花。萼：花萼，花的组成部分之一，包在花瓣（bàn）外面，花开时托着花瓣。
④ 涧（jiàn）户：山溪口，涧口。寂（jì）：寂静，安静，没有人。
⑤ 纷纷：一个接一个地，接二连三地，指数量多。且：又。

长在树梢的木芙蓉花，在深山中绽放，颜色鲜艳，十分绚丽。
涧口寂静没有人，（花儿们）纷纷开放后又片片飘落。

韦应物（737—792），唐代山水田园诗派诗人，后代的人经常把他和王维、孟浩然、柳宗元并称为“王孟韦柳”。他的诗描写的风景优美，抒发的感受深刻细腻（nì），语言表达清新自然。

滁州西涧①

韦应物

独怜幽草涧边生②，上有黄鹂深树鸣③。
春潮带雨晚来急④，野渡无人舟自横⑤。

注释

① 滁（chú）州：今安徽省滁州市。西涧：滁州城西郊的一条小溪（xī），有人叫它上马河。
② 独怜：特别喜爱。幽（yōu）草：幽深、没什么人的地方生长的小草。涧边生：在溪流旁边生长。
③ 黄鹂（lí）：黄莺（yīng），一种鸟，叫声很好听。深树：树荫（yīn）深处。鸣（míng）：叫。
④ 春潮（cháo）：春天的潮汐（cháoxī）。带雨：伴随着春雨。晚：傍晚。
⑤ 野（yě）渡（dù）：野外的渡口。舟（zhōu）：船。横（héng）：指随意漂在水面上。

我特别喜爱生长在小溪边的野草，幽静而且充满生命力，河岸上茂密的树林中有黄鹂在唱歌，婉转而又动听。傍晚的时候下起了春雨，河面上涨，流得更急了，夜晚来临，在这个荒野渡口，一个人也没有，只有一只小船随着波浪起起伏伏。

柳宗元（773—819），字子厚，唐代杰出的文学家、哲学家和思想家。柳宗元与韩愈并称为“韩柳”，与刘禹锡并称“刘柳”，与王维、孟浩然、韦应物并称“王孟韦柳”。

江雪①

柳宗元

千山鸟飞绝②，万径人踪灭③。
孤舟蓑笠翁④，独钓寒江雪⑤。

注释

① 江雪：江上雪景。

② 绝：消失了，没有了。

③ 万径（jìng）：虚指，指千万条路。径：小路。人踪：人的踪迹（zōngjì）。灭：消失，没有了。

④ 孤：孤零零。舟：小船。蓑（suō）笠（lì）：蓑衣和斗笠。蓑：古代用来防雨的衣服；笠：古代用来防雨的帽子。翁（wēng）：老头。

⑤ 独：独自。钓：钓鱼。寒江雪：寒冷的下着雪的江面。

译文

四周的高山上一只鸟也看不见，小路上也没有人的踪影。只有在江面上的一只小船上，一个披着蓑衣戴着斗笠的老人，在大雪纷飞的江上独自钓鱼。

文化常识

重阳节

重阳节，农历九月初九，古人以九为阳数，两个九，所以说“重阳”。民间在这一日有登高、赏菊、喝菊花酒、插茱萸（zhūyú）的风俗，所以重阳节又称“登高节”“茱萸节”“菊花节”等。由于九月初九“九九”谐（xié）音是“久久”，有长久之意，所以常在这一天举行祭祖与推行敬老的活动。2012年12月28日，中国法律明确规定每年农历九月初九为老年节。

文学常识

山水田园诗：以描写自然风光、农村景物以及平静闲适的隐居生活为主要内容的诗歌。

山水田园诗派：唐代的一个诗歌流派。诗歌内容主要是描写自然风光和田园生活，大多表现自然之美和闲适心情，偶尔也反映农家生活现实。诗歌作品以五言为主，风格大多清淡恬静，具有比较高的艺术技巧和审美价值。主要诗人有储光羲、裴迪、常建、韦应物、柳宗元等，而以王维、孟浩然为代表，所以后世又称“王孟诗派”。

山水田园诗歌名句摘录

明月松间照，清泉石上流。

——王维《山居秋暝》

译：明亮的月光照进松树林里，清澈的泉水从石头上流过。

绿树村边合，青山郭外斜。

——孟浩然《过故人庄》

译：村子周围绿树环绕，村外远处是连绵起伏的青山。

千山鸟飞绝，万径人踪灭。

——柳宗元《江雪》

译：四周的高山上一只鸟也看不见，小路上也没有人的踪影。

曲径通幽处，禅房花木深。

——常建《题破山寺后禅院》

译：竹林中的小路通向幽深处，禅房前后花木又多又好看。

春潮带雨晚来急，野渡无人舟自横。

——韦应物《滁州西涧》

译：傍晚时分下起春雨，河水上涨，流得更急了。在这个荒野渡口，一个人也没有，只有一只小船随着波浪起起伏伏。

诗体小知识

中国古典诗词，根据它的起源、体式、语言、结构等的不同，大概可以分为诗、词、曲三大类。从格律上来看，诗又可分为古体诗和近体诗。

古体诗又称古诗或古风，指唐代以前出现的各种诗体。唐以及之后的人们模仿这类诗体所写的诗，也叫做古体诗。古体诗根据每句诗的字数可以分为四言诗、五言诗、六言诗、七言诗、杂言诗等。杂言诗就是每句的字数不定，可以任意自由发挥。杂言诗多以三字句、五字句和七字句为主，偶然也用四字句、六字句以及七字以上的句子。四言诗每句四个字，五言诗每句五个字，七言诗每句七个字。

近体诗是在唐代完成的一种讲究音律、平仄、对仗的新式诗体，又称今体诗或格律诗，它以五言、七言律诗为代表。近体诗从句子的字数上来说，只有五言和七言两种。无论什么形式的近体诗，都由偶数的句子构成。

四句的近体诗也称绝句。绝句对于每句用字的平仄有相对严格的规定，用韵也比较严格。绝句分五言绝句和七言绝句，五言绝句又简称为五绝，四句二十字；七言绝句又简称为七绝，四句二十八字。

每首由八句构成的近体诗称为律诗。五言律诗简称五律，四十字；七言律诗简称七律，五十六字。五律和七律，不仅每句有严格的平仄、用韵要求，而且还对句子的对仗有一定要求。

有一种超过八句的律诗，叫长律，也叫排律。排律与五言、七言律诗一样，有平仄、用韵等严格要求，对对仗等也有严格规定。排律的句数只能是偶数。

第十一讲　盛唐诗歌（二）

唐代国力强盛，国土面积大，与边疆[①]各民族在政治、经济、军事和文化等方面有着密切的来往。盛唐时文人们大多热衷[②]功名[③]，而参加军队去边塞[④]杀敌立功是文人们求取功名的一种新的途径[⑤]，而且边疆的生活和风光也深深地吸引着他们。在这种社会历史背景下，很多文人放下手中的笔，投入到边塞的战争和生活中，因此促进了边塞诗歌创作的繁荣。

边塞诗的内容主要有反映边疆的战争生活，抒写战士们建功立业的豪情壮志[⑥]和不满现实的情绪；描写边塞风光、异域[⑦]风情以及出征的人、在家思念丈夫的妇人的离愁别绪[⑧]等。盛唐边塞诗派的代表作家是高适、岑参，此外还有王昌龄、李颀、王之涣、王翰等诗人。

注释

① 边疆（jiāng）：靠近别的国家的地区。

② 热衷（zhōng）：急切盼望得到。

③ 功名：功业和名利。

④ 边塞（sài）：在边疆有军队防守的地方。

⑤ 途径（tújìng）：方法、手段。

⑥ 豪（háo）情壮志：豪迈的情感，远大的志向。

⑦ 异域（yìyù）：他乡，外乡。

⑧ 离愁别绪（xù）：分离前舍不得、分别后思念对方的愁苦情绪。

王昌龄（698—757），盛唐著名诗人，被后人誉为[①]“七绝圣手[②]”。他的诗以七言绝句见长[③]，特别以在西北边塞所作的边塞诗最为有名，有“诗家夫子[④]”之誉（也有“诗家天子”的说法）。

注释

① 誉（yù）为：称赞为。

② 七绝圣手：七言绝句写得非常好的人。圣手：对技艺高超并有突出成就者的尊称。

③ 见长：在某方面有超过别人或一般水平的能力。

④ 夫子：对男子的尊称，也是对老师或有学问的人的尊称。

闺怨[1]

王昌龄

闺中少妇不知愁[2]，春日凝妆上翠楼[3]。
忽见陌头杨柳色[4]，悔教夫婿觅封侯[5]。

注释

① 闺怨（guīyuàn）：少妇的幽怨。闺，女子卧室，借指女子，一般指少女或少妇。“闺怨”一般是写少女的青春寂寞，或少妇的离别相思之情。表现这些内容的诗歌叫做“闺怨诗”。

② 少妇（shàofù）：已经结婚了的年轻女子。知：明白，了解。愁（chóu）：这里指与丈夫离别的忧愁。

③ 春日：春天。凝妆（níngzhuāng）：华丽的装扮。翠（cuì）楼：涂上绿漆（qī）的，华丽的高楼。

④ 忽：忽然。见：看见。陌（mò）头：路边。杨柳色：杨柳树的颜色。

⑤ 悔（huǐ）：后悔。教（jiào）：让，叫。夫婿（fūxù）：丈夫。觅（mì）封侯（fēnghóu）：指参加军队去很远的地方打仗，通过杀敌建功立业后当官。觅：寻求。

译文

闺阁中的少妇，从未有过相思离别之愁；在明媚的春日，她细心打扮，独自登上高楼。

忽然看见路边杨柳树又长出了绿叶，她心里忽然很难受，真后悔叫自己的丈夫去从军边塞，建功封侯。

练习

一、给下列词语注音

1. 闺怨（　　　　）　2. 少妇（　　　　）　3. 凝妆（　　　　）
4. 翠（　　）　5. 陌头（　　　　）　6. 夫婿（　　　　）
7. 封侯（　　　　）　8. 觅（　　）

二、解释加点字词的意思并翻译诗句

1. 闺中少妇不知愁

2. 春日凝妆上翠楼

3. 忽见陌头杨柳色

4. 悔教夫婿觅封侯

三、名词解释

1. 边塞诗歌

2. 边塞诗派

四、回答问题

1. 闺中少妇从不知愁到后悔，为我们展现了一个怎样的心路历程？

2. 整首诗表达出作者怎样的人生态度？

五、背诵默写这首诗歌

王翰（Wáng Hàn）（687—726），唐代著名诗人。他的诗豪放壮丽，可惜很多已散失，现在能看到的他最有名的诗是《凉州词》。

凉州词[1]

王翰

葡萄美酒夜光杯[2]，欲饮琵琶马上催[3]。

醉卧沙场君莫笑[4]，古来征战几人回[5]。

注释

① 凉州词：唐乐府名。当时有《凉州曲》，这首诗是为“曲”配的唱词。

② 葡萄美酒：很好喝的葡萄酒。夜光杯：用白玉制成的酒杯，光可照明，这里指华贵而精美的酒杯。

③ 欲：将要，想要。饮（yǐn）：喝。琵琶（pípá）：西域胡人的一种乐器，当时的人是骑在马上弹奏的。催（cuī）：叫人赶快去作战；也有人解释为弹奏琵琶给将士们喝酒助兴。

④ 醉：喝醉酒。卧（wò）：躺倒。沙场：这里指战场。莫（mò）：不要。

⑤ 古来：古往今来，从以前到现在。征（zhēng）战：去战场打仗。

译文

葡萄美酒倒满在华贵的酒杯中，正要痛痛快快喝的时候，马上的琵琶声响起了，好像在催促我们赶快去作战。

就算喝醉了倒在战场上也请您不要笑话我，从古时候到现在，在战场上杀敌的人中有几个人能活着回去？

练习

一、给下列词语注音

1. 饮（　　）　　2. 琵琶（　　　　）　　3. 催（　　）

4. 莫（　　）　　5. 征（　　）　　6. 卧（　　）

二、解释加点字词的意思并翻译诗句

1. 葡萄美酒夜光杯，欲饮琵琶马上催。

2. 醉卧沙场君莫笑，古来征战几人回。

三、回答问题

1. “醉卧沙场君莫笑”表现了边疆将士们什么样的精神面貌？

2．“古来征战几人回”有人认为是悲伤之语，有人认为是豪放之词，你同意哪种看法？请说一说理由。

四、背诵默写这首诗歌

高适（704—765），唐代边塞诗派的代表诗人，与岑参并称“高岑”。

塞上听吹笛[①]

高适

雪净胡天牧马还[②]，月明羌笛戍楼间[③]。
借问梅花何处落[④]，风吹一夜满关山[⑤]。

注释

① 塞上：指凉州（今甘肃武威）一带。这首诗的题目又叫《塞上闻笛》，也叫《和王七玉门关听吹笛》。

② 雪净：冰雪融化（rónghuà），消失。胡天：指西北边塞地区，胡是中国古代对西北部少数民族的称呼。牧（mù）马：把马放出去吃草，西北部民族以放牧为生。牧马还：牧马回来，还有一种说法是指敌人被打退。

③ 羌（qiāng）笛：羌族的一种乐（yuè）器。戍（shù）楼：有敌人来，点燃烟火报警的烽火楼。

④ 借问：请问。梅花何处落：这是一句双关语，既指想象中的梅花，又指笛曲《梅花落》。《梅花落》属于汉乐府横吹曲，善于表达离别的情意。

⑤ 关山：这里泛指险要的关口和山岭。

译文

冰雪已经融化消失，入侵的胡兵已经被打退。月光明亮，好听的笛声在戍楼间回荡。

请问充满离别情意的《梅花落》飘向什么地方了呢？笛声仿佛像梅花一样随风落满了关山。

练习

一、给下列词语注音

1. 牧（　　）　2. 羌（　　）　3. 笛（　　）　4. 戍（　　）

二、解释加点字词的意思并翻译诗句

1. 雪净胡天牧马还，月明羌笛戍楼间。

2. 借问梅花何处落，风吹一夜满关山。

三、填空

唐代边塞诗派的代表诗人是________和________。被称为“七绝圣手”的诗人是________。

四、回答问题

1. 这首诗的一、二两句营造了一种怎样的气氛？请结合诗句具体说明。

2. 这首诗是怎样运用虚实结合的手法来表现诗歌意境的？请做简要分析。

五、背诵默写这首诗歌

岑参（Cén Shēn）（约718—约769），唐代边塞诗派的代表诗人，与高适并称“高岑”。

碛中作[①]

岑参

走马西来欲到天[②]，辞家见月两回圆[③]。
今夜不知何处宿[④]，平沙万里绝人烟[⑤]。

注释

① 碛（qì）：沙漠。碛中作：在大沙漠中写了这首诗。

② 走马：骑马。西来：向西走来。欲到天：好像到了天边。

③ 辞家：离开家乡。见月两回圆：表示过了两个月，月亮每个月十五圆一次。

④ 宿：投宿，找地方住下。

⑤ 平沙：平坦（tǎn）广阔的沙漠。绝：没有。人烟：指住户、居民，因为有炊烟的地方就有人居住。

骑马向西走几乎到达天边，我离家已经两个月了。

今夜不知道到哪里去找地方住下，在这广阔无边的沙漠中看不见人烟。

练习

一、给下列字词语注音

1. 碛（　　　　　　）　　　　2. 辞（　　　　　　）

3. 宿（　　　　　　）　　　　4. 万里（　　　　　　）

二、解释加点字词的意思并翻译诗句

1. 走马西来欲到天，辞家见月两回圆

2. 今夜不知何处宿，平沙万里绝人烟

三、回答问题

1. 首句“走马西来欲到天”这句诗描述了怎样的情景？

2. “辞家见月两回圆”该如何解释？表达了诗人怎样的感情？

3. 这首诗最后一句“平沙万里绝人烟”以景结情，请做简要分析。

四、背诵默写这首诗歌

课外延伸阅读

出塞[①]

王昌龄

秦时明月汉时关[②]，万里长征人未还[③]。

但使龙城飞将在[④]，不教胡马度阴山[⑤]。

注释

① 出塞：是唐代诗人写边塞生活的诗常用的题目。

② 秦时明月汉时关：秦汉时的明月，秦汉时的关塞。意思是说，在漫长的历史时期里和漫长的边防线上，一直没有停止过战争。

③ 万里长征人未还：远离家乡长期在边关打仗的人还没有回来。

④ 但使：只要。龙城飞将（jiàng）：指汉朝著名将军卫青奇袭龙城的事情。有人认为“龙城飞将”中“飞将”指的是汉朝名将李广，匈奴人畏惧他的神勇，特称他为“飞将军”。这里泛指英勇善战的将领。

⑤ 不教（jiào）（古音读作jiāo）：不让。教：使、令、让。胡马：指侵扰内地的外族骑兵。度：越过。阴山：在今内蒙古自治区中部及河北省西北部，古代常用它来抵御（dǐyù）匈奴（Xiōngnú）的南侵。

译文

还是秦汉时期的明月和边关，远离家乡长期在边关打仗的人还没有回来。

如果那些英勇善战的名将还在的话，绝不会让敌人的铁蹄踏过阴山。

王之涣（Wáng Zhīhuàn）（688—742），是盛唐时期的著名诗人，他的作品现存只有六首绝句，以《登鹳雀楼》《凉州词》为代表作。

凉州词

王之涣

黄河远上白云间[①]，一片孤城万仞山[②]。

羌笛何须怨杨柳[③]，春风不度玉门关[④]。

注释

① 黄河远上：远望向黄河的源头。远上：远远向西望去。白云间：指黄河的源头在很高的地方。

② 孤城：指孤零零的边境城堡（bǎo）。仞（rèn）：古代的长度单位，一仞相当于古代的七尺或八尺。万仞山：指非常高的山。

③ 羌笛（qiāngdí）：羌族的一种乐器。何须：何必。怨：埋怨（mányuàn）。杨柳：柳树的柳条，又指《杨柳曲》，中国古代有折柳送别的风俗。

④ 度：越过。不度：指（春风）吹不到。玉门关：汉武帝设置的一个关口，因为从西域进来的玉石从这里走过而得名，是古代通往西域的重要的道路。

译文

远远望去，黄河好像从白云之间奔流而来，玉门关孤零零地耸立在高山之间。何必用羌笛吹起哀怨的《折杨柳》去埋怨春光迟迟不来呢，原来春风是吹不到玉门关这个地方的啊！

李颀（Lǐ Qí）（690—751），唐代著名诗人。他的诗歌以写边塞题材为主，风格豪放，慷慨悲凉。

古从军行①

李颀

白日登山望烽火②，黄昏饮马傍交河③。
行人刁斗风沙暗④，公主琵琶幽怨多⑤。
野云万里无城郭⑥，雨雪纷纷连大漠⑦。
胡雁哀鸣夜夜飞⑧，胡儿眼泪双双落⑨。
闻道玉门犹被遮⑩，应将性命逐轻车⑪。
年年战骨埋荒外⑫，空见蒲桃入汉家⑬。

① 古从军行："从军行"是乐府旧题。这首诗表面上写汉朝皇帝开拓（tuò）边境领土，

实际上写诗人生活的时代的事，讽刺唐朝皇帝的用兵。由于怕统治者看了生气，所以题目加上一个“古”字。

② 白日：白天。烽火：古代如果有敌人来犯，就会在烽火台点燃烟火，发出警报。

③ 饮（yìn）马：给马喂水。傍：顺着。交河：古代一个县的名称，在现在的新疆吐鲁番以西。

④ 行人：出征的士兵。刁斗（diāodǒu）：古代军队中用的一种器具，能装一斗米，白天用来煮饭，晚上可以敲击打更（dǎgēng）报时。

⑤ 公主琵琶：指汉朝公主远嫁乌孙国时所弹的琵琶曲调。幽怨（yōuyuàn）多：是指琵琶声音让人听了伤心，哀怨。幽怨：隐藏在心中的愁怨。

⑥ 野云：旷野的云雾。城郭（chéngguō）：城指内城，郭指外城，泛指城市。

⑦ 雨（yù）雪：下雪。纷纷：多而杂乱，这里形容雪下得很大。大漠：广阔的沙漠。

⑧ 胡雁（húyàn）：北方胡地的大雁。哀鸣：悲痛哀伤地叫。

⑨ 胡儿：胡人的士兵。胡：胡人，中国古代对北方边地及西域各民族人民的称呼。

⑩ 闻道：听说。玉门：玉门关。犹（yóu）：还。被遮（zhē）：被挡住，这里指玉门关的交通被阻断。汉武帝曾经命令李广利进攻大宛（yuān），想到大宛国弄一些好马，出战不顺利，李广利写信给皇帝，请求收兵回国，汉武帝非常生气，派人到玉门关，说：“士兵有谁敢入玉门关的，杀头！”

⑪ 将：拿。逐（zhú）：跟随。轻车：将军，将领。

⑫ 战骨：战死者的尸骨。荒外：野外。

⑬ 蒲桃（pútáo）：葡萄，葡萄是从西域传入内地的，所以这么说。

白天爬上山顶观望报警的烽火台，黄昏的时候牵着马到交河边让马喝水。

沙漠里风沙漫天，一片黑暗，只听得见打更的声音和那幽怨的琵琶声。

旷野云雾缭绕，很远都看不见城镇，大雪纷纷扬扬，飘洒在无边无际的沙漠。

胡雁悲伤地叫着，夜夜从空中飞过，胡人士兵听了也忍不住落泪。

听说玉门关已被关闭阻断，战士只有追随将军去拼命杀敌。

年年征战不知多少尸骨埋于荒野，换来的只是西域葡萄移植到汉家。

柳的文化内涵

柳，在中国文化中有着丰富的内涵。其中重要的两个是：

1. 春到柳先翠：柳，是春天的象征。

长条垂拂地，轻花上逐风。露沾疑染绿，叶小未障空。

——（南朝）萧绎《绿柳》

译：柳树的枝条垂到了地面，柳絮随风飘向天空。柳叶上的露珠好像也染上了一层翠绿，透过细长的柳叶还能看见蓝蓝的天空。

碧玉妆成一树高，万条垂下绿丝绦。不知细叶谁裁出，二月春风似剪刀。

——（唐）贺知章《咏柳》

译：高高的柳树长满了翠绿的新叶，轻柔的柳枝垂下来，好像轻轻飘动的绿色丝带。这细细的嫩叶是谁的巧手裁剪出来的呢？原来是二月里温暖的春风，它就像一把灵巧的剪刀。

草长莺飞二月天，拂堤杨柳醉春烟。儿童散学归来早，忙趁东风放纸鸢。

——（清）高鼎《村居》

译：农历二月，村子前后的青草已经钻出了地面，黄莺飞来飞去。烟雾迷蒙中杨柳的枝条随风摆动。孩子们放了学急忙跑回家，趁着东风把风筝放上蓝天。

2. 离情别怨的依依杨柳："柳"者，"留"也，"柳""留"二音相谐，因此古人"折柳"相留，表达朋友分别时依依不舍之情。

昔我往矣，杨柳依依，今我来思，雨雪霏霏。

——《诗经·小雅·采薇》

译：回想当初出征时，杨柳依依随风吹；如今回来路途中，大雪纷纷满天飞。

曾栽杨柳江南岸，一别江南两度春。遥忆青青江岸上，不知攀折是何人。

——（唐）白居易《忆江柳》

译：我曾经在江南岸边种下一棵杨柳树，现在我离开江南已经两年了。一想到在那青青的江岸上，我种的那棵杨柳树的枝条随风飘舞，也不知是哪些人折取下枝条，依依不舍地送给离别的友人。

箫声咽，秦娥梦断秦楼月。秦楼月，年年柳色，灞陵伤别。

——（唐）李白《忆秦娥·箫声咽》

译：玉箫的声音悲凉凄切，秦娥从梦中惊醒时，看见楼外天空正挂着一弦残月。这一弯残月，一年又一年桥边青青的柳色，都浸染着灞陵桥上的凄怆离别。

今宵酒醒何处？杨柳岸，晓风残月。

——（宋）柳永《雨霖铃》

译：有谁知道我今晚酒醒时身在什么地方？怕是只有在杨柳岸边，凉凉的晨风和清晨的残月与我相伴了。

文学常识

边塞诗：内容主要有反映边疆的战争生活，描写边塞风光、异域风情以及出征的人、在家思念丈夫的妇人的离愁别绪等。

边塞诗派：盛唐时期兴盛的一个诗歌流派，多用七言歌行和七言绝句，描写边塞的自然风光和战争生活，表现征人思妇的思想感情等，风格大多慷慨悲壮。代表作家是高适、岑参，此外还有王昌龄、李颀、王之涣、王翰等诗人。

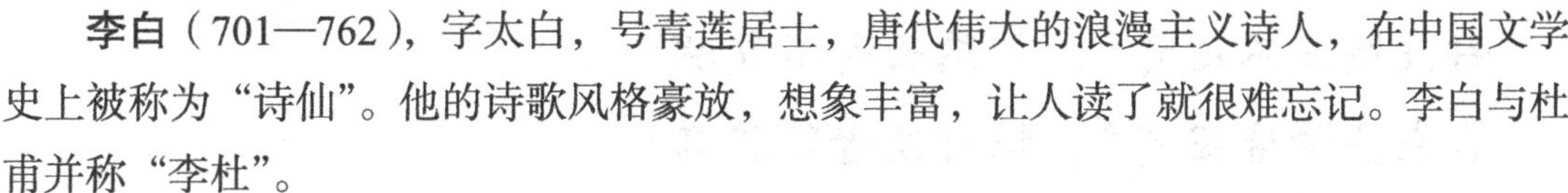

第十二讲 李白、杜甫诗歌

李白（701—762），字太白，号青莲居士，唐代伟大的浪漫主义诗人，在中国文学史上被称为“诗仙”。他的诗歌风格豪放，想象丰富，让人读了就很难忘记。李白与杜甫并称“李杜”。

李白生活在唐代最强盛的时期，他有远大的理想，一生为实现这一理想而努力。他的诗歌，既反映了那个时代的繁荣景象，又表现出蔑视①权贵②，反抗传统束缚③，追求自由和理想的积极精神。

作为一个浪漫主义诗人，李白是伟大的，也是最有代表性的。杜甫称赞他的诗是：“笔落惊风雨，诗成泣鬼神④。”这种神奇的艺术魅力⑤，是他诗歌最鲜明的特点。

李白对当代和后代诗人都产生了广泛而深远的影响。他追求理想、向往自由、反抗权贵的精神，他雄奇飘逸⑥的诗风都深深影响着历代诗人。在中国诗歌史上，李白有不可替代的地位。

注释

① 蔑视（mièshì）：轻蔑鄙视，非常看不起。

② 权贵（quánguì）：指当大官的、有权力有地位的人。

③ 束缚（shùfù）：指使受到约束限制。

④ 笔落惊风雨，诗成泣鬼神：看到他落笔，风雨会感叹；看到他的诗，鬼神都会感动哭泣。

⑤ 魅力（mèilì）：很能吸引人的力量。

⑥ 雄奇飘逸（piāoyì）：气势大，不拘一格，想象丰富，洒脱自然。

将进酒①

李白

君不见②，黄河之水天上来③，奔流到海不复回④。
君不见，高堂明镜悲白发⑤，朝如青丝暮成雪⑥。

人生得意须尽欢[⑦]，莫使金樽空对月[⑧]。

天生我材必有用[⑨]，千金散尽还复来[⑩]。

烹羊宰牛且为乐[⑪]，会须一饮三百杯[⑫]。

岑夫子[⑬]，丹丘生[⑭]，将进酒，杯莫停[⑮]。

与君歌一曲[⑯]，请君为我倾耳听[⑰]。

钟鼓馔玉不足贵[⑱]，但愿长醉不复醒[⑲]。

古来圣贤皆寂寞[⑳]，惟有饮者留其名[㉑]。

陈王昔时宴平乐[㉒]，斗酒十千恣欢谑[㉓]。

主人何为言少钱[㉔]，径须沽取对君酌[㉕]。

五花马[㉖]，千金裘[㉗]，呼儿将出换美酒[㉘]，与尔同销万古愁[㉙]。

注释

① 将（qiāng）进酒：请喝酒，是劝酒歌，属乐府旧题。将：请。进酒：喝酒。

② 君不见：是乐府中常用的一种夸语。可翻译为“您难道没看见吗？”

③ 天上来：黄河发源于青海，因为那里地势非常高，所以说从天上落下来。

④ 奔（bēn）流：指水流得又急又快。复：再，又。

⑤ 高堂：高大的厅堂。明镜（jìng）：明亮的镜子。悲（bēi）：为……伤心。

⑥ 朝（zhāo）：早晨。如：像。青丝：比喻黑色的头发。暮（mù）：傍晚。

⑦ 得意：顺意高兴的时候。须（xū）：应当，应该。尽欢：尽情欢乐。

⑧ 莫：不要。使：让。金樽（zūn）：中国古代装酒的器具，酒杯。

⑨ 材：材料。必：一定。

⑩ 散（sàn）尽：用完。

⑪ 烹（pēng）：煮。宰（zǎi）：杀。且：暂且，姑且。为乐：作乐。

⑫ 会须：应当。

⑬ 岑夫子：指岑（cén）勋，李白的好朋友。

⑭ 丹丘生：元丹丘，也是李白的好朋友。

⑮ 杯莫停：酒杯不要放下来。

⑯ 与君：给你们，为你们。君：指岑、元二人。

⑰ 倾耳听：仔细听，认真听，也写作“侧耳听”。

⑱ 钟鼓：富贵人家宴会中演奏音乐时使用的乐器。馔（zhuàn）玉：像玉一样精美的食物，这里代指金钱、地位、权力等。不足：不值得。贵：珍贵。

⑲ 但愿：只希望。长醉（zuì）：永远都是醉的。不复醒：不再清醒过来。

⑳ 古来：自古以来。圣贤：圣人与贤人的合称；也指品德高尚、聪明有才能的人。皆：都。寂寞（jìmò）：没有人理解。

㉑ 惟（wéi）有：只有。饮者：爱喝酒的人。留其名：在历史上留下他们的名字。

㉒ 陈王：指陈思王曹植，曹操的儿子，很有才华。昔（xī）时：以前。宴（yàn）：请客。平乐：就是平乐观，在洛阳西门外，是汉代有钱有地位的人的娱乐场所。

㉓ 斗（dǒu）酒十千：一斗酒十千钱，说明酒的价格高，是美酒。恣（zì）：放纵，无拘无束。谑（xuè）：玩笑。

㉔ 主人：指宴请李白的人元丹丘。何为：为何，为什么。言少钱：说钱不够。

㉕ 径须（jìngxū）：干脆，只管。沽（gū）取：买酒。对君酌（zhuó）：一起喝。

㉖ 五花马：指名贵的马，一种说法是马的毛色是五色花纹，一种说法是马颈上的长毛修剪成五瓣花的形状。

㉗ 裘（qiú）：皮衣。

㉘ 将(jiāng)出：拿出。

㉙ 尔：你们。销：同“消”，消除，排遣（qiǎn）。万古愁：人类一直以来都有的愁。

您难道没有看见吗？那黄河的水好像从天上流下来一样，流到大海就不会再往回流了。

您难道没有看见吗？那高堂上（有个人）面对明亮的镜子，看着自己的满头白发而伤心，早晨还是黑黑的，到了傍晚却白得像雪一样。

人生得意的时候就要尽情地享受欢乐，不要让酒杯无酒空对天上的明月。

上天造就了我这块材料就必然有用，千两黄金花完了也能够再次挣回来。

煮羊杀牛暂且忘掉烦恼，寻求快乐，(我们）应当痛快地喝上三百杯。

岑勋，元丹丘，你们快点喝酒，不要停下来。

我给你们唱一首歌，请你们仔细听。

金钱、地位、权力有什么可值得珍贵的，我只希望能长醉而不再清醒。

自古以来圣人贤士都是孤独寂寞的，没人理解他们，只有爱喝酒的人才能够美名留传。

陈王曹植当年在平乐观请客，喝着名贵的酒纵情地欢乐。

你为何说钱不够？只管拿这些钱用来买酒一起喝。

我的名贵的五花良马，昂贵的千金皮衣，快叫侍儿拿去换美酒吧，我们一起来消除这万古长愁！

练习

一、给下列字词注音

1. 将（　　）　2. 悲（　　）　3. 朝（　　）

4. 圣贤（　　）　5. 莫（　　）　6. 樽（　　）

7. 散（　　）　8. 将出（　　）　9. 宰（　　）

10. 岑（　　）　11. 丹（　　）　12. 倾（　　）　13. 馔（　　）

14. 醉（　　）　15. 皆（　　）　16. 暮（　　）　17. 惟（　　）

18. 昔（　　）　19. 宴（　　）　20. 斗（　　）　21. 恣（　　）

22. 谑（　　）　23. 径（　　）　24. 沽（　　）　25. 酌（　　）

26. 裘（　　）　27. 销（　　）　28. 烹（　　）

二、解释加点字词的意思

1. 人生得意须尽欢，莫使金樽空对月

2. 烹羊宰牛且为乐，会须一饮三百杯

3. 请君为我倾耳听

4. 钟鼓馔玉不足贵，但愿长醉不复醒

5. 陈王昔时宴平乐，斗酒十千恣欢谑

6. 主人何为言少钱，径须沽取对君酌

7. 呼儿将出换美酒，与尔同销万古愁

三、翻译诗句

1. 君不见，黄河之水天上来，奔流到海不复回。

2. 君不见，高堂明镜悲白发，朝如青丝暮成雪。

3. 古来圣贤皆寂寞，惟有饮者留其名。

四、填空

李白，字_________，号_________，中国文学史上伟大的_________主义诗人，被称为_________。

五、回答问题

1.《将进酒》题目是什么意思？

2. 这首诗歌的开头四句用什么来比喻时间，表现了作者什么样的愁？

3. “天生我材必有用，千金散尽还复来”“古来圣贤皆寂寞，惟有饮者留其名” 又表现了作者什么样的愁？

4.《将进酒》表达了作者什么样的思想感情和人生态度？

六、背诵《将进酒》前四句

杜甫（712—770），字子美，中国文学史上伟大的现实主义诗人，自号少陵野老，被世人尊称为“诗圣”。

杜甫的诗流传到现在的有1400多首，这些诗深刻地反映了唐代的社会风貌，记载了杜甫一生的生活经历。杜甫的诗把社会现实与个人生活紧密结合起来，达到思想内容与艺术形式的完美统一，代表了唐代诗歌的最高成就，被后人称作“诗史”。

杜甫在中国现实主义诗歌发展史上占有承上启下①继往开来②的重要地位。他继承《诗经》、汉魏乐府以及初唐陈子昂诗歌的现实主义传统，拓宽③和加深了诗歌的题材范围和反映现实的深度和广度，使诗歌的艺术形式和风格技巧更加丰富多彩，把现实主义诗歌推向新的高峰。杜甫对后世的影响是巨大而深远的，杜诗的现实主义精神影响着一代代诗人，在艺术技巧和表现手法方面为后世诗人提供了丰富的艺术借鉴。杜甫忧国忧民④的思想和爱国主义精神在后世的爱国诗人以及广大人民中引起广泛的共鸣⑤。杜甫对后世的影响是不可估量⑥的。

注释

① 承上启下：承接前代的，开启后代的。
② 继往开来：继承前人的事业，开辟未来的道路。
③ 拓（tuò）宽：指扩大，加宽。
④ 忧国忧民：为国家的前途和人民的命运而担忧。
⑤ 共鸣：思想上或感情上的相互感染而产生的情绪。
⑥ 不可估量（gūliang）：不可以估计，形容程度深。

石壕吏[①]

杜甫

暮投石壕村[②]，有吏夜捉人[③]。
老翁逾墙走[④]，老妇出门看[⑤]。
吏呼一何怒[⑥]！妇啼一何苦[⑦]！
听妇前致词[⑧]：三男邺城戍[⑨]。
一男附书至[⑩]，二男新战死[⑪]。
存者且偷生[⑫]，死者长已矣[⑬]！
室中更无人[⑭]，惟有乳下孙[⑮]。
有孙母未去[⑯]，出入无完裙[⑰]。
老妪力虽衰[⑱]，请从吏夜归[⑲]。
急应河阳役[⑳]，犹得备晨炊[㉑]。
夜久语声绝[㉒]，如闻泣幽咽[㉓]。
天明登前途[㉔]，独与老翁别[㉕]。

【背景简介】 唐肃宗乾元元年（758）冬天，杜甫回到洛阳，看看战乱后的故乡。可是不到两个月，形势发生改变，唐朝军队在邺城大败，退守河阳，河阳一带又开始不安定。唐王朝为补充兵力，就在洛阳以西到潼关一带，强行抓人当兵，人民非常痛苦。诗人这时也不得不离开洛阳，经过新安、石壕、潼关等地回到华州。一路上他看到的都是即将去前线参加战争的男人们和留守在家里的女人们的愁眉苦脸，听到的是告别家人出征时人们的哭声，写下了著名的《三吏》《三别》:《石壕吏》《新安吏》《潼关吏》《新婚别》《无家别》《垂老别》。其中,《石壕吏》因构思巧妙、情节生动而流传最广。

注释

① 石壕（háo）：今河南三门峡市东南。吏（lì）：小官，这里指差役（chāiyì）。

② 暮：时间名词作状语，在傍晚。投：投宿，找地方住下。

③ 夜：时间名词作状语，在夜里。捉（zhuō）人：抓人。

④ 老翁（wēng）：老大爷。逾（yú）：越过；翻过。走：跑，这里指逃跑。

⑤ 老妇：老大娘。

⑥ 呼：大喊大叫。一何：多么。怒：恼怒，凶猛，粗暴，这里指凶狠。

⑦ 啼（tí）：哭。苦：痛苦。

⑧ 前致词：走上前去（对差役）说话。前：上前。致：对……说。

⑨ 三男：三个儿子。邺城：即相州，在今河南安阳。戍（shù）：防守，这里指加入军队打仗。

⑩ 附书至：捎信回来。书，书信。至，回来。

⑪ 新：最近，刚刚。战死：在战争中死了。

⑫ 存者：活着的人，这里指老大娘一家。且偷生：姑且活一天算一天。且：姑且。偷生：勉强活着。

⑬ 长已矣（yǐ）：永远完了。

⑭ 室中：家中。更无人：再也没有男人。更：再。

⑮ 惟（wéi）有：只有。乳（rǔ）下孙：还在吃奶的孩子。

⑯ 未：还没有。去：离开，这里指嫁给别人。

⑰ 完裙（qún）：完整的衣裙。“裙”古代泛指衣服，多指裤子。

⑱ 老妪（yù）：老妇人。衰（shuāi）：弱。

⑲ 请从吏夜归：请让我今晚跟你一起回营去。请从：请求跟从。从：跟从，随从的意思。

⑳ 急应（yìng）河阳役（yì）：赶快到河阳去服役。应：响应。河阳：今河南省洛阳市吉利区（原河南省孟县），当时唐王朝官兵与叛军在此对抗。

㉑ 犹(yóu)得：还能够。得：能够。备：准备。晨炊（chuī）：早饭。

㉒ 夜久：夜深。语声：说话的声音。绝：消失，没有。

㉓ 如：好像。闻：听。泣：哭泣。幽咽（yè）：断断续续，若有若无。

㉔ 天明：天亮之后。登前途：踏上前行的路。登：踏上。前途：前行的路。

㉕ 独：唯独，只。别：告别。

译文

傍晚我在石壕村一户人家住下，到了夜里有官府的差役来抓人。老大爷听到声音翻墙逃走了，老大娘走出去应对。差役们大喊大叫是多么地凶狠，老大娘哭得是多么地痛苦。我听到老大娘上前说道："我三个儿子都服役去参加邺城的战斗。其中一个儿子托人带了一封信回来，信上说另外两个儿子在最近的战争中死了。活着的人毫无希望，活一天算一天，死了的人永远死了。家中再也没有别的男人了，只剩下一个吃奶的小孙子。因为有小孙子在，所以儿媳妇没有离开这个家，但进进出出没有一套完整的衣服。老妇我虽然身体衰弱，请允许我跟从你们夜里回去。赶紧去河阳服役，还能够做早饭呢！"深夜了，说话的声音消失了，我好像听到有人低声哭泣。天亮后我继续赶前面的路程，只能与逃走回来的老大爷告别。

练习

一、给下列词语注音

1. 壕（　　）2. 吏（　　）3. 翁（　　）4. 邺（　　）5. 附（　　）
6. 矣（　　）7. 戍（　　）8. 乳（　　）9. 妪（　　）10. 衰（　　）
11. 应（　　）12. 役（　　）13. 犹（　　）14. 炊（　　）
15. 啼（　　）16. 幽咽（　　）

二、解释加点字词的意思

1. 暮投石壕村，有吏夜捉人

2. 老翁逾墙走，老妇出门看

3. 听妇前致词：三男邺城戍

4. 一男附书至，二男新战死

5. 老妪力虽衰，请从吏夜归

6. 急应河阳役，犹得备晨炊

7. 天明登前途，独与老翁别

三、翻译诗句

1. 吏呼一何怒！妇啼一何苦！

2. 存者且偷生，死者长已矣！

3. 夜久语声绝，如闻泣幽咽。

四、填空

杜甫，字__________，中国文学史上伟大的__________主义诗人，被世人尊称为__________，他的诗被后人称作__________，李白和杜甫并称为__________。

五、回答问题

1. 怎样理解“有吏夜捉人”这一行为？“捉”字隐含了诗人什么样的感情？

2. “有孙母未去，出入无完裙”说明了什么？

3. 这首诗歌写了一件什么事情，请你概括一下。

4. 结合整首诗，说说表达了作者怎样的思想感情。

5. 结合所学诗歌，谈谈李白诗歌和杜甫诗歌的艺术特点。

六、请把这首诗歌编成一个课本剧并在课堂上表演出来

登高

杜甫

风急天高猿啸哀①，渚清沙白鸟飞回②。
无边落木萧萧下③，不尽长江滚滚来④。
万里悲秋常作客⑤，百年多病独登台⑥。
艰难苦恨繁霜鬓⑦，潦倒新停浊酒杯⑧。

【写作背景】公元759年冬天，为躲避“安史之乱”，杜甫带着家人来到四川成都，靠着亲友的帮助，在成都西郊盖了一间草堂，住了下来。765年，朋友严武病逝，杜甫失去依靠，只好离开成都，买小船南下。766年杜甫到达夔州（Kuízhōu）(今重庆奉节)。这首诗写于767秋天，那时“安史之乱”已经结束四年了。但杜甫在夔州的生活依然很困苦，身体也非常不好。诗人长期漂泊，倍尝艰辛，晚年多病，加上好友李白、高适、严武的相继去世，且理想抱负无法实现。一天，55岁的他独自登上夔州白帝城外的高台，登高远望，百感交集。于是，写下了这首被誉为“七律之冠”的《登高》。

注释

① 风急：风很大。猿（yuán）：一种动物，与猴子相似，比猴子大。啸（xiào）哀：叫声凄厉，听了让人觉得悲哀。

② 渚(zhǔ)清：江上的沙洲一片凄清（qīqīng）。渚：水中的小洲或是水中的小块陆地。清：凄清、冷清。沙白：沙滩（tān）上什么也没有。白：空白，什么也没有。鸟飞回：鸟在急风中飞舞盘旋（pánxuán）。回：回旋（xuán）。

③ 落木：指秋天飘落的树叶。萧萧（xiāoxiāo）：草木飘落的声音。

④ 滚滚（gǔngǔn）：这里指长江的水大且急速翻腾（fānténg）流过。

⑤ 万里：指远离故乡。悲秋：看到秋天草木凋零（diāolíng）的萧瑟（xiāosè）景象而感到伤悲。常作客：指自己长期远离故乡，漂泊在他乡。

⑥ 百年：本来指人的一生，这里借指晚年。

⑦ 艰难：艰苦困难，这里既指国事的艰难，又指自己经历的艰难。苦恨：极其恨，非常非常遗憾。苦：极。繁霜鬓：指白发增多了，就好像霜雪落满了两鬓。繁（fán）：本义是“多”的意思，这里用作动词，增多。霜（shuāng）：附着在地面或植物上面的微细冰粒，这里用来比喻白发。鬓（bìn）：指人脸的两边靠近耳朵的头发。

⑧ 潦倒（liáodǎo）：精神不振作，失意的样子。这里指诗人自己衰老多病，有理想却不能实现，心里难受的状态。新停：刚刚停止。杜甫晚年因病戒酒，所以说“新停”。浊酒（zhuójiǔ）：用糯（nuò）米、黄米等酿造（niàngzào）的酒，比较混浊（hùnzhuó）。

译文

风急天高，猿猴的叫声那么凄切悲凉，江上的沙洲一片凄清，沙滩上空无一物，鸟儿在急风中飞舞徘徊。

无穷无尽的树叶纷纷飘落，望不到头的长江水滚滚奔腾而来。

面对如此凄凉萧瑟的秋景，离家万里长年漂泊异乡的我不禁生出无限感慨，如今疾病缠身独自登上高台。

历尽了艰难苦恨白发长满了双鬓，满心失意偏又暂停了消愁的酒杯，无法遣怀。

练习

一、给下列词语注音

1. 猿（　　）2. 啸（　　）3. 渚（　　）4. 萧萧（　　）

5. 繁（　　）6. 霜（　　）7. 鬓（　　）8. 潦倒（　　）

二、解释加点字词的意思

1. 风急天高猿啸哀

2. 渚清沙白鸟飞回

3. 艰难苦恨繁霜鬓

4. 潦倒新停浊酒杯

三、翻译诗句

1. 无边落木萧萧下，不尽长江滚滚来。

2. 万里悲秋常作客，百年多病独登台。

四、回答问题

1. 这首诗首联写了哪些景物？其作用是什么？

2. “无边落木萧萧下，不尽长江滚滚来”这两句诗中的“无边”“不尽”用得好，请作简要赏析。

3. 结合诗歌内容，写出“万里悲秋常作客”中“悲”的含义。

4. 请简要分析这首诗的写景和抒情是怎样紧密结合的。

五、背诵默写这首诗

课外延伸阅读

静夜思①

李白

床前明月光②，疑是地上霜③。
举头望明月④，低头思故乡⑤。

注释

① 静夜思：静静的夜里，产生的思绪。
② 明月光：明亮的月光。
③ 疑（yí）：好像。霜（shuāng）：在寒冷季节的清晨，草叶上、土块上一种白色的冰晶，多形成于夜间。
④ 举头：抬头。
⑤ 故乡：家乡。

译文

明亮的月光透过窗户映照在床前，好像地上铺了一层白霜。
我抬起头来，看着窗外空中的明月，不由得低下头来，想起远方的家乡。

望庐山瀑布①

李白

日照香炉生紫烟②，遥看瀑布挂前川③。
飞流直下三千尺④，疑是银河落九天⑤。

注释

① 庐山（Lúshān）：在江西省九江市南，是中国有名的山，风景秀美。瀑布（pùbù）：从山崖上直流下来的像悬挂着的布匹似的水。

② 香炉（lú）：即香炉峰，在庐山西北，因看起来像香炉而且山上经常笼罩（lǒngzhào）着云烟而得名。紫烟（zǐyān）：指日光照射的云雾水气呈现出紫色的云雾水气。

③ 遥（yáo）看：从远处看。挂：悬挂（xuánguà）。川（chuān）：河流，这里指瀑布。

④ 飞流：流得很快。三千尺：形容山高，这里是夸张的说法，不是实指。

⑤ 疑：好像。银河：又称天河，中国古人指的是银河系（Milky Way galaxy）构成的带状星群。九天：古人认为天有九重，九天是天的最高层，这里指极高的天空。

太阳照射下，香炉峰生起了紫色烟雾，远远望去，瀑布像一匹白布挂在山前。水流从三千尺的高处直流而下，好像是银河从天上落到了人间。

江畔独步寻花（其六）[①]

杜甫

黄四娘家花满蹊[②]，千朵万朵压枝低[③]。

留连戏蝶时时舞[④]，自在娇莺恰恰啼[⑤]。

注释

① 江畔（pàn）：江边。独步：一个人散步。江畔独步寻花：在江边独自一人一边散步，一边赏花。

② 黄四娘：人名，杜甫的邻居。蹊（xī）：小路。

③ 压枝低：因为花开得很多，把枝条压得低垂下来。

④ 留连：指留恋不愿离开。戏蝶：蝴蝶（húdié）飞舞，好像在游戏。时时：常常。

⑤ 自在：自由自在，不受拘束。娇莺（jiāoyīng）：娇美的黄莺。娇：可爱的。莺：黄莺，一种鸟。恰恰（qiàqià）：这里形容黄莺啼叫的声音很好听。

黄四娘家的小路两旁开满了美丽的花儿，花儿开满枝头，多得把树枝都压弯了。蝴蝶在花丛中飞舞，不愿离去，自由自在的黄莺正在唱歌，歌声美丽动听。

登岳阳楼[①]

杜甫

昔闻洞庭水[②]，今上岳阳楼。
吴楚东南坼[③]，乾坤日夜浮[④]。
亲朋无一字[⑤]，老病有孤舟[⑥]。
戎马关山北[⑦]，凭轩涕泗流[⑧]。

注释

① 岳阳楼（YuèyángLóu）：在今湖南省岳阳市，洞庭湖旁边，是有名的旅游风景地。

② 昔（xī）：以前。闻：听说。洞庭（Dòngtíng）水：即洞庭湖，在现在的湖南北部，长江南岸，是中国第二大的淡水湖。

③ 吴楚：指吴国和楚国，春秋时的两个诸侯国。坼（chè）：分裂，这里指分开。这句诗的意思是辽阔的吴楚两地被洞庭湖一水分开。

④ 乾坤（qiánkūn）日夜浮：日月、星辰和大地无论白天还是黑夜都飘浮在洞庭湖上。乾坤：原指天地，这里还包括日月、星辰。

⑤ 亲朋：亲人和朋友。无一字：没有一点儿消息。字：这里指书信。

⑥ 老病：杜甫当时五十七岁，身体有多种疾病。有孤舟（zhōu）：只有孤单的一条小船，诗人晚年是在小船上度过的。

⑦ 戎（róng）马：军马，借指军事、战争，战乱。戎马关山北：北方边关又有战争。当时吐蕃（Tǔbō）侵扰（qīnrǎo）宁夏灵武、陕西邠州（Bīnzhōu）一带，唐朝廷匆忙调兵抗敌。到了秋冬，吐蕃又侵扰陇右、关中一带。

⑧ 凭轩（píngxuān）：倚靠着楼窗。涕泗（tìsì）流：眼泪禁不住地往下流。涕泗：眼泪和鼻涕，这里指眼泪。

译文

很早以前就听说过天下有名的洞庭湖，今天我很幸运有机会登上湖边的岳阳楼。辽阔的洞庭湖好像把吴、楚两地东南分开，天地日月仿佛都在湖上漂浮。亲戚朋友没有一点消息，年老多病的我带着一家人在一条小船上四处漂泊。关山以北的战争仍然没有停止，倚在窗前望着眼前的河山，忍不住眼泪直流。

文学常识

唐代诗人的称号

1. 诗骨——陈子昂

陈子昂为人正直，积极进行诗文改革，他的诗敢于表达自己的见解，风格慷慨豪放，有汉魏风骨，故他被誉为“诗骨”。

2. 诗杰——王勃

王勃才华横溢，是“初唐四杰”之首，他的诗前期雄放刚健，后期苍凉悲郁，独具一格，人称他为“诗杰”。

3. 七绝圣手、诗家天子——王昌龄

他的七绝写得非常好，因而他被称为“七绝圣手”和“诗家天子”。

4. 诗仙——李白

他的诗想象丰富大胆，风格豪放飘逸，语言清新自然，被誉为“诗仙”。

5. 诗圣——杜甫

他的诗真实地反映社会现实，思想深刻，境界广阔，故他被人称为“诗圣”。

6. 诗囚——孟郊

他的诗大多描写世态炎凉，人间苦难，故他被称为“诗囚”。

7. 诗佛——王维

王维是个佛教徒，他的诗歌中充满浓厚的佛教意味，被称为“诗佛”。

8. 诗魔、诗王——白居易

白居易写诗非常刻苦，他每天都有朗诵和抄写诗文的习惯，时间长了，他的舌头长了口疮，手指也因为经常写诗长了老茧，所以他被称为“诗魔”。

9. 诗鬼——李贺

他的诗想象大胆奇特，创造出一种迷离诡谲的艺术境界，故他被称为“诗鬼”。

文化常识

中国四大名楼：特指山西永济鹳雀楼以及江南三大名楼（湖北武汉黄鹤楼、湖南岳阳岳阳楼、江西南昌滕王阁）。

名楼名诗名句摘录

欲穷千里目，更上一层楼。

——王之涣《登鹳雀楼》

译：想要看到更宽更远的风景，那就要登上更高的一层楼。

昔闻洞庭水，今上岳阳楼。

——杜甫《登岳阳楼》

译：很早以前就听说过天下有名的洞庭湖，今日有幸登上湖边的岳阳楼。

昔人已乘黄鹤去，此地空余黄鹤楼。

——崔颢《黄鹤楼》

译：过去的仙人已经乘着黄鹤飞走了，这里只留下一座空荡荡的黄鹤楼。

落霞与孤鹜齐飞，秋水共长天一色。

——王勃《滕王阁序》

译：雨后的天空，乌云消散，阳光又重新照耀着大地。阳光映射下的彩霞与野鸭一起飞翔。远远望去，江水似乎和天空连接在一起。

只要功夫深，铁杵（tiěchǔ）磨成针

李白小时候爱贪玩，常常逃课。有时逃课出去玩，爬爬山、捉捉鸟。有一天，李白走到小河边，看见一个老奶奶在磨一根铁棒。李白好奇地走过去问："老奶奶，您在干什么？""我要把这根铁棒磨成绣花针。"老奶奶抬起头，对李白笑了笑，又低下头继续磨着。

"绣花针？"李白又问："是缝衣服用的绣花针吗？""当然！""但是，铁棒这么粗，什么时候才能磨成针呢？"老奶奶反问李白："滴水能够穿石，愚公能够移山，那铁棒为什么不能磨成针呢？""但是，您年纪这么大了。""只要我下的功夫比别人深，没有做不到的事情。"老奶奶的话令李白很不好意思，于是回去之后，他再也没有逃过学，学习也很用功，最后成了名垂千史的"诗仙"。

第十三讲　中唐诗歌

中唐（766—835）是唐诗发展史上的重要转折时期，也是继盛唐之后的又一个繁荣时期。出现了韩孟[①]、元白[②]两大风格完全不一样的诗歌流派[③]和刘禹锡、柳宗元等风格独特的名家，唐诗又迎来了第二次高潮[④]。诗歌作者和作品数量远远超过盛唐时期。诗人的创作个性更为鲜明突出，风格流派更为丰富多样。

注释

① 韩孟：指中唐著名诗人韩愈和孟郊。
② 元白：指中唐著名诗人元稹和白居易。
③ 流派：指学术思想或文艺创作方面的派别。
④ 高潮：比喻事物在一定阶段内发展的顶点。

崔护（772—846），唐代著名诗人。他的诗精练婉丽，语言清新。现有六首诗流传下来，其中《题都城南庄》流传最广、最有名。

题都城南庄[①]

崔护

去年今日此门中[②]，人面桃花相映红[③]。
人面不知何处去[④]，桃花依旧笑春风[⑤]。

注释

① 题：写。都城（dūchéng）：唐朝国都长安。南庄：长安南郊的一个村庄。
② 今日：今天。
③ 人面：姑娘的脸。第三句中“人面”指代姑娘。相映红：姑娘的脸是红的，桃花也是红色的，互相映衬，非常漂亮。
④ 何处去：去何处，去哪里。

⑤ 依旧：和以前一样，没有改变。笑：形容桃花盛开的样子。

译文

去年的今天，我在都城长安南庄的一个盛开着桃花的农家院子里，遇见一位美丽的姑娘，她的脸和盛开的桃花相互映衬，非常美丽。

一年过去了，今天我又来到这个地方，那位害羞的姑娘不知去了哪里，只有那桃花依旧在温暖的春风中开放，露出美丽的笑容。

练习

一、给下列词语注音

1．都城（ ） 2．桃花（ ） 3．依旧（ ）

二、翻译下列诗句

1．去年今日此门中，人面桃花相映红。

2．人面不知何处去，桃花依旧笑春风。

三、回答问题

1．这首诗第一二句写了一件什么事儿？

2．第三四句又写了一件什么事儿？

3．“人面桃花相映红”用的是什么手法，突出了什么？

4．整首诗表达出诗人怎样的思想感情？成语“人面桃花”是什么意思？

四、背诵默写这首诗

孟郊（751—814），字东野，唐代诗人。现有诗歌500多首，以五言古诗最多，代表作《游子吟》。孟郊有“诗囚”之称，又与贾岛齐名，人们称他们为“郊寒岛瘦”。

游子吟①

孟郊

慈母手中线②，游子身上衣。
临行密密缝③，意恐迟迟归④。
谁言寸草心⑤，报得三春晖⑥。

注释

① 游子：古代指离开家乡去外地学习、生活、工作的人。吟（yín）：诗体名称，也就是一种诗歌。
② 慈（cí）母：慈爱、和善的母亲，与“严父”相对。线：做衣服的针线。
③ 临：将要。行：走，离开。密密缝（féng）：（为了让衣服结实耐穿）一针一线细密地缝。
④ 意恐（kǒng）：心里担心。迟迟：这里指时间很长。归：回来，回家。
⑤ 言：说。寸（cùn）草：小草。这里比喻子女。心：语义双关，既指草木的茎干，也指子女的心意。
⑥ 报得：报答。三春：古代农历正月为孟春，二月为仲春，三月为季春，合称三春。三春晖（huī）：春天灿烂的阳光，比喻慈母对孩子的养育之恩，母爱就像春天温暖的阳光照耀着子女。晖：阳光。

慈祥的母亲手里拿着针线，为就要离开家的孩子做新衣。

孩子临走前她一针一线细密地缝制着孩子的衣服，担心孩子这一去很久都难得回来。

有谁敢说，子女像小草那样微弱的孝心，能够报答得了像春天阳光一样的母亲的恩情呢？

练习

一、给下列词语注音

1. 吟（　　）　2. 慈（　　）　3. 缝（　　）　4. 恐（　　）

5. 寸（　　） 6. 晖（　　）

二、解释加点字词的意思并翻译诗句

1. 慈母手中线，游子身上衣

2. 临行密密缝，意恐迟迟归

3. 谁言寸草心，报得三春晖

三、填空

《游子吟》的作者是__________，他是__________（朝代）诗人，有“__________”之称，又与贾岛齐名，人们称他们为“__________”。

四、回答问题

1. “临行密密缝，意恐迟迟归”表现了母亲怎样的情感？

2.《游子吟》中把母爱比作什么，把自己比作什么？表达了诗人怎样的思想感情？

五、背诵默写这首诗

白居易（772—846），字乐天，号香山居士，唐代伟大的现实主义诗人。唐代三大诗人（李白、杜甫和白居易）之一。他的诗歌题材广泛，形式多样，语言平易通俗，有“诗魔（mó）”和“诗王”之称。白居易与元稹（zhěn）共同倡导“新乐府”运动，世称“元白”，他还与刘禹锡并称“刘白”。著有诗文集《白氏长庆集》，代表诗作有《长恨歌》《卖炭翁》《琵琶行》等。

卖炭翁①

白居易

卖炭翁，伐薪烧炭南山中②。
满面尘灰烟火色③，两鬓苍苍十指黑④。
卖炭得钱何所营⑤？身上衣裳口中食。
可怜身上衣正单⑥，心忧炭贱愿天寒⑦。
夜来城外一尺雪，晓驾炭车辗冰辙⑧。
牛困人饥日已高⑨，市南门外泥中歇⑩。
翩翩两骑来是谁⑪？黄衣使者白衫儿⑫。
手把文书口称敕⑬，回车叱牛牵向北⑭。
一车炭，千余斤⑮，宫使驱将惜不得⑯。
半匹红绡一丈绫⑰，系向牛头充炭直⑱。

注释

① 卖炭（tàn）翁（wēng）：卖炭的老头。这首诗是白居易《新乐府》中的第32首，作者写这首诗主要是想表达宫市给老百姓带来的痛苦。宫市，指唐代皇宫里需要物品，就派人去市场上去拿，随便给点钱，实际上是公开抢夺的行为。唐德宗时皇宫里的太监专门管这件事。

② 伐（fá）：砍伐。薪（xīn）：柴。南山中：城市南边的山中。

③ 面：脸。尘灰：灰尘。烟火色：烟熏（xūn）的颜色，也就是黑色。

④ 鬓（bìn）：脸两边靠近耳朵前面的地方的头发。苍苍：灰白色。

⑤ 何所营：用来做什么。

⑥ 可怜：令人同情。单：单薄（bó），指老人冬天穿的衣服不厚。

⑦ 忧：担心。贱（jiàn）：价钱低，便宜。愿：希望。天寒：天气寒冷。

⑧ 晓：天亮，早晨。驾（jià）：让牛或者马等牲口拉。炭车：装炭的车。辗（niǎn）：同“碾”，压。辙（zhé）：车轮滚过地面留下的痕迹（hénjì）。

⑨ 困：累，疲劳。饥（jī）：饿。日已高：太阳已经升得很高。

⑩ 市：集市，长安有专门做买卖的地方，称市，市周围有墙有门。歇（xiē）：休息。

⑪ 翩翩（piānpiān）：本来是轻快洒脱的样子，这里形容很得意的样子。骑（jì）：骑马的人。

⑫ 黄衣使者白衫儿：黄衣使者，指皇宫内的太监。白衫儿，指太监手下的爪牙（zhǎoyá）。

⑬ 把：拿。文书：公文。称：说。敕（chì）：皇帝的命令。

⑭ 回：调转。叱（chì）：大声生气地说话。牵向北：指牵向宫中。

⑮ 千余斤：一千多斤，这里不是实指，形容很多。

⑯ 宫使：宫里的使者。驱（qū）：赶着走。将：助词，可以不翻译。惜不得：舍不得。惜：舍。

⑰ 匹（pǐ）：量词，用于整卷的绸（chóu）或布（五十尺、一百尺不等）。红绡（xiāo）：红色的薄绸。绫（líng）：一种很薄的丝织品。唐代买卖交易，绢帛等丝织品可以代货币使用。当时钱贵绢贱，半匹纱和一丈绫，与一车炭的价值比相差很远，这是官方用低价强取老百姓的财物。

⑱ 系（jì）：绑，这里是挂的意思。直：通“值”，指价格。

译文

有位卖炭的老大爷，常年在南山里砍柴烧炭。

他满脸灰尘，因为烧炭，脸被烟熏得黑黑的，耳朵前面的头发灰白，十个手指也是黑黑的。

卖炭得到的钱用来干什么？买身上的衣服和吃的食物。

可怜他身上只穿着单薄的衣服，心里却担心炭价钱低，希望天更冷些。

夜里城外下大雪，雪积了一尺厚，天亮后他急忙驾着炭车碾着冰路往集市上赶去。

牛累了，人饿了，太阳已经升得很高了，他就在集市南门外的泥地中休息。

那两个非常得意的骑马的人是谁啊？是皇宫内的太监和太监的手下。

他们手里拿着公文嘴里说是皇帝的命令，大声拉着牛车朝皇宫走去。

一车炭有一千多斤，太监差役们硬是要赶着走，老大爷十分舍不得，却又没有办法。

那些人把半匹红纱和一丈绫，往牛头上一挂，就充当买炭的钱了。

练习

一、给下列词语注音

1. 炭（　　）	2. 伐（　　）	3. 薪（　　）
4. 尘（　　）	5. 鬓（　　）	6. 苍（　　）
7. 贱（　　）	8. 驾（　　）	9. 碾（　　）
10. 辙（　　）	11. 饥（　　）	12. 翩翩（　　）
13. 敕（　　）	14. 叱（　　）	15. 驱（　　）
16. 绡（　　）	17. 绫（　　）	18. 系（　　）

二、解释加点字词的意思

1. 卖炭翁，伐薪烧炭南山中

2. 翩翩两骑来是谁？黄衣使者白衫儿

3. 手把文书口称敕，回车叱牛牵向北

4. 宫使驱将惜不得

5. 半匹红绡一丈绫，系向牛头充炭直

三、翻译诗句

1. 满面尘灰烟火色，两鬓苍苍十指黑。

2. 可怜身上衣正单，心忧炭贱愿天寒。

四、填空

白居易，字乐天，号__________，中国唐代伟大的__________主义诗人，唐代三大诗人之一，有“__________”和“__________”之称。白居易与元稹（zhěn）共同倡导新乐府运动，世称“__________”，与刘禹锡并称“__________”，著有诗文集__________。

五、回答问题

1.《卖炭翁》中的卖炭翁是一个怎样的人物形象，有什么特点？

2. “晓驾炭车辗冰辙”中的“辗”有什么表达作用？

3. “翩翩两骑来是谁”中的“翩翩”一词表现了宫使怎样的形象？

4. “宫使驱将惜不得”中的“惜不得”说明了卖炭翁怎样的心理？

5. 全诗反映了封建社会怎样的情况？表达了作者怎样的思想感情？

六、背诵这首诗的前八句

课外延伸阅读

韩愈（768—824），字退之，唐代文学家、哲学家、思想家，祖籍河北昌黎，所以世人称他为韩昌黎。他晚年担任吏部侍郎[①]，又称韩吏部。谥号[②]“文”，又称韩文公。

注释

① 吏部侍郎：官名。吏部：古代官制六部之一，主管官吏的任免、考核、升迁。侍郎：中国古代官名，地位仅次于尚书。

② 谥号（shìhào）：中国古代人死后按照他生前行为和事迹而给他的称号。

左迁至蓝关示侄孙湘[①]

韩愈

一封朝奏九重天[②]，夕贬潮洲路八千[③]。
欲为圣明除弊事[④]，肯将衰朽惜残年[⑤]！
云横秦岭家何在[⑥]？雪拥蓝关马不前[⑦]。
知汝远来应有意[⑧]，好收吾骨瘴江边[⑨]。

注释

① 左迁：降职，贬（biǎn）官，指作者被贬到潮州。示：这里指写这首诗让韩湘知道，明白。蓝关：在蓝田县南。湘：指韩愈的侄孙韩湘，韩湘从很远的地方赶来和他一起去潮州。

② 一封：指一封奏章（古代官员向帝王提意见、建议和说事情的文书），这里指韩愈写给皇帝看的《谏迎佛骨表》。朝（zhāo）奏：早晨送上去的奏章。九重（chóng）天：中国古人认为天有九层，第九层最高，这里指朝廷、皇帝。

③ 夕：傍晚。路八千：指路途遥远，八千不是确数。

④ 欲：想要。为：替。圣明：指皇帝。弊（bì）事：有害的事，坏事，这里指迎佛骨的事。

⑤ 肯：哪肯，怎能。将：因为。衰朽（xiǔ）：指身体老迈。惜：爱惜，顾惜。残年：指人的晚年。

⑥ 秦岭：在蓝田县内东南。家何在：家在哪里呢。

⑦ 雪拥：大雪阻塞（zǔsè）。蓝关：蓝田关，在现在的陕西省蓝田县东南。马不前：马无法向前行走。

⑧ 汝：你，指韩湘。远来：远道而来。应有意：应该有你的一番心意。

⑨ 好：正好。吾骨：我的尸骨。瘴（zhàng）江边：指所去的地方潮州。瘴江：指岭南充满瘴气的江流。

译文

早晨我把一篇文书上奏给朝廷，晚上就被贬到离京城很远的潮州。

本来想替皇上除去那些有害的事情，哪里会考虑年迈的身体而顾虑珍惜自己剩下来的生命呢！

阴云笼罩（lǒngzhào）着秦岭，家乡在哪儿？大雪阻塞了蓝关，马儿也无法前行。

我知道你远道而来应该有你的一番心意，做好准备去南方充满瘴气的江边收拾我的尸骨吧！

刘禹锡（772—842），字梦得，唐朝文学家、哲学家，有“诗豪”之称。

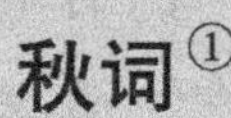

秋词[1]

刘禹锡

自古逢秋悲寂寥[2]，我言秋日胜春朝[3]。
晴空一鹤排云上[4]，便引诗情到碧霄[5]。

注释

①《秋词》是作者被贬朗州后写的。中国历代诗人描写秋景，大都离不开萧瑟空虚、冷落荒凉的感伤情调，这首诗的作者却跟他们不同，他热情赞颂秋天的美好，写得非常有诗意。

② 自古：从古以来，泛指从前。逢（féng）秋：到秋天。逢：遇到。悲：悲叹，伤心。寂寥（jìliáo）：寂静空旷（kuàng），冷落萧条。

③ 言：说。秋日：秋天。胜：胜过，比……好。春朝（zhāo）：初春，这里可译作春天。

④ 晴空：晴朗的天空。一鹤（hè）：一只仙鹤。鹤：一种鸟。鹤在中国文化中有崇高的地位，是长寿、吉祥和高雅的象征，人们常常把它与神仙联系起来，又称为“仙鹤”。排：推开。

⑤ 诗情：写诗的情绪、兴致。碧霄（bìxiāo）：蓝蓝的天空。

译文

自古以来，一到秋天文人们都悲叹秋天寂静空旷、冷落萧条，我却说秋天远远胜过春天。

秋天晴空万里，一只仙鹤推开云层直飞而上，便引发我的诗情飞上云霄。

元稹（779—831），字微之，唐代文学家。元稹的创作，以诗的成就最大。他与白居易齐名，并称“元白”。

离思五首（其四）①

元稹

曾经沧海难为水②，除却巫山不是云③。
取次花丛懒回顾④，半缘修道半缘君⑤。

注释

① 离思：与爱人离别后的思念之情。元稹的离思一共写了五首，都是为了怀念死去的妻子韦丛而写的。唐德宗贞元十八年（802），韦丛20岁时嫁给元稹，当时元稹还没有什么功业和名声，他们结婚后生活很清苦，而韦丛从来不抱怨，元稹与她感情很好，七年后韦丛生病去世。韦丛死后，元稹写了不少悼亡（怀念死去的爱人）的作品，离思其四是其中非常有名的一首作品。

② 曾（céng）：曾经。经：经过。沧海（cānghǎi）：大海。难为：这里是“不值得一看”的意思。曾经沧海难为水：这句诗从孟子“观于海者难为水”（《孟子·尽心篇》）变化而来，意思是已经看过茫茫大海的水，那江河的水就算不上是水了。

③ 除却：除了。巫山（Wūshān）：今湖北云梦的巫山，又称阳台山；也有说是重庆的巫山县，巫山在长江边上，常年多云雾（wù），传说巫山上的云和雾都是由神女变化而来，非常美丽壮观。除却巫山不是云：这句诗化用宋玉《高唐赋》里“巫山云雨”的典故，意思是除了巫山上的云雾，其他所有的云雾都称不上是云雾。

④ 取次：仓促，随意，这里是“匆匆经过”“仓促经过”或“漫不经心地路过”的样子。花丛：这里不是指自然界的花丛，而是比喻美貌女子很多的地方。懒（lǎn）回顾：懒得回头看。

⑤ 半缘（yuán）：此指“一半是因为……”。修道：指修炼道家之术，这里说的是修道之人要保持心地宁静或保持心地清净，减少欲念。君：指作者的爱人。

我曾经见过苍茫的大海，(从那以后）就觉得别的地方的水没什么好看的了，

我也曾经欣赏过巫山的云雾，(从那以后）就觉得别的地方的云不能叫做云了。

现在我在花丛中随意来回却懒得回头看，一半因为我潜心修道，一半因为曾经有你。

李贺（790—816），字长吉，世称李长吉，是中唐的浪漫主义诗人，与李白、李商隐并称唐代“三李”，被后人称为“诗鬼”。李贺是继屈原、李白之后，中国文学史上又一位非常有名的浪漫主义诗人。

南园（其五）①

李贺

男儿何不带吴钩②，收取关山五十州③。

请君暂上凌烟阁④，若个书生万户侯⑤？

注释

① 南园：园名，泛指作者福昌昌谷（今河南省宜阳县三乡）老家以南的一大片田地平原。《南园十三首》是李贺的组诗作品，《南园十三首·其五》这首诗歌是《南园》组诗十三首中的第五首。

② 吴钩（gōu）：吴地出产的弯形的刀，这里指宝刀。

③ 关山五十州：指当时被地方军阀（fá）占据、中央政府不能掌管的地区。

④ 暂（zàn）上：试上。凌烟阁（Língyān Gé）：唐太宗为表彰（biǎozhāng）功臣而修建的殿阁。贞观十七年（643），唐太宗叫人画长孙无忌等二十四人的画像，放在凌烟阁里。

⑤ 若个：哪个。书生：读书人。万户侯：食邑（yì）达一万户的侯爵（hóujué），有向一万户人家收税的权力，简单说就是大官。

男子汉大丈夫为什么不骑上马，手拿军刀，去收复关山五十州呢？

但是，请登上凌烟阁看看，自古建功立业当大官的，哪一个是像我这样的文弱书生呢？

文学常识

唐代诗人的合称

初唐四杰——王勃、杨炯、卢照邻、骆宾王的合称，简称“王杨卢骆”。

李杜——李白、杜甫，中国古代浪漫主义和现实主义诗人的代表。

元白——元稹、白居易，既是好朋友，又是新乐府运动的倡导者。

韩孟——韩愈、孟郊，韩孟诗派的代表诗人。

王孟——王维、孟浩然，山水田园诗派的代表诗人。

郊寒岛瘦——孟郊、贾岛，苦吟诗人。

小李杜——李商隐、杜牧，晚唐诗人的代表。

唐代三大诗人——李白、杜甫、白居易。

诗人小故事

长安居大不易

白居易十六岁时到京城参加考试。当时，顾况是长安的一位名士，许多人都到他那里求教。白居易虽然诗才很好，但由于他的诗作不被人们熟悉，他的父亲又只是一个州县小吏，所以在长安没人认识他。白居易早已听说顾况的大名，于是便拿着自己的诗集，去拜访顾况。

白居易到了顾况家中，拿出自己的诗作。顾况一见白居易是个年轻人，心里就有点儿看不起他，接过诗集一看，署名是“白居易”，便开玩笑说：

“长安的什么东西都贵，想居住在长安可是不容易哟！”

白居易听出话中的嘲笑之意，但一句话也没有说。

顾况打开诗集，看到一首《赋得古原草送别》：“离离原上草，一岁一枯荣。野火烧不尽，春风吹又生……”刚读完前四句，顾况就不由得赞叹说：“好诗！”于是又对白居易说：“能写出这样的句子，不要说是长安，就是整个天下，你也可以‘居易’了！”

李贺呕心沥血

“呕心沥血”这个成语的形成很特别，前两个字来自唐朝诗人李贺的故事，后两个字出自唐朝文学家韩愈的诗。

李贺，唐朝著名诗人，人称“诗鬼”。他从小就很聪明，七岁能写诗作文，十多岁就很有名了。相传他每次出门，总是骑着一匹瘦马，肩背一个布袋，后面跟着一个小童仆。他边走边思考，想到好诗句就在马背上写成诗条，放进袋子里。

李贺的母亲知道儿子创作很勤奋，更了解儿子身体弱，经不起这样的折腾。一天晚上，李贺回了家，他母亲就让侍女接过布袋，倒出李贺所记的诗条，一看，写得真不少。母亲又是高兴又是心疼，说：“这孩子，非要把心呕出来才肯罢休啊！”李贺站在一旁，并不说话。饭后，他从侍女那里取回诗条，研好墨，铺好纸，把白天所记的诗句连成篇，然后存到别的袋子里。

由于写诗太刻苦，损害了健康，李贺只活了二十七岁便去世了。但他短暂的一生，却给后世留下二百四十多首诗歌，其中有许多世代相传的名句，如“天若有情天亦老”“黑云压城城欲摧”“雄鸡一声天下白”“石破天惊逗秋雨”等等。

“沥血”一词出自韩愈《归彭城》：“刳肝以为纸，沥血以书辞。”意思是说挖出心肝来当纸，滴出血来写文章。后来，人们便把“呕心”和“沥血”合在一起，表达费尽心思、用尽心血的意思。

第十四讲　晚唐诗歌

晚唐（836—907），随着唐代社会的由盛而衰，文人们的精神状态逐渐趋向[①]于压抑[②]与内敛[③]。与此相应，诗人的诗歌创作更多地转向抒发个人情怀，由外部世界的描绘更多地转向内心世界的体验，表现日常人情、男女情爱这些一般精神世界的内容。晚唐诗歌以近体诗为主要形式，用精致的语言来表达丰富的情感和细腻[④]的内心体验，为唐诗开创了另一种新的局面。

晚唐诗人的主要代表是杜牧和李商隐，他们的诗歌在思想和艺术上都有较高的成就，但存在相当浓厚的感伤[⑤]情调[⑥]。他们俩并称“小李杜”。

注释

① 趋（qū）向：朝着某个方向发展。

② 压抑（yāyì）：对感情、力量等加以限制，使不能充分表现或发挥出来。

③ 内敛（nèiliǎn）：（性格、思想感情等）深沉，不外露。

④ 细腻（xìnì）：细致光滑。

⑤ 感伤：因为外界的事物导致的心情低落，悲伤。

⑥ 情调：思想感情所表现出来的格调。

杜牧（803—852），字牧之，唐代文学家。杜牧写景抒情的小诗，文辞清丽生动，意境简明爽朗。他的诗在晚唐成就较高。人称“小杜”。

赤壁[①]

杜牧

折戟沉沙铁未销[②]，自将磨洗认前朝[③]。

东风不与周郎便[④]，铜雀春深锁二乔[⑤]。

注释

① 赤壁（Chìbì）：赤壁有文赤壁和武赤壁两个地方。其中文赤壁在湖北省黄冈市境内，因为苏轼在那里写了《赤壁赋》而得名。武赤壁在湖北省赤壁市境内，东汉末年的赤壁之战就发生在那个地方。这首诗是作者经过赤壁（即今湖北省武昌县西南赤矶山（Chìjīshān）这个著名的古战场，有感于三国时代的英雄成败而写下的有名诗歌。

② 折戟（jǐ）：折断的戟。戟，古代兵器。沉（chén）沙：沉没在泥沙之中。未：没有。销：销蚀（xiāoshí）。

③ 将：拿起。磨（mó）洗：磨光洗净。认前朝（cháo）：认出戟是赤壁之战时东吴打败曹操军队时的遗物。

④ 东风：东南风，这里指火烧赤壁的事情。当时周瑜指挥孙权和刘备的联军，借助东南风，用火烧了停泊在长江北岸的曹操的战船，大败曹军。而当时是冬天，能刮东南风，确实老天都在帮周瑜。不与：不给。周郎：指周瑜（yú），字公瑾（jǐn），年轻时就有才名，人称周郎。后担任吴军大都督（最高军事统帅），是赤壁之战时孙权和刘备联军的指挥官，也因为赤壁之战而闻名天下，被永远记录在历史书上。便：方便。

⑤ 铜雀（què）：铜雀台名，曹操修建的，在今河北省临漳县建造的一座楼台，楼顶有大铜雀，楼台里住着很多美女，是曹操晚年寻欢作乐的地方。锁（suǒ）：关起来。二乔：指江东乔公的两个女儿，都是东吴美女，大乔是孙策之妻，小乔是周瑜之妻。

译文

一支断戟深埋在泥沙里，虽然年代久远，但并没有完全生锈腐蚀，
我把它拿起来磨洗干净，还能认出是三国时赤壁之战时遗留下来的物品。
没有东南风的帮助，周瑜怎么能火烧曹操八十万水军而战胜曹操呢？
恐怕吴国的大美女大乔、小乔都要被曹操抓起来，关到铜雀台上了。

练习

一、给下列词语注音

1. 赤壁（　　　　）　2. 磨（　　）　3. 沉（　　）
4. 销（　　）　5. 折戟（　　　　）　6. 朝（　　）
7. 锁（　　）　8. 铜雀（　　　　）

二、解释加点字词的意思并翻译诗句

1. 折戟沉沙铁未销，自将磨洗认前朝

2. 东风不与周郎便，铜雀春深锁二乔

三、填空

杜牧人称__________，他与李商隐合称__________。

四、回答问题

1.《赤壁》这首诗与三国故事有关，诗中“东风”是指什么？“周郎”指的是谁？“二乔”指的又是谁？

2.“东风不与周郎便，铜雀春深锁二乔”有什么深刻的含义？表达了诗人怎样的思想感情？

五、背诵默写这首诗歌

李商隐（约812或813—858），字义山，晚唐著名诗人。他和杜牧合称“小李杜”。

登乐游原[①]

李商隐

向晚意不适[②]，驱车登古原[③]。
夕阳无限好[④]，只是近黄昏[⑤]。

① 乐游原：在长安（今西安）城南，是唐代长安城内地势最高的地方。登上它可以望见

长安城。

② 向晚：傍晚。意不适：心情不好。

③ 驱（qū）车：坐车，驾车。古原：指乐游原。

④ 夕阳（xīyáng）：指傍晚时候的太阳。无限好：非常美好。

⑤ 近：快要。黄昏（huánghūn）：太阳落下去以后到天还没有完全黑的那段时间。

傍晚的时候，我觉得心情不太好，就驾车登上乐游原，想放松一下心情。

夕阳非常美好，只是将近黄昏，美好的时光也很快就会过去了。

练习

一、给下列词语注音

1. 适（　　）　2. 驱（　　）　3. 登（　　）

4. 夕阳（　　　）

二、解释加点字词的意思并翻译诗句

1. 向晚意不适，驱车登古原

2. 夕阳无限好，只是近黄昏

三、回答问题

1.《登乐游原》中诗人“驱车登古原”的原因是什么？

2. “夕阳无限好，只是近黄昏”描绘了一幅怎样的画面？这首诗的主题是什么？

四、背诵默写这首诗歌

陈陶（约812—约885），唐代著名诗人。

陇西行①

陈陶

誓扫匈奴不顾身②，五千貂锦丧胡尘③。
可怜无定河边骨④，犹是春闺梦里人⑤。

注释

①《陇（Lǒng）西行》：乐府旧题，主要内容是写边塞战事。陇西：现在的甘肃宁夏以西。

② 誓（shì）：发誓。扫（sǎo）：消灭（这里的意思是把匈奴人杀死）。匈奴（Xiōngnú）：中国古代北方的一个少数民族，这里借指唐代北方的突厥（Tūjué）、契丹（Qìdān）等少数民族。

③ 貂锦（diāojǐn）：这里指战士，指装备很好、打仗厉害的军队。丧：丧命，这里指战死。胡尘：胡人骑兵的铁蹄践踏扬起的尘土，借指战场。

④ 无定河：在陕西北部，是黄河的支流，由内蒙古流入陕西，因为河水流得很急，水里又带着很多泥沙，河流深浅不稳定，所以叫无定河。骨：尸骨。

⑤ 犹：还。春闺：指战死者的妻子。

译文

唐朝军队的将军士兵们发誓要消灭外族入侵者而不考虑自己的生命安危，五千个穿着锦袍、英勇善战的士兵战死在边疆的战场上。

可怜啊！那无定河边成堆的白骨，还是少妇们梦里相依相伴的爱人。

练习

一、给下列词语注音

1. 陇西（　　　　）　2. 誓（　　）　3. 匈奴（　　　　）
4. 丧（　　）　5. 貂锦（　　　　）　6. 犹（　　）
7. 春闺（　　　　）　8. 骨（　　）

二、解释加点字词的意思并翻译诗句

1. 誓扫匈奴不顾身，五千貂锦丧胡尘

2．可怜无定河边骨，犹是春闺梦里人

三、回答问题

1．“可怜无定河边骨，犹是春闺梦里人”用了什么艺术表现手法，请分析它的好处。

2．这首诗歌的主题是什么？

四、背诵默写这首诗歌

课外延伸阅读

清明[①]

杜牧

清明时节雨纷纷[②]，路上行人欲断魂[③]。
借问酒家何处有[④]？牧童遥指杏花村[⑤]。

注释

① 清明：中国二十四节气之一，在阳历四月五日前后，是中国传统节日之一，也是最重要的祭祀（jìsì）节日之一，是祭祖和扫墓的日子。

② 清明时节雨纷纷：清明的时候，阴雨连绵，下个不停。纷纷：形容多。

③ 路上行人欲断魂（hún）：这样的天气，这样的节日，走在路上的人心情不好，神魂散乱。行人：赶路的人。欲：好像，将要。断魂（duànhún）：形容非常伤心忧愁，好像灵魂要与身体分开一样。

④ 借问：请问。酒家：酒馆铺子。何处有：哪里有。

⑤ 牧童（mùtóng）：放牛的孩子。遥指：远远地指向。杏（xìng）花村：杏花深处的村庄。受杜牧这首诗的影响，后人多用“杏花村”作酒家名。

译文

清明节这天细雨绵绵，走在路上的人忧愁难过，仿佛身体和灵魂分开了一样。
向人打听哪里有酒家，牛背上的牧童远远地指了指杏花深处的村庄。

夜雨寄北[①]

李商隐

君问归期未有期[②]，巴山夜雨涨秋池[③]。
何当共剪西窗烛[④]，却话巴山夜雨时[⑤]。

注释

① 夜雨：晚上下雨。寄北：写诗寄给住在北方的妻子，还有一种说法是寄给北方的朋友。

② 君：对对方的尊称，等于现代汉语中的“您”，指作者的妻子王氏，还有一种说法是朋友。归期：回家的日期。未有期：意思是还没有一个准确的日子。未：没有。

③ 巴山：也叫大巴山，在今四川省南江县以北（泛指四川东部一带的山，巴蜀之地）。涨（zhǎng）：水位升高。秋池：秋天的池塘（chítáng）。涨秋池：秋雨使池塘注满了水。

④ 何当：什么时候才能够。共：一起。剪（jiǎn）：剪去烛花，使烛光更加明亮。西窗：西窗之下，这里指亲人朋友在一起聊天的地方。烛（zhú）：烛花。剪西窗烛：在西窗下剪烛芯（xīn），使灯光明亮，这里指点蜡烛聊天聊到很晚。“西窗话雨”“西窗剪烛”用作成语，既可以指夫妻之间的思念之情，有时可以用来写朋友间的思念之情。

⑤ 却：副词，还、再，表示小小的转折。话：说。却话：再说说。巴山夜雨时：意思指巴山夜雨时的心情。

你问我什么时候回去，我回家的日期还定不下来啊！

今天晚上巴山的夜雨一直下个不停，雨水涨满了秋天的池塘。

什么时候我才能回到家乡，在西窗下我们一边剪烛芯一边谈心，

那时我再对你说说，今晚在巴山做客听着外面的雨声，我是多么寂寞、多么想念你！

罗隐（833—909），字昭谏（Zhāojiàn），唐代诗人。

蜂①

罗隐

不论平地与山尖②，无限风光尽被占③。

采得百花成蜜后④，为谁辛苦为谁甜？

注释

① 蜂（fēng）：蜜蜂。

② 山尖：山峰。

③ 无限风光：非常美好的风景。尽：全部。占（zhàn）：占据，占有。

④ 采：采集，这里指蜜蜂采集花蜜。

无论是平地还是山峰，美好的风景都被蜜蜂占有。蜜蜂啊，你采尽百花酿成了花蜜，到头来又是在为谁辛苦付出？又想让谁品尝这蜂蜜的香甜呢？

二十四节气

节气名 \ 时间寓意	时间	寓意
立春	2月3—5日	“立”是“开始”的意思，表示春季的开始。
雨水	2月19日前后	气温回升、冰雪融化、雨水增多。
惊蛰（jīngzhé）	3月6日前后	指春雷乍动，惊醒了蛰伏在土中冬眠的动物。
春分	3月21日前后	一是一天时间白天黑夜平分，二是平分了春季。
清明	4月5日左右	此时万物生长，清洁而明净，所以叫清明。
谷雨	4月20左右	天气回暖，降雨量增加，有利于春作物播种生长。
立夏	5月6日左右	表示夏季来到，也预示着农忙的开始。
小满	5月21日左右	夏熟作物的籽粒开始灌浆饱满，但还未成熟。
芒种	6月6日左右	有芒的麦子快收，有芒的稻子可种。
夏至	6月21或22日	表示炎热的夏天已经到来。
小暑	7月7日前后	指天气开始炎热，但还没到最热。
大暑	7月23日前后	一年中最热的时期。
立秋	8月8日左右	表示暑去凉来，秋天开始之意。
处暑	8月23日左右	意思是炎热的夏天即将过去。
白露	9月8日前后	天气转凉，早晚出现露水。
秋分	9月23日左右	“分”即为“半”，秋分时，全球昼夜等长。
寒露	10月8或9日	气温比白露时更低，地面露水快凝结成冰了。
霜降	10月23前后	天气逐渐变冷，露水凝结成霜。
立冬	11月7或8日	表示冬季开始，万物收藏，归避寒冷的意思。
小雪	11月22或23日	表示开始降雪，雪量小，地面上无积雪。
大雪	12月7日左右	雪往往下得大、范围也广，所以叫大雪。
冬至	12月22日前后	冬至过后，各地进入一个最寒冷的阶段。
小寒	1月6日前后	开始进入一年中最寒冷的日子。
大寒	1月20或21日	天气寒冷到极点。

季节与风名

1. 春季：春风，东风，杨柳风，惠风（huìfēng）。
2. 夏季：南风，薰风（xūnfēng），荷风。
3. 秋季：秋风，西风，金风，商风。

4. 冬季：北风，朔风（shuòfēng），冬风，寒风。

历史人物介绍

周瑜（175—210）：字公瑾，东汉末年名将。周瑜身材高大、相貌俊美，志向远大。建安五年（200年）四月，孙策被人杀死，死时26岁，临死时他把军国大事托付孙权。周瑜从外地带兵回来，留在孙权身边任中护军。建安十三年（208）秋天，曹操带领军队南下，占领荆州，向孙权进逼。孙权命令周瑜和程普等带领三万人抵抗曹军，途中在赤壁两军相遇，曹操军队士兵生病，又不习水性，初战便败退，曹操退兵到长江北岸。周瑜便与刘备军在南岸设营，双方对峙。周瑜部将黄盖建议用火计将曹军打败，周瑜认为可行，命黄盖假装投降，曹操果然中计，船舰全被烧毁，曹操失败后退回北方。建安十五年（210），孙权批准了周瑜提出征伐益州的方案，但周瑜在准备出征的路上时得了重病，最终死在巴丘，时年36岁。

同时代的人对周瑜的评价

公瑾英隽异才，与孤有总角之好，骨肉之分。（孙策语）

译：公瑾容貌俊秀而才智出众，和我从小就是要好的朋友，如同兄弟骨肉。

公瑾有王佐之资，今忽短命，孤何赖哉？（孙权语）

译：公瑾有辅佐帝王创业治国的才能，现在却这么年轻就死了，叫我以后依赖谁呢？

公瑾文韬武略，万人之英，顾其器量广大，恐不久为人臣耳。（刘备语）

译：公瑾文有计谋，武有策略，智勇双全，是万中无一的英才，（我）看他的器量广大，恐怕不会长久地做别人手下的臣子。

与周公瑾交，若饮醇醪（chúnláo），不觉自醉。（程普语）

译：和周公瑾交往，就像喝了味道很好的美酒，不知不觉就醉了，舒服呀！

第十五讲　宋词（一）

宋朝（960—1279）统治者采取崇文抑武的政策，高度重视文治，重用文人。同时宋朝存在的三百多年间，受到辽、西夏、金、元等少数民族政权的巨大威胁[①]，对外战争胜少负多。因此文人对国家民族的忧患意识强烈，"爱国忧民"成为宋代文学的主要内容和感情基调，文学带上强烈的政治色彩和批判色彩。宋代经济特别是城市经济很繁荣，城市平民数量越来越多，这使得宋代的市民文学[②]非常兴盛，其中最重要的是"小说"和"讲史[③]"。宋代理学的兴起繁荣以及佛道思想的流行，加深了文学作品的思想深度，给人以更多的哲理启迪。宋代文学在中国文学发展史上处在转型时期，一方面传统的诗歌、散文和词已经高度成熟；另一方面新兴的话本小说[④]、戏剧等叙事文学开始出现并发展，为后世元、明、清文学的发展与成熟奠定了坚实的基础。

宋代文学的主要形式有词、诗歌、散文、小说、戏剧，其中词的创作成就最高。

词本来是为配合音乐歌唱而写的诗，所以又被称为曲词、曲子词、乐府、歌曲等。它产生于隋唐，到了宋朝，词的意境、形式、技巧都发展到了最繁荣最兴盛的时期，出现了一大批著名的词人，也有大量的名作流传后世。宋朝著名的词人有柳永、欧阳修、秦观、李清照、苏轼、辛弃疾等。

注释

① 威胁（wēixié）：用武力胁迫别人。

② 市民文学：为了满足城市居民的需要而产生的一种文学，内容大多描写市民社会的生活和悲欢离合的故事，反映城市居民的思想和愿望。

③ 讲史：宋元时的一种说唱艺术，主要讲述各个朝代的兴亡和战争故事，后发展为演义小说。

④ 话本小说：中国古典小说的一种，流行于宋元时期。

柳永（约987—约1053），北宋词人，原名三变，字景庄，后改名永，字耆卿（Qíqīng），婉约派[①]最具代表性的人物之一。作为北宋第一个专业词人，柳永不仅开拓了词的题材内容，而且制作了大量的慢词[②]，发展了铺叙[③]手法，促进了词的通俗化、口语化，在词史上产生了较大的影响。他的词大多描绘城市风光和歌妓[④]生活，擅长[⑤]

抒写羁旅行役之情，感慨人生失意，表现大胆直露的爱情等。柳永的词作流传很广，有“凡有井水饮处，皆能歌柳词”[6]之说。他有作品集《乐章集》流传后世。

注释

① 婉约（wǎnyuē）派：宋词的一个流派。婉约，就是婉转含蓄、不直接说的意思。婉约派词的内容大多写男女之间的感情，例如相爱的人离别时的不舍、离别后的相思之情，对自然现象有感而发的感情以及抒写个人的一些忧愁苦闷等。婉约派词音律优美，语言清新美丽。代表词人有柳永、欧阳修、秦观、李清照等。

② 慢词：根据曲调舒缓的慢曲填写的词，一般都比较长，是词的主要体式之一。它与小令一起成为宋代词人最为常用的曲调样式。

③ 铺叙（pūxù）：写作中常用的手法，就是充分展开叙述，使描写的事物细致生动。

④ 歌妓（jì）：中国古代以唱歌为职业的女性。

⑤ 擅长（shàncháng）：在某一方面有特长。

⑥ “凡有井水饮处，皆能歌柳词”：南宋叶梦得在《避暑录话》里对柳永的评价。意思是只要是有井水、有人家的地方，就有人会唱柳永的词。

雨霖铃[1]

柳永

寒蝉凄切[2]，对长亭晚[3]，骤雨初歇[4]。都门帐饮无绪[5]，留恋处[6]、兰舟催发[7]。执手相看泪眼[8]，竟无语凝噎[9]。念去去、千里烟波[10]，暮霭沉沉楚天阔[11]。

多情自古伤离别[12]，更那堪、冷落清秋节[13]。今宵酒醒何处[14]？杨柳岸、晓风残月[15]。此去经年[16]，应是良辰好景虚设[17]。便纵有千种风情[18]，更与何人说[19]！

注释

① 雨霖（lín）铃：词牌名。这个调原来是唐代教坊（jiàofāng）曲（教坊是古代专门管音乐舞蹈的机构。教坊曲就是由那里创作并流行起来的歌曲）。相传唐玄宗为了躲避（duǒbì）安史之乱逃到四川，当时接连好多天都下大雨，他走在小路上听到铃声，为

悼念杨贵妃，便写了这首曲子，后柳永用为词调。《雨霖铃》被称为宋金十大名曲之一，这首《雨霖铃》是柳永的代表作之一。

② 寒蝉（chán）：秋天的蝉。蝉：一种昆虫的名字，又叫“知了（liǎo）”。凄切（qīqiè）：凄凉悲切，这里指蝉叫的声音让人听了心里很难受。

③ 长亭（tíng）：古代路旁建有亭子，给行人休息，也是送别的地方，五里一短亭，十里一长亭。晚：傍晚。

④ 骤（zhòu）雨：很大很急但下的时间不长的雨。初歇（xiē）：刚刚停。

⑤ 都（dū）门：首都的城门，这里指北宋首都汴京（Biànjīng）的城门。帐饮（zhàng yǐn）：搭起帐幕，摆上酒菜为走的人送行。无绪（xù）：没有心情。

⑥ 留恋：舍不得走。处：时候。

⑦ 兰舟（lánzhōu）：根据《述异记》所载，鲁班曾经刻木兰树为舟，后用作船的美称。催发：催人出发。

⑧ 执（zhí）手：手握着手，手拉着手。相看：互相看着。泪眼：流泪的眼睛。

⑨ 竟（jìng）：竟然。凝噎（níngyē）：伤心难过，喉咙（hóulong）哽塞（gěngsè），说不出话来。

⑩ 念：想到。去去：走了又走，指分手后距离越来越远。烟波：雾气和水色融为一体。

⑪ 暮霭（mù'ǎi）：傍晚的云气。沉沉：深厚的样子。楚天：南方的天空，中国古代长江下游地区属于楚国，所以叫楚地。阔（kuò）：辽阔。

⑫ 多情：多情的人。自古：从古时以来。伤离别：为离别悲伤。伤：为……悲伤。

⑬ 那：同“哪”，哪里，怎么。堪（kān）：忍受，承受。冷落：冷清，不热闹。清秋：秋天。节：季节，时节。

⑭ 今宵（xiāo）：今晚。酒醒：喝醉酒后清醒过来。何处：什么地方。

⑮ 杨柳岸：种满杨柳树的河岸。晓风：早晨的风。残（cán）月：这里指清晨出现的弯月。

⑯ 此去：这次离开。经年：经过一年或多年，这里指一年又一年，时间长。

⑰ 良辰（chén）：美好的日子。好景：美丽的风景。虚设（xūshè）：形式上存在，实际上没用。

⑱ 纵（zòng）：即使。千种：形容多。风情：（男女）情意。

⑲ 更：又。与：和，向。何人：谁，什么人。

译文

深秋的蝉叫得那样凄凉悲切，面对着长亭，正是傍晚时候，一阵又急又大的雨刚停住。（恋人）在汴京城外设帐为我送别，我却没有心情喝酒，正在舍不得、不想走的时候，船夫已催着出发。我们俩手握着手互相看着，眼含泪水，直到最后都没有说一句话，所有想说的话都堵在喉间说不出来。想到这回去南方，走了又走，距离越来越远，长江江面上一片烟波，那夜雾沉沉的南方，天空是那么辽阔。

自古以来多情的人最伤心的是离别，更何况又是在这冷清的秋季，这离愁哪能让人承受得了？有谁知道我今晚酒醒时身在什么地方？怕是只有在种满杨柳树的河岸边，凉凉的晨风和清晨的残月与我相伴了。这一去长年离别（相爱的人不在一起），我想就算遇到好天气、看到好风景，如果没有爱人在身边，这些又有什么用呢？即使（对你）有千种情万般爱，又跟谁去说呢？

练习

一、给下列词语注音

1. 寒蝉（　　　　）　2. 凄切（　　　　）　3. 骤雨（　　　　）
4. 凝噎（　　　　）　5. 暮霭（　　　　）　6. 那堪（　　　　）
7. 今宵（　　　　）　8. 残月（　　　　）　9. 良辰（　　　　）
10. 虚设（　　　　）　11. 纵（　　　　）　12. 堪（　　　　）

二、解释加点字词的意思

1. 寒蝉凄切，对长亭晚，骤雨初歇

2. 都门帐饮无绪，留恋处、兰舟催发

3. 念去去、千里烟波，暮霭沉沉楚天阔

4. 此去经年，应是良辰好景虚设

5. 便纵有千种风情，更与何人说

三、翻译诗句

1. 执手相看泪眼，竟无语凝噎。

2. 多情自古伤离别，更那堪、冷落清秋节。

3．今宵酒醒何处？杨柳岸、晓风残月。

四、填空

1．宋代文学的代表形式是__________。词本来是为歌唱而写的诗，所以又被称为曲词、曲子词等。在宋朝，词的__________、__________、__________都发展到了最繁荣最兴盛的时期。宋朝著名的词人有__________、欧阳修、秦观、李清照、苏轼、辛弃疾等。

2．柳永是宋词派的代表词人，他的词作流传很广，有“____________，____________”的说法。

五、回答问题

1.《雨霖铃》中“寒蝉凄切，对长亭晚，骤雨初歇”渲染了什么样的气氛？在全词中具有怎样的作用？

2．“执手相看泪眼，竟无语凝噎”写出了人物何种心情？

3．“今宵酒醒何处？杨柳岸、晓风残月”这两句为什么会成为千古名句，它们好在哪里？

4.《雨霖铃》是怎样有层次地写离别时的感情和心情的？词的上片和下片所描写的情景有什么不同？整首词有怎样的意境？

六、背诵默写“今宵酒醒何处？杨柳岸、晓风残月。”

欧阳修（1007—1072），字永叔，号醉翁，又号六一居士。北宋时期政治家、文学家、散文家、史学家和诗人。欧阳修是杰出的文学家，著名的诗人、词人，更是伟大的散文作家。欧阳修不但大力改革文风[①]，还十分注意发现和提拔[②]人才。许多原来并不那么出名的人，因为他的赏识[③]和提拔推荐[④]，一个个都成了名家。其中最出名的是曾巩、王安石、苏洵（xún）和他的儿子苏轼、苏辙。在文学史上，人们把欧阳修等宋代的六个散文名家和唐代的韩愈、柳宗元合起来，称为“唐宋八大家[⑤]”。

注释

① 文风：文章的风格。
② 提拔（tíbá）：选拔提升。
③ 赏识（shǎngshí）：认识到别人的才能或作品的价值而很重视或赞扬。
④ 推荐（tuījiàn）：介绍好的人或事物希望被任用或接受。
⑤ 唐宋八大家：又称为“唐宋散文八大家”，是唐代韩愈、柳宗元和宋代欧阳修、苏洵、苏轼、苏辙、王安石、曾巩八位散文家的合称。家：散文家。

生查子[①]

欧阳修

去年元夜时[②]，花市灯如昼[③]。
月上柳梢头[④]，人约黄昏后。

今年元夜时，月与灯依旧[⑤]。
不见去年人[⑥]，泪满春衫袖[⑦]。

注释

① 生查（zhā）子：词牌名。
② 元夜：元宵节的晚上。中国农历正月十五为元宵节，这天夜里叫做元夜、元夕，从唐朝起有看灯闹夜的民间风俗。北宋时从十四到十六三天，开宵禁（“宵”是夜晚，“禁”是禁止，宵禁就是禁止夜间的活动），人们游灯街花市，一个晚上都唱歌跳舞，这也给了年轻人约会、谈情说爱的好机会。
③ 花市：繁华的街市。灯如昼（zhòu）：灯火很亮，像白天一样。
④ 月上：月亮升上。柳梢（shāo）头：柳树枝条比较细的一头。
⑤ 依旧：和以前一样。
⑥ 见：看见。
⑦ 泪满：一作“泪湿”。春衫（shān）：年少时穿的衣服，也指代年轻时的自己。

译文

去年元宵节的晚上，花市上灯光明亮，就像白天一样。我们相约，在月亮升上柳梢头，黄昏之后见面。

今年元宵节的晚上，月光与灯光依旧和去年一样的明亮。可是却没见到去年的那个人，相思之泪打湿了春衫的衣袖。

练习

一、给下列词语注音

1. 查（　　）　2. 昼（　　）　3. 柳梢（　　）
4. 袖（　　）

二、解释加点字词的意思并翻译诗句

1. 去年元夜时，花市灯如昼

2. 月上柳梢头，人约黄昏后

3. 今年元夜时，月与灯依旧

4. 不见去年人，泪满春衫袖

三、填空

1. 欧阳修是北宋的政治家、__________家、__________家。
2. 在文学史上，人们把欧阳修等六个人和唐代的__________、__________合起来，称为“________”。

四、回答问题

1.《生查子》上片写了一件什么事情？“花、灯、月、柳”描绘了一幅怎样的图景，烘托出人物什么样的心情？

2. 下片写了一件什么事情？“泪满春衫袖”的“满”字写出了人物什么样的心情？

3. 这首词的上片和下片的描写用了什么写作手法？突出人物怎样的思想感情？

五、背诵这首词

秦观（1049—1100），字少游或太虚，号淮海居士，北宋著名的婉约派词人。苏轼很赏识他，是“苏门四学士①”之一。诗词都写得好，词大多写男女情爱，也有感叹悲伤自己身世的词作，风格委婉②含蓄③，清丽雅淡④。作品集有《淮海集》《淮海居士长短句》。

注释

① 苏门四学士：北宋时期，大文学家苏轼的学生黄庭坚、秦观、张耒（Zhāng Lěi）、晁补之(Cháo Bǔzhī)等四人的合称。
② 委婉（wěiwǎn）：不直接说，故意把话说得曲折、婉转一些。
③ 含蓄（hánxù）：（言语、诗文）意思含而不露，耐人寻味。
④ 雅淡（yǎdàn）：高尚清淡。

鹊桥仙①

秦观

纤云弄巧②，飞星传恨③，银汉迢迢暗度④。
金风玉露一相逢⑤，便胜却人间无数⑥。

柔情似水⑦，佳期如梦⑧，忍顾鹊桥归路⑨。
两情若是久长时⑩，又岂在朝朝暮暮⑪！

① 鹊（què）桥仙：词牌名，这个调有两种形式，五十六字的是欧阳修最开始写的，因

为词中有“鹊迎桥路接天津”的句子，取“鹊桥仙”作为名字；八十八字的是柳永开始写的。这个曲调大多写七夕牛郎织女的故事。

② 纤（xiān）云：轻薄的云彩。弄巧：变幻出许多美丽的花样来。纤云弄巧：这句写织女劳动的情形，传说织女纺织很厉害，能将天上的云织成好看的锦缎。

③ 飞星：流星，也有解释说指牵牛、织女两颗星。传恨：表现出（久别的）怨恨。作者想象被银河阻隔的牛郎星和织女星，表现出离愁别恨的样子。

④ 银汉：银河。迢迢（tiáotiáo）：形容很远，这里指银河非常宽。暗度：悄悄渡过。

⑤ 金风：秋风。秋，在五行中属金，所以把秋风叫做金风。玉露：明亮透彻像玉的露珠，指秋露。相逢（féng）：相遇。

⑥ 便：就。胜却：胜过。人间无数：人世间许许多多男女之间的感情。

⑦ 柔情：温柔的感情。似水：像水一样。

⑧ 佳期：美好的时光。如梦：像梦一样。

⑨ 忍顾：不忍心回头看。归路：回去的路。

⑩ 两情：两个人的感情。若是：如果是。久长时：到死都不改变。

⑪ 岂（qǐ）：哪里，怎么。朝朝暮暮（zhāozhāomùmù）：每天早晨和夜晚，这里指朝夕相处。

轻薄的云彩在天空中变化出许多美丽的样子，天上的流星也传递着相思的愁怨，悄悄渡过宽阔无边的银河。秋风白露中，一年一次的七夕相会，就胜过人世间许许多多男女之间的感情。

温柔的情感像水，美好的时光如梦，不忍回头看各自回鹊桥两头的路。只要两个人的感情到死都不改变，又怎么会在乎是不是能够天天在一起呢！

练习

一、给下列词语注音

1. 鹊桥（　　　　）　2. 纤云（　　　　）　3. 迢迢（　　　　）

4. 玉露（　　　　）　5. 无数（　　　　）　6. 佳期（　　　　）

7. 朝朝（　　　　）　8. 暮暮（　　　　）

二、解释加点字词的意思并翻译诗句

1. 纤云弄巧，飞星传恨，银汉迢迢暗度

2. 金风玉露一相逢，便胜却人间无数

3. 柔情似水，佳期如梦，忍顾鹊桥归路

4. 两情若是久长时，又岂在朝朝暮暮

三、填空题

秦观，北宋著名的__________派词人。苏轼很赏识他，是“__________”之一。

四、回答问题

1. 如何理解“金风玉露一相逢，便胜却人间无数”？

2. “两情若是久长时，又岂在朝朝暮暮”，你觉得他说得对吗？为什么？

五、背诵这首词

李之仪（1048—1117）北宋词人，字端叔。李之仪是苏轼的学生之一，词写得很好。

卜算子[①]

李之仪

我住长江头[②]，君住长江尾[③]。
日日思君不见君[④]，共饮长江水[⑤]。

此水几时休[⑥]，此恨何时已[⑦]。
只愿君心似我心[⑧]，定不负相思意[⑨]。

注释

① 卜（bǔ）算子：词牌名，北宋时这首曲子很流行。
② 长江头：指长江上游。
③ 长江尾：指长江下游。
④ 日日：每天。思：思念，想念。
⑤ 共：共同，同时。饮：喝。
⑥ 此水：指长江水。几时：什么时候。休：停止。
⑦ 此恨：指思念情人的离别之恨。已（yǐ）：完结，停止。
⑧ 只愿：只希望。似（sì）：像。
⑨ 定：词中的衬（chèn）字。在词规定的字数外适当地加一两个不太关键的字词，以更好地表情达意，叫做衬字，也叫“添声”。不负：不辜负（gūfù）。相思意：思念对方的情意（心意）。

译文

我住在长江上游，你住在长江下游。天天想念你却见不到你，我们共同喝着长江的水。

长江的水什么时候才能停止向东流去？我的相思离别之情什么时候才能停止？只希望你的心像我的心一样，就一定不会辜负这互相思念的情意。

练习

一、给下列字词注音

1. 卜（　　） 2. 尾（　　） 3. 饮（　　） 4. 已（　　）

二、解释加点字词的意思并翻译诗句

1. 我住长江头，君住长江尾

2. 日日思君不见君，共饮长江水

3. 此水几时休，此恨何时已

4. 只愿君心似我心，定不负相思意

三、回答问题

1．“我住长江头，君住长江尾”一“头”一“尾”突出了什么？

2．“此恨何时已”的“恨”指的是什么？

3．试析《卜算子》中江水的丰富内涵。

四、背诵默写这首词

课外延伸阅读

晏殊（Yàn Shū）（991—1055），字同叔，北宋著名词人、诗人、散文家。现存有作品集《珠玉词》。

浣溪沙[①]

晏殊

一曲新词酒一杯[②]，去年天气旧亭台[③]。夕阳西下几时回[④]？

无可奈何花落去[⑤]，似曾相识燕归来[⑥]。小园香径独徘徊[⑦]。

注释

① 选自《珠玉词》。浣溪沙，唐代教坊曲名，后用为词牌名。

② 一曲：一首，因为词是配合音乐歌唱的，所以说“曲”。新词：刚填好的词，意思是指新歌。酒一杯：一杯酒。

③ 去年天气旧亭台：意思是天气、亭台都和去年一样。去年天气：跟去年今天相同的天气。旧亭台：曾经到过的或熟悉的亭台。旧：旧时的，以前的。

④ 夕阳：傍晚时候快要落山的太阳。西下：向西落下。几时回：什么时候回来。

⑤ 无可奈何：不得已，没有办法。

⑥ 似曾相识：好像曾经认识，形容见过的事物再次出现，后来用作成语。燕归来：燕子从南方飞回来。

⑦ 小园香径（jìng）：小花园里花草飘香的小路，或指落花满地，充满香味的小路。径：小路。独：独自。徘徊（páihuái）：来回地走。

译文

一边听着新写的歌，一边喝着酒。和去年的今天一样，一样的天气、一样的亭台。夕阳向西落下了，不知何时会再回来。

春花正从树上飘落，却也无可奈何。去年好像曾经见过的燕子，如今又飞回来了。我在小花园中落花满地的小路上独自一个人走过去又走回来。

晏几道（1038—1110），字叔原，号小山，北宋著名词人，与他的父亲晏殊并称“二晏”。

临江仙[①]

晏几道

梦后楼台高锁[②]，酒醒帘幕低垂[③]。
去年春恨却来时[④]。落花人独立[⑤]，微雨燕双飞[⑥]。

记得小蘋初见[⑦]，两重心字罗衣[⑧]。
琵琶弦上说相思[⑨]。当时明月在，曾照彩云归[⑩]。

注释

① 临江仙：原来是唐代教坊曲名，后用为词牌名。
② 梦后：梦醒后。楼台高锁：高高的楼台大门紧锁。
③ 帘幕（liánmù）：遮掩（zhēyǎn）门窗用的大块的帘子和帷幕（wéimù）。低垂：因为重而深深下垂。
④ 春恨：与爱人离别的愁恨。却：再，又。
⑤ 独立：孤独一个人站立。
⑥ 微雨：很小的雨。燕：燕子，一种鸟，这种鸟在中国春天飞向北方，秋天返回南方。
⑦ 小蘋（píng）：当时一名歌女的名字。初见：第一次见面。
⑧ 心字罗衣：具体意思不清楚。字面意思是衣服上有重叠的心字图案，意思是心心相印。
⑨ 琵琶弦上说相思：指小蘋琵琶弹得好，也指他们二人借音乐表达情意。
⑩ 彩云：比喻美人。

译文

做梦醒来后只见高高的楼台大门紧锁，醉酒清醒后也只见到帘幕重重低垂。去年的离愁别恨突然涌上心头，我一人孤独地站立，在落花飘飞中，看丝丝细雨里燕儿双飞。

我还清楚记得第一次见到小蘋时，她穿着绣有两重心字的罗衣，轻轻弹着琵琶诉说相思滋味，当时月光明亮如玉，她却像一朵美丽的彩云飘然归去。

贺铸（1052—1125），字方回，北宋词人。

青玉案[①]

贺铸

凌波不过横塘路[②]，但目送、芳尘去[③]。
锦瑟华年谁与度[④]？月桥花院[⑤]，琐窗朱户[⑥]，只有春知处[⑦]。

飞云冉冉蘅皋暮[⑧]，彩笔新题断肠句[⑨]。
试问闲情都几许[⑩]？一川烟草[⑪]，满城风絮[⑫]，梅子黄时雨[⑬]。

注释

① 青玉案：词牌名，是宋词中常见的经典词牌之一，词牌名的来源也非常美，出自汉代张衡的《四愁诗》：“美人赠我锦绣段，何以报之青玉案。”

② 凌波（língbō）不过横塘路：她总是不从我住的地方横塘这边经过。凌波：形容女子走路的姿态轻盈好看。横塘：在江苏省吴县西南，是作者隐居的地方。

③ 但：只。芳尘去：指美人已去。

④ 锦瑟（jǐnsè）华年：指美好的青春时期。锦瑟：饰有彩纹的瑟，瑟是一种乐器。谁与度：和谁一起度过。

⑤ 月桥花院：也作“月台花榭”。月桥，像月亮似的小拱桥。花院，花木环绕的庭院。

⑥ 琐窗：雕绘连琐花纹的窗子。朱户：红色的大门。

⑦ 只有春知处：只有春风才知道她的居处。

⑧ 冉冉（rǎnrǎn）：指云彩慢慢流动。蘅皋（hénggāo）：长着香草的沼泽中的高地。

⑨ 彩笔：比喻有写作的才华。断肠句：伤感的诗句。

⑩ 闲情：指男女之情。都几许：一共有多少。

⑪ 一川：遍地，一片。烟草：烟雾笼罩的草丛。

⑫ 风絮（xù）：随风飘飞的柳絮。

⑬ 梅子黄时雨：江南初夏四五月梅子黄熟时，经常阴雨连绵，俗称“黄梅雨”或“梅雨”。

译文

她轻盈的脚步从来没有经过横塘路，我只能伤心地远远望着她飘然远去。这美好的青春华年她要与谁一起度过？是在月桥花下的庭院，还是在秀美花窗的朱门大户？也许只有春风才知道她的住处。

天上的云彩随风飘动，在长满香草的水边高地，我用笔写下伤感的诗句。如果问我的愁情究竟有多少？我的愁情就像那广阔平原上满地的青草，整个城市中飘飞的柳絮，梅子黄时的连月不停的毛毛细雨。

范仲淹（989—1052），字希文，北宋著名的政治家、思想家、军事家、文学家，世称“范文正公”。范仲淹文学素养很高，写有著名的《岳阳楼记》。这首《渔家傲》是他的词的代表作，反映的是他亲身经历的边塞生活。

渔家傲①

范仲淹

塞下秋来风景异②，衡阳雁去无留意③。
四面边声连角起④，千嶂里⑤，长烟落日孤城闭⑥。

浊酒一杯家万里⑦，燕然未勒归无计⑧。
羌管悠悠霜满地⑨，人不寐⑩，将军白发征夫泪⑪。

注释

① 渔家傲：词牌名，又名“渔歌子”“渔父词”等。
② 塞：边界要塞之地，这里指西北边疆。风景异：风景和别的地方不同。
③ 衡阳雁去：传说秋天北雁南飞，到湖南衡阳回雁峰就停下来，不再南飞。无留意：一点留下来的意思也没有。
④ 边声：边塞特有的声音，如大风、羌笛、马啸的声音。角：号角，这里指号角的声音。
⑤ 千嶂（zhàng）：一座座连绵起伏的山峰。嶂：像屏障一样并列的山峰。
⑥ 长烟：大片的烟雾。孤城：边远的孤立城寨或城镇。闭：门关上了。
⑦ 浊酒（zhuójiǔ）：指用糯米、黄米等酿制的未过滤的酒，比较混浊。
⑧ 燕然未勒：指战事还没有结束，还没有把敌人打败，把功绩刻下来。燕然：即燕然山，现在叫杭爱山，在现在的蒙古国境内。根据《后汉书·窦宪传》记载，东汉窦宪带兵追击匈奴单于（chányú），离开边塞三千多里，登上燕然山，把功劳刻在石头上而回。这里的意思是还没有把敌人打败，把功绩刻下来。归无计：还没有回家的打算。

⑨ 羌（qiāng）管：即羌笛，出自古代西部羌族的一种乐器。悠悠：形容声音悠长，时有时无，飘忽不定。

⑩ 寐：睡，不寐就是睡不着。

⑪ 征夫：这里指出征打仗的战士。

秋天到了，西北边塞的风光和江南很不一样。大雁又飞回了衡阳，一点也没有留下来的意思。黄昏时候，号角吹起，边塞特有的风声、马啸声、羌笛声和号角声从四面八方回响起来。连绵起伏的群山里，夕阳西下，青烟升起，孤零零的一座城城门紧闭。

喝一杯浊酒，不由得想起万里之外的亲人，现在战事没有结束，功名还没有取得，还不能有回家的打算。远方传来羌笛的悠悠之声，天气寒冷，霜雪满地。夜深了，在外征战的人难以入睡，无论将军还是士兵都白了头发，泪满衣襟。

文学常识

词的文体知识

词是一种文学体裁，它产生于隋唐，晚唐五代开始兴盛，到宋朝达到鼎盛。宋代的词和唐代的诗齐名，有“唐诗宋词”之说。

词本来是为配乐歌唱而写的诗，所以每首词都有或至少曾经有过一个乐谱，属于某种词调。每种词调有一个名称（如《西江月》《清平乐》等），这个名称就叫词牌。按照词调作词称为“倚声”或“填词”。

常见的词牌名有：鹧鸪天、踏莎行、相见欢、满江红、摸鱼儿、西江月、卜算子、南歌子、水龙吟、水调歌头、扬州慢、声声慢、浣溪沙、菩萨蛮、念奴娇、虞美人、浪淘沙、如梦令、八声甘州、雨霖铃、永遇乐、沁园春……

宋词流派

1. 婉约派：婉约，即婉转含蓄，不直接。婉约派词的内容侧重写男女之间的感情，离别时的情绪，因季节、景物的变化而引起的悲伤情绪以及个人的愁绪等。音律婉转和谐，语言清丽，有一种柔和温婉之美。婉约派的代表词人有柳永、欧阳修、秦观、李清照等。

2. 豪放派：是宋词的一个流派，与婉约派并为宋词的两大词派。豪放派词的内容不只是写男女情爱，离愁别绪等，许多原来用诗歌来表达的内容，如理想抱负、思乡怀亲、国计民生、人生际遇等，都被写进豪放派词人的词中。所以豪放派词题材广泛，内容丰富，表现方法以铺叙直抒为主，风格阔大沉雄，气势豪迈放纵，成就颇高。代表词人是苏轼和辛弃疾。

婉约派词名句

今宵酒醒何处？杨柳岸、晓风残月。

——柳永《雨霖铃》

译：有谁知道我今晚酒醒时身在什么地方？怕是只有在种满杨柳树的河岸边，凉凉的晨风和清晨的残月与我相伴了。

人生自是有情痴，此恨不关风与月。

——欧阳修《玉楼春》

译：人本来就有为情痴狂的，这种情况与清风、明月没有什么关系。

两情若是久长时，又岂在朝朝暮暮。

——秦观《鹊桥仙》

译：只要两个人的感情到死都不改变，又怎么会在乎是不是能够天天在一起呢！

此情无计可消除，才下眉头，却上心头。

——李清照《一剪梅》

译：这对爱人的思念，这离别后的忧愁，刚从眉间消失，又隐隐漫上了心头。

天不老，情难绝。心似双丝网，中有千千结。

——张先《千秋岁》

译：天不会衰老，情很难断绝。这一颗心就像是两个交错重叠的蜘蛛网，上面有千千万万难以解开的情结。

豪放派词名句

大江东去，浪淘尽、千古风流人物。

——苏轼《念奴娇·赤壁怀古》

译：长江向东流去，千百年来，所有才华出众的英雄豪杰，都好像被长江滚滚的波浪冲洗掉了一样消逝在历史的长河中了。

了却君王天下事，赢得生前身后名。可怜白发生！

——辛弃疾《破阵子》

译：一心想完成替君王收复国家失地的大业，取得世代相传的美名。可惜什么事都没做成，白发已生。

怒发冲冠，凭阑处、潇潇雨歇。抬望眼，仰天长啸，壮怀激烈。

——岳飞《满江红》

译：我愤怒得头发竖起来，帽子都被顶起来了。登高倚靠栏杆远望，又急又大的风雨刚刚停止。抬头望向天空，忍不住长啸，满心想要报效国家。

第十六讲　宋词（二）

李清照（1084—约1155），号易安居士，南宋杰出的女文学家，婉约派代表词人之一，以词著名，诗文也写得不错，在中国文学史上享有[①]崇高[②]声誉[③]，有“千古第一才女”之称。李清照早年生活安定、优裕[④]，词作大多写和丈夫离别后的相思之情；金兵入侵[⑤]，北宋灭亡后，李清照也被迫流落南方。后来丈夫病死，李清照晚年境遇孤苦。遭遇[⑥]国家巨变[⑦]和丈夫的离世，李清照后期词作大多感慨[⑧]身世飘零[⑨]。她的诗文感时[⑩]咏史，与词风完全不同。现存诗文及词是后人编辑整理的，有《漱玉词》等。主张“词，当别具一家也[⑪]”。

注释

① 享有（xiǎngyǒu）：在社会上或某个领域内取得。

② 崇高（chónggāo）：最高的。

③ 声誉（shēngyù）：声望名誉。

④ 优裕（yōuyù）：富裕，丰足。

⑤ 金兵入侵：北宋宣和七年（1125），金军分东、西两路南下攻打宋朝。第二年（1126），北宋灭亡。金兵：金国军队。金国：正式国号是大金，是中国历史上由女真族建立的封建王朝。

⑥ 遭遇（zāoyù）：遇到（不幸的事）。

⑦ 巨变：巨大的变化。

⑧ 感慨（gǎnkǎi）：有所感触而慨叹。

⑨ 身世飘零（piāolíng）：到处漂泊，没有固定的生活的意思。

⑩ 感时：感叹时事。

⑪ 词，当别具一家也：意思是词就是词，词与诗、文都是不同的，词自有其本身的特点、属性或本质。

声声慢[①]

李清照

寻寻觅觅[②]，冷冷清清[③]，凄凄惨惨戚戚[④]。

乍暖还寒时候[5]，最难将息[6]。

三杯两盏淡酒[7]，怎敌他、晚来风急[8]？

雁过也，正伤心，却是旧时相识[9]。

满地黄花堆积[10]。憔悴损[11]，如今有谁堪摘[12]？

守著窗儿[13]，独自怎生得黑[14]？

梧桐更兼细雨[15]，到黄昏、点点滴滴。

这次第[16]，怎一个愁字了得[17]！

【背景简介】《声声慢》是李清照晚年的名作。当时，正是金兵入侵，北宋灭亡的时候，她的丈夫也病死了，在从北方到南方的路上，夫妻半生收藏的金石文物又全部丢失。国破家亡、到处漂泊，她感到非常孤独和痛苦。就是在这种背景下作者写下了《声声慢》这首词，通过描写秋天所见、所闻、所感，抒发自己孤寂落寞、悲凉愁苦的心情。

① 声声慢：词牌名。

② 寻寻觅觅（mì）：找了又找，意思是想把失去的一切都找回来，表现非常伤感、迷茫、失落的心态。

③ 冷冷清清：非常冷落、凄凉、寂寞。

④ 凄凄惨惨戚戚（qī）：忧愁苦闷的样子。

⑤ 乍（zhà）暖还寒：一下子暖和一下子又很冷，指秋天的天气变化不定。

⑥ 将息：调养休息。

⑦ 盏（zhǎn）：装水、酒之类的液体的日常器具，这里做量词用。淡酒：没什么味道的酒。

⑧ 敌：抵抗，抵挡。

⑨ 旧时相识：以前认识。用“鸿雁传书”的典故，指大雁曾经为自己传寄过书信，现在丈夫已经去世了，无人可寄了。

⑩ 黄花：菊花。堆积（duījī）：指菊花落了很多，满地都是。

⑪ 憔（qiáo）悴（cuì）：凋零，枯萎；衰败。损（sǔn）：消损，消瘦。

⑫ 堪：可。

⑬ 著：也写作“着”。

⑭ 独自：单独一个人。怎生得黑：怎么才能挨到天黑。

⑮ 梧桐更兼细雨：暗用白居易《长恨歌》"秋雨梧桐叶落时"诗意，秋天梧桐树叶变黄凋落，再下点儿小雨，让人感觉非常凄凉。

⑯ 这次第：这光景，这情形，这一连串的情况。

⑰ 怎一个愁字了得：哪里是一个"愁"字能概括得完的啊！

独自一个人在屋子里找了又找，但过去的一切美好的人、物、时光都在动乱中失去了，永远都找不到、找不回了。屋里屋外都是那么冷清，看到这种景象，我内心感到非常凄凉和悲痛。秋季忽冷忽热的天气，最难以调养休息了。晚上冷风带来阵阵寒意，想喝几杯淡酒暖暖身子，却发觉根本没用。抬头望去，秋雁从天空中飞过，回想起过去可以写信寄给丈夫，但现在夫君已去，书信无人可寄，所以更加感到伤心。

地上到处都是被风吹雨打后凋落的菊花，枯萎衰败，现在还有谁来采摘！整天坐在窗前，孤孤单单的，怎么才能挨到天黑啊！黄昏时，又下起了绵绵细雨，一点点，一滴滴落在梧桐叶上，发出令人心碎的声音。这种情景，又怎么是一个"愁"字能说完的啊！

练习

一、给下列词语注音

1. 寻觅（　　　　　）　2. 盏（　　　）　3. 堪（　　　）
4. 乍（　　　）　5. 凄惨（　　　　　）　6. 憔悴（　　　　　）
7. 雁（　　　）　8. 损（　　　）　9. 戚戚（　　　　　）
10. 守著（　　　　　）

二、解释加点字词的意思

1. 乍暖还寒时候，最难将息

2. 三杯两盏淡酒，怎敌他、晚来风急

3. 守著窗儿，独自怎生得黑

4. 梧桐更兼细雨，到黄昏、点点滴滴

三、翻译诗句

1．寻寻觅觅，冷冷清清，凄凄惨惨戚戚。

2．满地黄花堆积。憔悴损，如今有谁堪摘。

3．这次第，怎一个愁字了得！

四、填空题

李清照，＿＿＿＿＿（朝代）著名女词人，＿＿＿＿＿派代表词人之一，在中国文学史上享有崇高声誉，有“＿＿＿＿＿”之称。对词有自己的看法，主张“＿＿＿＿＿，＿＿＿＿＿”。

五、回答问题

1．“寻寻觅觅，冷冷清清，凄凄惨惨戚戚”写出了作者怎样的内心感受？

2．这首词的主旨句“这次第，怎一个愁字了得”，请概括这“愁”具体包含了哪些内容。

3．结合这首词的意象，说说这首词情景交融的特点。

六、背诵默写这首词的前三句

陆游（1125—1210），字务观，号放翁，南宋爱国诗人。他一生创作了大量作品，现存诗歌将近万首，题材广泛，内容丰富。还有词一百三十首和大量的散文。其中，诗的成就①最为显著②。他的词，多数飘逸③婉丽④，但也有不少慷慨⑤激昂⑥的作品，充满悲壮⑦的爱国激情。陆游是爱国主义诗派的一个光辉代表，他的作品因为有着强烈的爱国主义精神和卓越⑧的艺术成就，在中国文学史上占据了重要地位。他继承并发扬了古典诗歌现实主义和浪漫主义的优良传统，在当时和后代的文坛上产生了深刻影响。

注释

① 成就：事业上的成绩。
② 显著（xiǎnzhù）：很明显。
③ 飘逸（piāoyì）：洒脱，自然，与众不同。
④ 婉丽（wǎnlì）：婉转而优美（多指诗文）。
⑤ 慷慨（kāngkǎi）：充满正气，情绪激昂。
⑥ 激昂（jī'áng）：奋发昂扬。
⑦ 悲壮（bēizhuàng）：（声音、诗文等）悲哀而雄壮。
⑧ 卓越（zhuóyuè）：非常优秀。

诉衷情[1]

陆游

当年万里觅封侯[2]，匹马戍梁州[3]。
关河梦断何处[4]？尘暗旧貂裘[5]。

胡未灭[6]，鬓先秋[7]，泪空流[8]。
此生谁料[9]，心在天山[10]，身老沧洲[11]。

注释

① 诉衷情（zhōngqíng）：词牌名。
② 万里：距离很远，词中指离开家乡到遥远的地方去。觅（mì）封侯：寻找建功立业的机会。
③ 匹（pǐ）马：一匹马，后来常常指单身一人。戍（shù）：守卫边疆。梁州（Liángzhōu）：陕西南部汉中地区。陆游在48岁时在汉中川陕宣抚使署任职，过了一段军旅生活，积极主张收复长安。
④ 关河：关塞、河流，这里指汉中前线险要的地方。梦断：梦醒。何处：什么地方。
⑤ 尘暗：指衣服很久不穿，落满灰尘，颜色暗淡。貂裘（diāoqiú）：貂皮裘衣，用貂的毛皮制做的衣服。貂，一种动物。尘暗旧貂裘：貂皮裘上落满灰尘，颜色暗淡。这里的意思是说自己不受重用，没有能做一番自己想做的大事。
⑥ 胡：古代把西北各少数民族叫做胡，也可以指来自那些少数民族地区的东西。南宋词中多指金人，这里指金国入侵者。灭（miè）：消灭。

⑦ 鬓（bìn）：鬓发，指脸旁靠近耳朵的头发。秋：秋天的霜，比喻年纪大了头发白了。
⑧ 空：白白地。
⑨ 此生：这一生。料：预料，事先想到。
⑩ 天山：在中国西北部，是汉唐时的边疆，这里代指南宋与金国相对抗的西北前线。
⑪ 沧洲（Cāngzhōu）：指闲居的地方，这里是指作者在镜湖旁边的家乡。

想当年我离开家乡去遥远的边疆，寻找建功立业的机会，一个人去边境保卫梁州。现在防守边疆的从军生活只能在梦中出现，梦醒后不知自己在什么地方？只看见自己在军中穿过的貂皮裘衣，已积满灰尘，显得又暗又旧。

敌军还没有消灭，自己的头发却白得像秋霜一样，担忧国家，眼泪止不住地往下流。这一生谁能想到，本来想一心一意在天山与敌人战斗，如今却只能老死于沧洲！

练习

一、给下列词语注音

1. 衷情（　　　　） 2. 匹马（　　　　） 3. 戍（　　　）
4. 貂裘（　　　　）

二、解释加点字词的意思并翻译诗句

1. 当年万里觅封侯，匹马戍梁州

2. 关河梦断何处？尘暗旧貂裘

3. 胡未灭，鬓先秋，泪空流

4. 此生谁料，心在天山，身老沧洲

三、填空题

陆游，________爱国诗人，是________诗派的一个光辉代表。他的作品以强烈的________精神和卓越的艺术成就，在中国文学史上占据了重要地位。

四、回答问题

1. 首句借用班超投笔从戎“以求封侯”的典故，想表达什么？

2.“泪空流”的“空”写出了什么？

3.《诉衷情》这首词主要运用了什么表现技巧？塑造了一个怎样的词人形象？请结合词的内容进行分析。

五、背诵这首词

蒋捷（约1245—约1305），南宋词人，宋末元初人。南宋灭亡后，深怀亡国之痛，隐居不做官，人称“竹山先生”。词写得好，他的词大多抒发对故国的思念、对国家灭亡的悲痛。词的风格多样，有《竹山词》传世。

虞美人·听雨①

蒋捷

少年听雨歌楼上②，红烛昏罗帐③。
壮年听雨客舟中④，江阔云低⑤、断雁叫西风⑥。

而今听雨僧庐下⑦，鬓已星星也⑧。
悲欢离合总无情⑨，一任阶前⑩、点滴到天明⑪。

注释

① 虞（yú）美人：著名词牌之一。听雨：是这首词的题目。
② 少（shào）年：年少的时候。歌楼：表演歌舞的楼，也指妓（jì）院。

③红烛（zhú）：红红的蜡烛，喜庆的象征。昏（hūn）：昏暗，光线比较暗。罗帐（zhàng）：古代床上的纱幔（shāmàn）。

④壮年：中年。客舟：运送旅客的船。

⑤江阔：江面辽阔。云低：云层厚，这里指下雨。

⑥断雁（yàn）：孤单的大雁。西风：秋天吹的风。叫西风：在秋风中鸣叫。

⑦而今：现在，这里指老年。僧庐（sēnglú）：和尚住的庙或房子。

⑧鬓（bìn）：脸旁靠近耳朵的头发。星星：白发点点如星，形容白发很多。

⑨悲欢离合：泛指生活中经历的各种境遇和由此产生的各种心情。无情：无动于衷，没有感觉。

⑩一任：听凭，任凭。阶（jiē）前：屋子外面的台阶前。

⑪点滴：指小雨。天明：天亮。

译文

年少的时候，在歌楼上听雨，红红的蜡烛，昏暗的烛光下罗帐轻盈。中年的时候，坐在一条小船上，茫茫的江面上下着蒙蒙细雨，一只失群的孤雁在秋风中鸣叫，声音是那样的伤感悲凉。

现在，人到晚年，两鬓已是白发苍苍，独自一人坐在僧庐下，听细雨点点。人生的悲欢离合经历太多，已经是没有感觉了，还是让台阶前一滴滴的小雨下到天亮吧。

练习

一、给下列词语注音

1. 红烛（　　　　）　2. 罗帐（　　　　）　3. 客舟（　　　　）

4. 僧庐（　　　　）

二、解释加点字词的意思并翻译诗句

1. 少年听雨歌楼上，红烛昏罗帐

2. 壮年听雨客舟中，江阔云低、断雁叫西风

3. 而今听雨僧庐下，鬓已星星也

4. 悲欢离合总无情，一任阶前、点滴到天明

三、填空

蒋捷，__________（朝代）词人，人称“__________”。他的词大多抒发对故国的__________、对国家灭亡的__________，词的风格多样，有__________传世。

四、回答问题

1.“少年听雨歌楼上”的“歌楼”与“壮年听雨客舟中”的“客舟”分别有什么寓意？

2.“江阔云低、断雁叫西风”描绘了一幅怎样的画面，表现了作者怎样的思想感情？

3.“一任阶前、点滴到天明”表现了诗人什么样的心情？

4.《虞美人·听雨》分别写了少年、中年、而今三个人生阶段听雨的情景，试结合作品分析作者不同的心情和感情。

五、背诵默写这首词

课外延伸阅读

一剪梅[1]

李清照

红藕香残玉簟秋[2]。轻解罗裳[3]，独上兰舟[4]。
云中谁寄锦书来[5]，雁字回时[6]，月满西楼[7]。

花自飘零水自流[8]。一种相思[9]，两处闲愁[10]。
此情无计可消除[11]，才下眉头[12]，却上心头[13]。

注释

① 一剪梅：词牌名。
② 红藕（ǒu）：红色的荷花。香残（cán）：残留的香味。玉簟（diàn）：光滑像玉一样的精美竹席。
③ 轻解罗裳（cháng）：轻轻地解开了罗裙。裳：古人穿的下衣。
④ 兰舟：船的美称。
⑤ 锦（jǐn）书：书信的美称。
⑥ 雁字：雁群飞行时，常排列成"人"字或"一"字形，因称"雁字"，相传雁能传信。
⑦ 月满西楼：明亮的月光洒满了西楼。
⑧ 飘零：凋谢，凋零。
⑨ 相思：互相思念。
⑩ 闲愁：因思念对方而产生的忧愁。
⑪ 无计：没有办法。消除：除去，使不存在。
⑫ 眉头（méitóu）：指两眉及附近的地方。
⑬ 心头：心里。

译文

荷花凋谢了，还散发着残留的香味。睡在竹席上，已有了一些凉意。轻轻脱换下罗裙，换上便装，独自坐上小船。天空中大雁排着队形飞回的时候，月光已经洒满了西楼。

花独自地飘零，水独自地流。一种离别的相思，你与我在两地有着同样的闲愁。这满腔的情意无法排除，刚从微皱的眉间消失，又隐隐漫上了心头。

岳飞（1103—1142），字鹏举，中国历史上著名的军事家、战略家、民族英雄。岳飞是中国历史上的一位名将，他精忠报国的精神深受中国各族人民的敬佩。岳飞的文学才华也很突出，他的词作《满江红》，是千古传诵的爱国名篇。

满江红①

岳飞

怒发冲冠②，凭阑处③、潇潇雨歇④。抬望眼⑤，仰天长啸⑥，壮怀激烈⑦。三十功名尘与土⑧，八千里路云和月⑨。莫等闲⑩，白了少年头，空悲切⑪。

靖康耻⑫，犹未雪⑬。臣子恨⑭，何时灭⑮！驾长车⑯，踏破贺兰山缺⑰。壮志饥餐胡虏肉⑱，笑谈渴饮匈奴血⑲。待从头⑳，收拾旧山河㉑，朝天阙㉒。

注释

① 满江红：词牌名。

② 怒发（fà）冲冠（guān）：气得头发竖起，将帽子顶起，形容非常生气。冠：帽子。

③ 凭阑（pínglán）身倚栏杆。凭：倚靠。阑：同“栏”，栏杆。

④ 潇潇（xiāoxiāo）：形容雨又大又急。歇：停止。

⑤ 抬望眼：抬头放眼四望。

⑥ 仰（yǎng）天：抬头望天。长啸（xiào）：大声呼叫。啸：撮（cuō）口发出的叫声。

⑦ 壮怀：奋发图强的志向。激烈：激动剧烈。

⑧ 三十功名尘与土：自己已经三十岁了，得到的功名，像尘土一样微不足道。

⑨ 八千里路云和月：形容南征北战、路途遥远、日夜辛劳。八千：是约数，突出去战场的路程很远。

⑩ 莫：不要。等闲：轻易，随便。

⑪ 空悲切：即白白地痛苦。

⑫ 靖（jìng）康耻（chǐ）：指的是宋钦宗靖康二年（1127），宋朝都城汴京被金兵攻破，抓走宋徽宗、宋钦宗两位皇帝这件让人耻辱的事。靖康：宋钦宗的年号。

⑬ 犹未雪：还没有雪耻。雪：雪耻，洗掉耻辱。

⑭ 臣子恨：臣子的愤恨。

⑮ 何时灭：什么时候才能消失。

⑯ 驾（jià）长车：驾御着一辆辆战车。长车：战车。

⑰ 贺兰山缺：贺兰山口。贺兰山：贺兰山脉，位于宁夏回族自治区与内蒙古自治区交界处，当时被金兵占领。

⑱ 壮志：怀有远大志向。饥餐：饿了以……为食。胡虏（lǔ）：秦汉时匈奴为胡虏，后来指与中原敌对的北方部族，这里指金兵。

⑲ 饮：喝。匈奴：中国古代北方民族之一，这里指金兵。

⑳ 待从头：重新开始。

㉑ 收拾旧山河：收复被金兵占领的土地。

㉒ 朝（cháo）天阙（què）：朝见皇帝。天阙：本指宫殿前的楼观，此指皇帝居住的地方。

我愤怒得头发竖起来，帽子都被顶起来了。登高倚靠栏杆远望，又急又大的风雨刚刚停止。抬头望向天空，忍不住大声呼喊，满心想要报效国家。三十多年来虽然已取得一点功名，但像尘土一样微不足道，从南到北，征战路途那么遥远、那么危险、那么辛苦。好男儿不要随便浪费青春，要抓紧时间建功立业，免得到老时白白伤心、痛苦。

靖康之难的耻辱，到现在都还没有被洗雪。作为国家臣子的愤恨，什么时候才能消除！我要驾着战车向贺兰山进攻，把贺兰山踏为平地。我满怀远大的志向，打仗饿了就吃敌人的肉，谈笑渴了就喝敌人的鲜血。等我重新收复被侵占的国土，再向皇帝报告胜利的好消息！

张孝祥（1132—1170），字安国，南宋著名词人，书法家。

西江月①

张孝祥

问讯湖边春色②，重来又是三年③。
东风吹我过湖船④，杨柳丝丝拂面⑤。

世路如今已惯⑥，此心到处悠然⑦。
寒光亭下水如天⑧，飞起沙鸥一片⑨。

注释

① 西江月：词牌名。

② 问讯：问候。湖：指三塔湖，现在叫三塔荡，有名风景胜地。

③ 重来又是三年：相隔三年再次到旧地游玩。

④ 过湖船：经过湖面的船。

⑤ 杨柳丝丝：形容杨柳新枝柔嫩如丝。拂面：轻轻地掠过脸庞。

⑥ 世路：世俗生活的道路。

⑦ 悠然：安闲、闲适的样子。

⑧ 寒光亭：亭名，在江苏省溧阳（Lìyáng）县西三塔寺内。水如天：水和天连在一起。

⑨ 沙鸥（ōu）：沙洲上的鸥鸟。

问候这湖边美丽的春天的景色，这次的到来距离上次已是三年了。东风吹来，我坐船经过湖面，杨柳柔嫩如丝，轻轻掠过我的脸庞，一切都那么美好。

世俗生活道路上的高低起伏我已习惯，无论到哪里，我的心都很安然自得。寒光亭下，湖水映照天空，在水天一色的湖面上飞起一群沙鸥。

第十七讲　苏轼、辛弃疾词

苏轼（1037—1101），字子瞻（zhān），号东坡居士，人们称他为苏东坡，北宋著名文学家、书画家，“唐宋八大家”之一，豪放派词人代表。苏轼是北宋中期文坛领袖，在诗、词、散文、书、画等方面取得很高的成就。他的诗与黄庭坚①并称“苏黄”；词与辛弃疾并称“苏辛”；散文与欧阳修并称“欧苏”；书法名列“苏、黄、米、蔡②”北宋四大书法家之一；他的绘画水平也很高，是湖州画派③的代表人物之一。苏轼是中国文学艺术史上非常少见的全才，也是中国几千年历史中被公认④文学艺术造诣⑤最杰出的大家之一。

苏轼的词是宋词发展的一座里程碑⑥，“词为艳科⑦”在当时可以说是一种牢固⑧的观念，苏轼成功地扭转⑨了这种风气。他改变了晚唐五代以来词专门写男女恋情、离愁别绪⑩的传统，拓宽了词的题材，提高了词的意境⑪。怀古、思亲、悼亡、记游、说理等一直以来都是诗人习惯用的题材，这些题材他都可以用词来表达，这就使词摆脱了仅仅作为乐曲的歌词而存在的状态，成为可以独立发展的新诗体，这是苏轼对宋词的最大贡献。并且这种新的词风显示出其强大的生命力，对同时代的和后世的作家产生了深远的影响。苏轼还改变了晚唐五代以来词人婉约的词风，开创豪放派词风。在词的语言上，苏轼也做了很多改变，他多方面吸收陶渊明、李白、杜甫、韩愈等人的诗句入词，偶尔也运用当时的口语，极大地增强了词的表现力。因此，苏轼词在宋词发展中的作用不仅是开了一派词风，而且还将词从狭小⑫的范围中解放出来，扩大了它表达感情的空间，促成⑬了词的内容和风格的多样化。从这个意义上讲，苏轼是使宋词成为一代代表性文体的关键⑭性人物。

注释

① 黄庭坚（1045—1105）：北宋诗人、词人、书法家。

② 苏、黄、米、蔡：指中国书法“宋四家”，即苏轼、黄庭坚、米芾（Mǐ Fú）、蔡襄（Cài Xiāng）（另有一说蔡指蔡京）的合称。

③ 湖州画派：也叫湖州竹派，是中国画流派之一，代表人物有北宋文同、苏轼等。

④ 公认：大家都承认。

⑤ 造诣（zàoyì）：学问、技艺所达到的水平。

⑥ 里程碑：路边标志路程里数的碑，比喻历史具有重大意义的事件。
⑦ 词为艳科：词作为一种新兴的诗体，从一开始就是唱歌的歌词，一般被歌妓用于酒楼歌席上的歌唱。内容大多是围绕男女的情爱、与其有关的生活情景和风花雪月等主题而展开的，具有华美艳丽的色彩，人们称词的这种性质为“艳科”。
⑧ 牢固（láogù）：坚固，很难改变。
⑨ 扭转（niǔzhuǎn）：使事物的发展方向发生变化。
⑩ 离愁别绪（líchóu-biéxù）：分离前后惜别、相思的愁苦情绪。
⑪ 意境：文艺作品借助形象描写传达出的意蕴和境界。
⑫ 狭小（xiáxiǎo）：狭窄。
⑬ 促成（cùchéng）：推动使之成功。
⑭ 关键（guānjiàn）：最重要的，起决定性作用的。

念奴娇·赤壁怀古①

苏轼

大江东去②，浪淘尽③，千古风流人物④。故垒西边⑤，人道是⑥，三国周郎赤壁⑦。乱石穿空⑧，惊涛拍岸⑨，卷起千堆雪⑩。江山如画⑪，一时多少豪杰⑫。

遥想公瑾当年⑬，小乔初嫁了⑭，雄姿英发⑮。羽扇纶巾⑯，谈笑间⑰，樯橹灰飞烟灭⑱。故国神游⑲，多情应笑我⑳，早生华发㉑。人生如梦㉒，一尊还酹江月㉓。

注释

① 念奴娇：词牌名。赤壁怀古：在赤壁怀念古人，这里指怀念周瑜，赤壁怀古是这首词的题目，苏轼是第一个给词加题目的词人。赤壁：三国时著名的战场，在湖北省蒲圻（Púqí）市（现改名为赤壁市）一带，吴国将领周瑜（Zhōu Yú）曾在这里大败曹操的军队。苏轼这首词中的赤壁在湖北黄冈，并不是历史上发生赤壁大战的地方。
② 大江：指长江。东去：向东流去。
③ 浪（làng）：浪花，波浪互相冲击或拍击在别的东西上激起的水点和泡沫。淘：冲洗。
④ 风流人物：杰出的人物。

⑤ 故垒（lěi）：过去遗留下来的军营。

⑥ 人道是：人们说是。

⑦ 周郎：周瑜，字公瑾（jǐn），东汉末年东吴名将，他因为年轻有才，容貌俊美而被人叫做“周郎”。公元208年，孙、刘联军在周瑜的指挥下，在赤壁以火攻击败曹操的军队，这场战争也奠定了三分天下的基础。公元210年，周瑜因病去世，年仅36岁。郎：对年轻小伙子赞美的称呼。

⑧ 乱石穿空：陡峭（dǒuqiào）的石崖（yá）插（chā）入天空。

⑨ 惊涛（jīngtāo）很大的浪。拍岸（pāi'àn）：拍打着江岸。

⑩ 卷（juǎn）起：激荡起。千堆雪：无数浪花。雪：比喻浪花。

⑪ 江山：指国家。如画：像画一样。

⑫ 一时：那时，指三国的时候。豪杰（háojié）：指才能、才智出众的人。

⑬ 遥想：形容想得很远。公瑾（jǐn）：周瑜，字公瑾，古代叫别人字是表示尊敬。

⑭ 小乔（qiáo）：乔玄的小女儿，她和姐姐大乔都是三国时东吴的美女，小乔嫁给了周瑜。初嫁（chūjià）：刚刚出嫁。

⑮ 雄姿：高大英俊。英发：谈吐不凡，见识卓越。

⑯ 羽扇（yǔshàn）：用鸟的羽毛做的扇子。纶（guān）巾：青丝带做的头巾。羽扇纶巾：手摇羽扇，头戴纶巾，这是古代儒将的装束，表现出周瑜既有文人的聪慧又有武将的勇敢。

⑰ 谈笑间：说说笑笑的时候，这里形容周瑜指挥赤壁之战的时候不紧张，很轻松的样子。

⑱ 樯橹（qiánglǔ）：船上的桅杆和橹，这里代指曹操的水军战船，又写作“强虏”，意思是强大的敌人。灰飞烟灭：指周瑜用火攻，烧掉了曹操的军船，取得了赤壁之战的胜利。

⑲ 故国：这里指当年的赤壁战场。神游：在想象、梦境中游历，这里指想到三国时期那一段历史。

⑳ 多情应笑我：即“应笑我多情”的意思。

㉑ 早生华发（huáfà）：早早地就长出花白的头发，苏轼写这首词的时候是47岁。

㉒ 人生如梦：人的一生就像是做了一场梦。

㉓ 尊：通“樽”，酒杯。酹（lèi）：（古人祭奠的时候）把酒浇在地上祭奠（jìdiàn）。用酒洒（sǎ）地，是向鬼神敬酒的方式。这里指洒酒酬（chóu）月，寄托（jìtuō）自己的感情。

长江之水滚滚向东流去，千百年来，所有才华出众的英雄人物，都消逝在历史的长河中了。那旧营垒的西边，人们说：那是三国时周瑜大败曹兵的赤壁。陡峭的石壁直插天空，惊人的巨浪拍打着江岸，卷起层层浪花。江山美丽如画，那一时期该有多少英雄豪杰！

遥想周公瑾当年，小乔刚刚嫁了过来，他高大英俊，言谈超群。手里拿着羽毛扇，头上戴着青丝带做的头巾，谈笑之间，曹操的无数战船被烧成灰烬。神游于故国（三国）战场，该笑我太多愁善感了，所以早早地就生出白发。人的一生就像做了一场大梦，还是举起酒杯，邀请江上的明月，和我同饮共醉吧！

练习

一、给下列词语注音

1．故垒（　　　　　　）　2．公瑾（　　　　　　）　3．纶巾（　　　　　　）

4．华发（　　　　　　）　5．豪杰（　　　　　　）　6．羽扇（　　　　　　）

7．雄姿（　　　　　　）　8．樯橹（　　　　　　）　9．小乔（　　　　　　）

10．拍（　　　）　11．浪（　　　）　12．淘（　　　）

13．卷（　　　）　14．涛（　　　）　15．酹（　　　）

二、解释加点字词的意思

1．故垒西边，人道是，三国周郎赤壁

2．江山如画，一时多少豪杰

3．遥想公瑾当年，小乔初嫁了，雄姿英发

4．故国神游，多情应笑我，早生华发

三、翻译诗句

1．大江东去、浪淘尽，千古风流人物。

2．乱石穿空，惊涛拍岸，卷起千堆雪。

3．羽扇纶巾，谈笑间，樯橹灰飞烟灭。

4. 人生如梦，一尊还酹江月。

四、填空

1. 苏轼，字子瞻，号__________，世人称他为________，北宋著名的__________家、书画家、“__________”之一，__________派词人代表。
2. 苏轼的词是__________发展的一座里程碑，“___________”在当时可以说是一种牢固的传统，苏轼成功地扭转了这种风气。他改变了__________以来词专门写__________、__________的传统，拓宽了词的________，提高了词的_________。

五、回答问题

1.《念奴娇·赤壁怀古》中描写赤壁风景的诗句有哪些？赤壁的风景怎么样？

2. 赤壁之战中的英雄很多，如孙权、诸葛亮、刘备等等，作者为什么只写周瑜而不写其他人？

3. 作者是如何塑造周瑜这个英雄形象的？

4. 整首词抒发了作者怎样的思想感情？

六、背诵默写“大江东去、浪淘尽，千古风流人物。”

辛弃疾（Xīn Qìjí）（1140—1207），字幼安，号稼轩（Jiàxuān）。中国历史上伟大的词人和爱国者，与苏轼齐名，并称“苏辛”，还与李清照并称“济南二安[①]”。有人这样赞美过他：稼轩者，人中之杰，词中之龙[②]。一生坚决主张抗击金兵，收复失地[③]。但是他光复故国[④]的雄才大志得不到施展[⑤]，一腔忠愤[⑥]只能通过诗词表达出来，由此造就[⑦]

了南宋文坛[8]一代大家。他的词热情洋溢[9]，慷慨悲壮[10]，笔力[11]雄厚[12]。艺术风格多样，而以豪放为主，有作品集《稼轩长短句》。

注释

① 济南二安：指宋朝时期两位著名词人辛弃疾（字幼安）和李清照（号易安居士）。因为两人都是济南人，字号中都有“安”字，所以后人将他们合称为“济南二安”。
② 稼轩者，人中之杰，词中之龙：稼轩这个人，是人类之中的杰出代表，是词界的领头人。
③ 收复失地：夺回被金兵占领的土地。
④ 光复故国：指恢复已经灭亡的国家。
⑤ 施展（shīzhǎn）：发挥，运用。
⑥ 忠愤（zhōngfèn）：忠义愤激。
⑦ 造就：培育练就。
⑧ 文坛（wéntán）：文学界。
⑨ 热情洋溢（yángyì）：热烈的感情充分地表现出来。
⑩ 慷慨悲壮（kāngkǎi-bēizhuàng）：指充满正气，情绪哀伤而激昂。
⑪ 笔力：运用语言的能力。
⑫ 雄厚（xiónghòu）：雄健浑厚，这里指辛弃疾的词感染力强，具有豪迈的气势和高远的意境。

南乡子·登京口北固亭有怀[1]

辛弃疾

何处望神州[2]？满眼风光北固楼[3]。
千古兴亡多少事[4]？悠悠[5]。不尽长江滚滚流[6]。

年少万兜鍪[7]，坐断东南战未休[8]。
天下英雄谁敌手[9]？曹刘[10]。生子当如孙仲谋[11]。

注释

① 南乡子：词牌名。登京口北固亭有怀：词的题目。京口：江苏镇江市。北固亭：在镇江市区东北长江边的北固山上，又名北顾亭。有怀：有感。

② 何处：哪里，什么地方。望：向远处看。神州：原指全中国，这里指被金人占领的长江以北中原沦陷（lúnxiàn）地区。

③ 满眼：眼睛能看到。风光：美丽的风景。北固楼：即北固亭。

④ 千古兴亡：指漫长的历史上历代王朝的盛衰兴亡。

⑤ 悠悠：长远的样子。

⑥ 不尽：不完。滚滚流：水流急速翻腾（fānténg）向前流去。

⑦ 年少（shào）：指孙权，他继承父亲和哥哥的遗业，领导东吴时才十九岁。兜鍪（dōumóu）：战士的头盔，这里指孙权领导下的强大军队。

⑧ 坐断：占据，占有。东南：三国时吴在中国的东南地区，所以说东南。战未休：战斗不停息。

⑨ 敌手：能力差不多的对手。

⑩ 曹刘：曹操和刘备。

⑪ 生子：生儿子。当如：就应当像……。孙仲谋（Zhòngmóu）：孙权，字仲谋，三国时东吴的君主。历史上说孙权十九岁继承父兄的遗业统治江东，向西征战黄祖，向北抵抗曹操，独立占据一方。赤壁之战大败曹操的军队，年仅二十七岁。生子当如孙仲谋：生儿子就应当像孙仲谋那样，这是曹操称赞孙权的话。作者用在这里是暗讽当时的朝廷比不上能与曹操刘备抗衡（héng）的东吴，当时的皇帝也比不上孙权。

译文

什么地方可以看见北方中原故土呢？在北固楼上，眼底都是美好的风光。从古到今，有多少国家兴亡大事呢？说不清呀，年代太长了。只有长江的水，日日夜夜永不停息地滚滚东流。

年纪轻轻的孙权，带领千军万马，占据东南，坚持抗战，从来没有向强大的敌人低头和屈服过。天下英雄谁是孙权的敌手呢？只有曹操和刘备而已。难怪曹操说："生儿子就应当像孙权一样。"

练习

一、给下列词语注音

1. 悠悠（　　　　　）　2. 滚滚（　　　　　）　3. 兜鍪（　　　　　）

4. 仲谋（　　　　　）

二、解释加点字词的意思

1. 登京口北固亭有怀

2. 不尽长江滚滚流

3. 天下英雄谁敌手？曹刘

三、翻译诗句

1. 何处望神州？满眼风光北固楼。

2. 千古兴亡多少事？悠悠。

3. 年少万兜鍪，坐断东南战未休。

4. 生子当如孙仲谋。

四、填空

辛弃疾字幼安，号__________。中国历史上伟大的__________和__________。与苏轼齐名，并称“__________”，历史上与李清照并称“__________”。有人这样赞美过他：稼轩者，__________，__________。

五、回答问题

1. “何处望神州”中的“神州”指的是什么地方？

2. 作者为什么说孙权是英雄？

3. 这首词塑造了一个怎样的人物形象？词人借这一人物形象表达了怎样的思想感情？

六、背诵这首词

课外延伸阅读

江城子·乙卯正月二十日夜记梦[1]

苏轼

十年生死两茫茫[2]，不思量[3]，自难忘。千里孤坟[4]，无处话凄凉[5]。纵使相逢应不识[6]，尘满面[7]，鬓如霜[8]。

夜来幽梦忽还乡[9]，小轩窗[10]，正梳妆[11]。相顾无言[12]，惟有泪千行[13]。料得年年肠断处[14]，明月夜，短松冈[15]。

【写作背景】苏轼十九岁时，与十六岁的王弗（Wáng Fú）结婚。王弗不仅美丽，而且对老人也非常孝顺，夫妻二人恩爱情深。可是王弗二十七岁就去世了，这对苏轼是一个巨大的打击，他心中的痛苦是无法用语言表达出来的。公元1075年（熙宁八年），苏轼来到密州，这一年正月二十日，他梦见已经死去十年的爱妻，写下了这首“有声当彻（chè）天，有泪当彻泉”（哭声上可达青天，泪滴下可透黄泉）（陈师道语）且传诵千古的悼亡（dàowáng）词。

注释

① 江城子：词牌名。乙卯（mǎo）：公元1075年，即北宋熙宁八年。记梦：这首词写的是苏轼晚上做梦梦见和已经去世十年的妻子见面的情景。

② 十年：指妻子王弗去世已十年。生死：一个活着，一个已经死了。两茫茫：两个人都不清楚对方的情况。

③ 思量：想念，“量”按格律应念平声liáng。

④ 千里：埋葬（máizàng）王弗的地方四川眉山与苏轼当官的地方山东密州，距离很远，所以说“千里”。孤坟（gūfén）：没有和配偶合葬的坟，指妻子王氏的坟墓。

⑤ 无处：没有地方。话：说。凄凉（qīliáng）：凄惨悲凉。

⑥ 纵使（zòngshǐ）：即使。相逢：相遇，遇见。应：应该。不识：不认识

⑦ 尘满面：满脸灰尘，形容到处奔波，辛苦劳累。

⑧ 鬓如霜（shuāng）：鬓边的头发白得像秋霜。

⑨ 幽梦（yōumèng）：梦境隐约，不是很清楚，所以说是幽梦。忽：忽然。还（huán）乡：回到家乡。

⑩ 小轩窗：指小屋的窗前。小轩：有窗槛（jiàn）的小屋。
⑪ 梳妆（shūzhuāng）：妇女梳洗打扮。
⑫ 相顾：互相看。无言：说不出话来。
⑬ 惟（wéi）有：只有。泪千行：泪流不停。
⑭ 料得：料想，想来。肠（cháng）断：形容极度伤心。肠断处也有写成“断肠处”的。
⑮ 冈（gāng）：山冈，不高的山。短松：矮松，不高的松树。明月夜，短松冈：明月映照下的长着小松树的山冈，指苏轼埋葬妻子的地方。

你我夫妻生死离别已经整整十年，相互思念却无法相见。就算我有意忍着不去思念你，可是却始终难以忘怀。你的孤坟远在千里，我没有机会跟你诉说心中的凄惨悲凉。即使我们遇见，你也应该认不出我了，因为我四处奔波，灰尘满面，鬓发如霜。

晚上忽然在隐约的梦境中回到了家乡，看见你正坐在小窗前对镜梳妆。我们互相望着对方，却一句话也说不出来，只有泪落千行。料想到年年思念你，让我心痛断肠的地方就是那明月映照、长着小松树、埋葬着你的低矮山冈。

西江月·夜行黄沙道中①

辛弃疾

明月别枝惊鹊②，清风半夜鸣蝉③。稻花香里说丰年④，听取蛙声一片⑤。

七八个星天外⑥，两三点雨山前⑦。旧时茅店社林边⑧，路转溪桥忽见⑨。

注释

① 西江月：唐代教坊曲名，后用作词牌名。夜行黄沙道中：这首词的题目。夜行：夜晚走路。黄沙道：指的是从江西省上饶（ráo）县黄沙岭乡黄沙村的茅店到大屋村的黄沙岭之间约20千米的乡村道路，南宋时是一条直通上饶古城的比较繁华的官道。
② 别枝惊鹊（què）：惊动喜鹊飞离树枝。
③ 清风：清凉的晚风。鸣蝉（míngchán）：蝉叫。
④ 稻（dào）花香：稻花的香气。丰年：丰收的年景。年：年景。
⑤ 听取：听。蛙（wā）声：青蛙的叫声。
⑥ 七八个星：七八颗星星。天外：天边。

⑦ 两三点雨：两三滴雨。

⑧ 旧时：以前，往日。茅（máo）店：茅草盖的乡村客店。社林：土地庙附近的树林。在中国古代，村有社树，是祭祀（jìsì）神灵的地方，所以叫社林。社：土地神庙。

⑨ 路转（zhuǎn）溪桥：过了小河上的桥，再转个弯儿。路转：路转个弯儿。溪（xī）桥：小河上的桥。忽见：忽现，指小店忽然出现。见：同“现”，显现，出现。

明月升上了树梢，惊飞了栖息在枝头的喜鹊。清凉的晚风吹过，传来远处的蝉叫声。空气中弥漫着稻花的香气，人们谈论着丰收的年景，听着田野里青蛙的奏鸣曲。

天边闪烁着几颗星星，山前却下起了星星点点的小雨，我急忙从小桥上走过，想要找个地方躲雨。土地庙附近树林旁的茅屋小店去哪里了？拐了一个弯，茅店忽然出现在眼前。

文学常识

1. 悼亡诗

一般是指丈夫怀念死去的妻子而写的诗，开始于晋代的潘安。潘安是一个美男子。据说潘安坐车走在街上，街道两边的女人从八岁到八十岁的，都非常喜欢他，把水果往潘安的车里扔，没多久车就被扔满了水果。但是，潘安对妻子的感情非常专一，从来没有改变。他二十四岁结婚，五十岁时妻子去世，夫妇恩爱相伴二十六年。潘安非常悲痛，为她服丧一年，写了《悼亡诗》三首。诗中写的都是日常生活之事，但表达出来的真挚、自然、深沉的夫妻之情，很为后人赞赏，这些诗也广泛流传。从此之后，悼亡诗便成为丈夫哀悼亡妻的专用诗题。

2. 古代悼亡诗句摘录

望庐思其人，入室想所历。

——潘安《悼亡诗三首》

译：看到房子，想起亡妻，她的音容笑貌好像就在眼前；进入房间，想起与爱妻共同生活的美好经历，她的一举一动，让我永远铭记在心间。

曾经沧海难为水，除却巫山不是云。

——元稹《离思五首·其四》

译：我已经看过茫茫大海的水，那江河的水就算不上是水了。我也见过了巫山的云雾，别的地方的云雾也说不上是云雾了。

惟将终夜长开眼，报答平生未展眉。

——元稹《遣悲怀三首·其三》

译：只有用这长夜不眠的思念，来报答你一生的愁苦劳累。

君埋泉下泥销骨，我寄人间雪满头。

——白居易《梦微之》

译：想你在九泉之下的尸骨已经化成泥沙，我还暂时寄住人间，却已经是白发满头。（这是白居易悼念死去的好朋友元稹而写的诗句，当时元稹已经去世9年了。）

十年生死两茫茫，不思量，自难忘。

——苏轼《江城子·乙卯正月二十日夜记梦》

译：你我夫妻生死离别已经整整十年，相互思念却无法相见。就算我有意忍着不去思念你，可是却始终难以忘怀。

伤心桥下春波绿，曾是惊鸿照影来。

——陆游《沈园二首》

译：令人伤心的桥下，春水依然和以前一样碧绿，在这里我曾经看见她美丽的身影惊鸿一现。(惊鸿jīnghóng：比喻美人体态的轻盈。)

若似月轮终皎洁，不辞冰雪为卿热。

——纳兰性德《蝶恋花·辛苦最怜天上月》

译：如果能像天上的圆月长盈不亏，那么我作为冰雪，将不惜为你融化。

苏轼小故事

东坡吃草

苏轼有一天没事可做，就去金山寺拜访佛印大师，没想到大师不在，一个小和尚来开门。苏轼骄傲地大声说："秃驴何在?"小和尚淡定地指一指远方，回答说："东坡吃草!"

死了好

苏轼临死的时候，问守在床边的几个儿子："你们说，死了好不好?"小儿子第一个回答说："一定很好。"苏轼奇怪地问："你怎么那么肯定地知道好呢?"小儿子说："您想啊，如果不好，那些死去的人不都回来了吗?千百年以来没一个人回来，可见死了一定很好!"

第十八讲　唐宋散文

唐代散文是继先秦两汉之后，中国散文创作的又一高峰。散文在唐代得到了很大的发展，出现了众多[1]优秀的作家。以韩愈和柳宗元为代表的中唐古文运动[2]，是一场目的明确、参与者众多、成果卓著[3]的文体[4]变革，深刻地塑造[5]了中唐以后散文创作的整体面貌，对于后世散文的发展也有深远的影响。

宋代是中国古代散文发展中的一个重要阶段。从古代散文演变[6]的过程来看，宋代是中国古代散文的鼎盛[7]时期。300多年间，出现了众多的散文作家和散文作品。在“唐宋八大家”中，宋代就有六位，即欧阳修、苏洵、苏轼、苏辙、曾巩、王安石。宋代散文数量多，好作品多，风格流派多，散文的内容和现实紧密结合，风格平易自然，喜好议论。散文的文学性、实用性加强，成为后人学习的典范[8]。

注释

① 众多：很多。

② 中唐古文运动：中唐时期的文学革新运动，它的目的主要是复兴儒学，在形式上反对骈文，提倡古文。韩愈和柳宗元是唐代古文运动的代表。

③ 卓著（zhuózhù）：突出显著地好。

④ 文体：文章的体裁。

⑤ 塑造（sùzào）：通过培养、改造使人或事物达到某种预定的目标。

⑥ 演变：变化发展。

⑦ 繁盛：繁荣兴盛。

⑧ 典范：可以作为学习、模仿标准的人或事物。

韩愈（Hán Yù）（768—824）唐代文学家、哲学家。字退之，祖籍河北昌黎，世称韩昌黎，谥号“文”，又称韩文公。他是唐代古文运动的倡导者[1]，主张学习先秦两汉的散文语言，扩大文言文的表达功能。宋代苏轼称他“文起八代之衰[2]”，明人推他为“唐宋八大家”之首，与柳宗元并称“韩柳”，有“文章巨公”和“百代文宗”之名。作品都收在《昌黎先生集》里。韩愈还是一个语言巨匠[3]。他善于使用前人的词语，又注重当代口语的提炼[4]，创造出许多新的语句，其中有不少已成为成语流传到现在，如“落井下石[5]”“动辄得咎[6]”“杂乱无章[7]”等。在思想上韩愈是儒家思想的坚定拥护者，是尊儒反佛[8]的里程碑式人物。

注释

① 倡（chàng）导者：提出来并引导去做的人。

② 文起八代之衰：这句话是苏轼在《潮州韩文公庙碑》中对韩愈的赞誉。“八代”指的是东汉以来的汉、魏、晋、宋、齐、梁、陈、隋，这几个朝代正是骈文由形成到鼎盛的时代。另外，还可从虚的角度理解“八代”，即很长时间。“衰”是针对八代中的骈文而言的。整句话赞扬了韩愈在推动以散文代替骈文的运动中所起的巨大作用。

③ 语言巨匠（jùjiàng）：在语言上有杰出成就的人。

④ 提炼（tíliàn）：比喻文艺创作和语言艺术等丢弃不好的东西保留好的东西的过程。

⑤ 落井下石（成语）：看见人要掉进陷阱里，不伸手救他，反而推他下去，又扔下石头，比喻趁人有危难时加以陷害。

⑥ 动辄得咎（dòngzhé-déjiù）（成语）：动不动就受到责备或处分。辄：就。咎：怪罪，处分。

⑦ 杂乱无章（成语）：形容乱七八糟，没有条理。章：条理。

⑧ 尊儒反佛：尊崇儒家反对佛教。

马说[1]

（唐）韩愈

世有伯乐[2]，然后有千里马[3]。千里马常有[4]，而[5]伯乐不常有。故虽有名马[6]，祇辱于奴隶人之手[7]，骈死于槽枥之间[8]，不以千里称也[9]。

马之千里者[10]，一食或尽粟一石[11]。食马者不知其能千里而食也[12]。是马也[13]，虽有千里之能[14]，食不饱[15]，力不足[16]，才美不外见[17]，且欲与常马等不可得[18]，安求其能千里也[19]？

策之不以其道[20]，食之不能尽其材[21]，鸣之而不能通其意[22]，执策而临之[23]，曰：“天下无马[24]！”呜呼[25]！其真无马邪[26]？其真不知马也[27]！

【写作背景】《马说》大约写于贞元十一年至十六年间（795—800）。当时，韩愈刚来长安寻求做官，很不顺利。他曾经三次写信给宰相请求做官，人家都不理他。他在长安参加考试寻求做官，一共待了10年，最后非常郁闷（yùmèn）地离开了长安。尽管如此，他仍然声明自己“有忧天下之心”，不会隐居山林。后来韩愈先后在宣武节度使董晋、武宁节度使张建封手下做事，很不开心，所以有“伯乐不常有”的感叹。韩愈的坎坷（kǎnkě）遭遇正是他写这篇《马说》的思想基础。

注释

① 说：“说”是古代的一种文体，可以发表议论，也可以记事，都是为了说明一个道理。“说”就是“谈谈”的意思，比“论”随便些。马说：说说千里马或说说千里马的问题。

② 世：世界。伯乐（Bólè）：春秋时秦国人，姓孙，名阳，善于通过马的外在表现观察评价马的好坏。

③ 然后：这以后。千里马：日行千里（一天跑一千里路）的马。

④ 常有：经常有。

⑤ 而：可是，但是。

⑥ 故：所以。虽：即使。名马：名贵的马，这里指千里马。

⑦ 祇：只能，只是。辱（rǔ）：受屈辱，辱没（mò）。于：在。奴隶人之手：马夫的手里。奴隶（núlì）人：仆人，这里指养马的马夫。

⑧ 骈（pián）死：并列而死，一起死去。骈：两匹马并排走。槽（cáo）：喂牲口的食器。枥（lì）：马棚。槽枥：马厩（jiù），即马住的棚子。

⑨ 不以千里称也：不因为是千里马而出名。以：凭借。称：著称，出名。也：语气词，表示解释。

⑩ 之：助词。马之千里者：马（当中）能日行千里的。

⑪ 一食（shí）：一顿，一餐。或：有时。尽粟一石（dàn）：吃完一石粮食。尽：完，这里作动词用，是“吃完”的意思。粟（sù）：古代喂马的粮食。石（dàn）：量词，十斗为一石。

⑫ 食（sì）马者：喂马的人。食：同“饲”，喂养。下文“而食”“食之”的“食”都是这个意思。其：指千里马，代词。能千里：能日行千里。也：语气词，表陈述。

⑬ 是：这样，指示代词。也：语气词，表停顿。

⑭ 之：的，助词。能：才能。

⑮ 食不饱：吃不饱。

⑯ 力不足：力气不够。

⑰ 才美：才能和优点。不外见（xiàn）：不能表现在外。见：同“现”，表现。
⑱ 且：犹，尚且。欲：想要，要。常马：普通的马。等：相同。不可得：不可能。得：能，表示客观条件允许。
⑲ 安：怎么，哪里，疑问代词。求：要求。其：它，代千里马。千里：日行千里。也：呢。
⑳ 策（cè）：本意指鞭（biān）子，这里名词作动词用，用鞭子打。之：指千里马，代词。以其道：按照（驱使千里马的）正确办法。以：按照，根据。其：它，代千里马。道：方法。
㉑ 食（sì）之：喂它。尽其材：让它的才能完全发挥出来。尽：全，完。材：同“才”，这里指日行千里的才能。其材：它的才能。
㉒ 鸣：马叫。之：助词，不译。通：通晓，了解。其意：它的意思。
㉓ 执策（zhícè）：拿着马鞭。策：赶马的鞭子，名词。临之：面对千里马。临：面对。
㉔ 天下：世界上。无马：没有千里马。
㉕ 呜呼：表示叹气，唉。
㉖ 其：难道，表反问语气。邪（yé）：吗。
㉗ 其：可译为“恐怕”，表推测语气。不知马：不了解马，不懂得马。也：啊。

译文

世界上先有了伯乐，然后才有千里马。千里马经常有，可是伯乐却不经常有。所以即使是名贵的马，也只是辱没在马夫手里，跟普通的马一起死在马厩里，不因为是千里马而出名。

能日行千里的马，有时能吃下一石粮食，喂马的人不懂得要根据它日行千里的特点来喂养它。（所以）这样的马，即使有日行千里的才能，却吃不饱，力气不够，它的才能和优点也就表现不出来，想要跟普通的马相等尚且办不到，又怎么能要求它日行千里呢？

使用它不按照使用千里马的正确方法，喂养它又（不喂饱它）不能让它的才能完全发挥出来，它叫，却不明白它的意思，（只是）拿着鞭子站在它面前说：“天下没有千里马！”唉！难道真没有千里马吗？恐怕是他们真的不了解千里马啊！

练习

一、给下列词语注音

1. 伯乐（　　　　）　2. 辱（　　　　）　3. 骈（　　　　）
4. 槽枥（　　　　）　5. 称（　　　　）　6. 粟（　　　　）
7. 一石（　　　　）　8. 食马者（　　　　）　9. 外见（　　　　）

10. 策（　　）　11. 鸣（　　）　12. 执（　　）
13. 邪（　　）　14. 呜呼（　　）　15. 奴隶（　　）

二、解释加点字词的意思

1. 世有伯乐，然后有千里马

2. 马之千里者，一食或尽粟一石

3. 食马者不知其能千里而食也

4. 才美不外见

5. 且欲与常马等不可得，安求其能千里也

6. 执策而临之，曰："天下无马！"

三、翻译句子

1. 故虽有名马，祇辱于奴隶人之手，骈死于槽枥之间，不以千里称也。

2. 策之不以其道，食之不能尽其材，鸣之而不能通其意。

3. 呜呼！其真无马邪？

四、填空

1. 韩愈，唐代著名的________和哲学家，祖籍河北昌黎，世称________。谥号"文"，又称________。宋代苏轼称他"________"，明人推他为"________"之首，与柳宗元并称"________"，有"________"和"________"之名。作品都收在________里。

2. 唐宋八大家是指________、柳宗元、________、曾巩、王安石、苏洵、________、苏辙。

五、回答问题

1.《马说》通篇不离千里马，难道只是说“马”吗？“伯乐，千里马，食马者”各比喻什么样的人？这样的写法叫做什么？

2. 作者借“千里马”不遇“伯乐”的遭遇，寄托了怎样的思想感情？

3.“世有伯乐，然后有千里马”的实际含义是什么？

周敦颐（Zhōu Dūnyí）（1017—1073）宋代哲学家、文学家。是中国理学的开山祖师[②]，他的理学思想在中国哲学史上起到了承前启后的作用。周敦颐从小喜爱读书，在家乡很有名气，人们都说他“志趣高远[③]，博学力行[④]，有古人之风”。他的学问、气度，也吸引很多人来追随他学习，其中最著名的，就是程颐[⑤]、程颢[⑥]两兄弟，他们后来都成了南宋著名的理学家。

注释

① 理学：中国宋元明清时期的哲学思潮。广义的理学，指以讨论“性”“命”问题为中心的整个哲学思潮，包括各种不同学派；狭义的理学，专指以程颢、程颐为代表的、以“理”为最高范畴的学说。

② 开山祖师：原指开创寺院的和尚，后借指某一事业的创始人。

③ 志趣高远：志向和兴趣远大。

④ 博学力行：追求广博的学识和渊博的学问而且尽力去做。

⑤ 程颐（Chéng Yí）（1033—1107）：北宋理学家和教育家，是程颢的弟弟。

⑥ 程颢（Chéng Hào）（1032—1085）：北宋哲学家、教育家，北宋理学的奠基者。

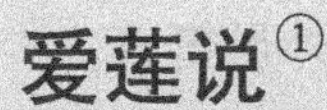

爱莲说[①]

（宋）周敦颐

水陆草木之花[②]，可爱者甚蕃[③]。晋陶渊明独爱菊[④]；自李唐来[⑤]，世人甚爱牡丹[6]；予独爱莲之出淤泥而不染[7]，濯清涟而不妖[8]，中通外直[9]，不蔓不枝[10]，香远益清[11]，亭亭净植[12]，可远观而不可亵玩焉[13]。

予谓菊[14]，花之隐逸者也[15]；牡丹，花之富贵者也[16]；莲，花之君子者也[17]。噫[18]！菊之爱[19]，陶后鲜有闻[20]；莲之爱，同予者何人[21]；牡丹之爱，宜乎众矣[22]！

【写作背景】宋熙宁四年（1071），著名的理学家周敦颐来星子（星子是地名）担任南康知军。周敦颐为人清廉（lián）、正直、淡泊，非常喜爱莲花。周敦颐来星子后，他在工作地的东边挖了一口池塘，种上荷花。周敦颐当时已经55岁，身体又有病，所以每当工作后或者饭后，他或者一个人，或请几个同事好友，在池塘边赏花喝茶，并写下了非常有名的散文《爱莲说》。其佳句“出淤泥而不染，濯清涟而不妖，中通外直，不蔓不枝，香远益清，亭亭净植，可远观而不可亵玩焉”成为千古名句。

注释

① 说：一种议论文的文体，可以直接说明事物或论述道理，也可以借人、借事或借物的记叙来说道理。爱莲说：说说喜欢莲花的道理。

② 水陆：水里和陆地上。木：树。之：的。

③ 可爱：值得喜爱。者：……的花。甚（shèn）：非常。蕃（fán）：多。

④ 晋陶渊明独爱菊：晋朝陶渊明只喜爱菊花。晋陶渊明：东晋著名诗人，是著名的隐士。独：只，仅仅。爱菊：喜爱菊花。

⑤ 自：从。李唐：指唐朝，唐朝的皇帝姓李，所以称为“李唐”。

⑥ 世人：世界上的人。甚（shèn）：特别。牡丹：一种名花，花颜色艳丽，花朵大而香，有“国色天香”的美誉。

⑦ 予（yú）：我。独：只。之：助词，不翻译。出：长出。淤（yū）泥：河沟或池塘里积存的污泥。而：可是，但是。染（rǎn）：沾染（污秽）。

⑧ 濯清涟而不妖：在清水里洗涤过，而不显得妖媚。濯（zhuó）：洗涤（dí）。清涟（lián）：水清而有微波，这里指清水。涟：微波。妖（yāo）：美丽而不端庄。

⑨ 中通：中间贯（guàn）通。外直：外形挺直。

⑩ 不蔓不枝：不生枝蔓，不长枝节，意思是不牵牵连连的，不枝枝节节的。蔓（màn）：生枝蔓。枝：长枝节。香远益清：香气远播，更加显得清芬。

⑪ 远：遥远，空间距离大。益：更，更加。

⑫ 亭亭净植：笔直洁净地立在那里。亭亭：耸（sǒng）立的样子。植：立。

⑬ 可：只能。远观：远远地看。而：可是，但是。亵（xiè）：亲近而不庄重。玩：玩弄。焉（yān）：句末语气词，这里指当于现代汉语的“啊”。

⑭ 谓（wèi）：认为。

⑮ 之：的。隐逸者：指隐居的人，隐士。

⑯ 牡丹，花之富贵者也：牡丹是花中富贵的（花），因为牡丹看起来十分浓艳，所以这样说。

⑰ 君子：指品德高尚的人。

⑱ 噫（yī）：叹词，相当于现代汉语的“唉”。

⑲ 菊之爱：对菊花的喜爱。

⑳ 鲜（xiǎn）有闻：很少听到。鲜：少。

㉑ 同予者何人：同我一样的还有什么人呢？

㉒ 宜乎：当然。宜：应当。乎：语气助词，无实义。众：多。

译文

水里和陆地上各种草和树木的花，值得喜爱的非常多。晋朝陶渊明只喜爱菊花，从唐朝以来人们特别喜爱牡丹。我只喜爱莲花，它从污泥中长出来，却不受到污染，在清水里洗涤过，但是不显得妖媚，它的茎中间贯通，外形挺直，不牵牵连连，不枝枝节节的，香气远播，更加清香，笔直洁净地立在那里，人们只能远远地观赏但是不能靠近去赏玩它啊。

我认为，菊花是花中的隐士；牡丹是花中的富贵者；莲花是花中的君子。唉！喜爱菊花的人，陶渊明以后就很少听说了。同我一样喜爱莲花的还有谁呢？喜爱牡丹的人当然很多了。

练习

一、给下列词语注音

1. 甚（　　）	2. 隐逸（　　）	3. 晋（　　）
4. 予（　　）	5. 淤泥（　　）	6. 染（　　）
7. 濯（　　）	8. 清涟（　　）	9. 妖（　　）
10. 蔓（　　）	11. 亵（　　）	12. 谓（　　）
13. 蕃（　　）	14. 鲜（　　）	15. 宜（　　）

二、解释加点字词的意思

1. 可爱者甚蕃

2. 予谓菊，花之隐逸者也

3. 噫！菊之爱，陶后鲜有闻

4. 宜乎众矣

三、翻译句子

1. 予独爱莲之出淤泥而不染，濯清涟而不妖。

2. 中通外直，不蔓不枝。

3. 香远益清，亭亭净植。

4. 可远观而不可亵玩焉。

四、填空

《爱莲说》的作者是__________，他是中国宋代著名的__________家、__________家。

五、回答问题

1.《爱莲说》实际上是托物言志，以花喻人，那么，作者用莲比喻什么人？它和这种人在品格上有什么相同之处呢？菊花和牡丹花又分别比喻什么样的人？

2. 作者主要是写莲花，为什么又写到菊花和牡丹花呢？分析一下这种写法的好处。

3. 文章寄托了作者什么样的思想感情和志趣呢？

六、背诵默写“予独爱莲之出淤泥而不染……可远观而不可亵玩焉。”

课外延伸阅读

在中国唐宋八大著名散文家中，苏轼的成就巨大。天下的知识分子纷纷模仿[①]他的文章。有“苏文熟，吃羊肉；苏文生，吃菜羹[②]”的谚语[③]流行。他发展了欧阳修平易自然、流畅婉转[④]的散文风格，并使它成为宋代散文成熟而稳定的主要风格。他的散文既有宋代散文的共同特色，也有自己鲜明的个性。苏轼的散文呈现出绚丽多姿[⑤]的艺术风貌，具有雄放恣肆[⑥]、隽逸[⑦]洒脱的鲜明特色。他能用极平淡而自然的语言，写出极深刻的哲学思考，情感真挚、极富生命力。苏轼使宋代的散文创作达到了一个新境界。

注释

① 模仿（mófǎng）：照某种现成的样子学着做。

② 苏文熟，吃羊肉；苏文生，吃菜羹（gēng）：这句话的意思是苏轼的文章读熟了，就可当官吃肉；对苏轼的文章不熟悉，就会考试落榜喝菜汤。

③ 谚（yàn）语：民间流传的简练通俗而富有意义的语句。

④ 婉转（wǎnzhuǎn）：形容写文章时语言委婉含蓄。

⑤ 绚丽（xuànlì）多姿：这里指文章写得优美动人。

⑥ 雄放恣肆（zìsì）：豪放潇洒。

⑦ 隽逸（jùnyì）：隽永飘逸。

前赤壁赋（节选）[①]

（宋）苏轼

苏子[②]曰：“客亦知夫水与月乎[③]？逝者如斯[④]，而未尝往也[⑤]；盈虚者如彼[⑥]，而卒莫消长也[⑦]。盖将自其变者而观之[⑧]，则天地曾不能以一瞬[⑨]；自其不变者而观之，则物与我皆无尽也[⑩]，而又何羡乎[⑪]？且夫天地之间[⑫]，物各有主[⑬]，苟非吾之所有[⑭]，虽一毫而莫取[⑮]。惟江上之清风[⑯]，与山间之明月，耳得之而为声[⑰]，目遇之而成色[⑱]，取之无禁[⑲]，用之不竭[⑳]，是造物者之无尽藏也[㉑]，而吾与子之所共适[㉒]。”

注释

①《前赤壁赋》是宋神宗元丰五年（1082）苏轼贬谪（biǎnzhé）黄州（今湖北黄冈）时写的。因为后来还写过一篇同题的赋，所以把这篇叫做《前赤壁赋》，十月十五日写的那篇叫做《后赤壁赋》。赤壁：实际上是黄州赤鼻矶，并不是三国时期赤壁之战的旧址，苏轼知道这一点，将错就错，借景来抒发自己的思想感情。

②苏子：苏轼自称，可翻译为“我”。

③客：客人，可以翻译成“你们”。亦（yì）：也。夫（fú）：这，那。乎：吗。

④逝（shì）：往，流逝。者：……的（人，物）。如：像。斯：这，这里指江水。逝者如斯：流逝的（时间）像这江水。语出《论语 · 子罕》：“子在川上曰：‘逝者如斯夫，不舍昼夜。’”（孔子在河边感叹道：“流逝的时光就像这河水一样，日夜不停。”）

⑤而：可是，但是。未尝（wèicháng）：并没有。往：流逝。也：表肯定的语气。

⑥盈虚（yíngxū）：指月亮的圆缺。彼（bǐ）：那，这里指月亮。

⑦卒：最终。莫（mò）：不能。消长：增减。长：增长。

⑧盖：句首发语词，可不翻译。将：如果。自：从。其变者：它变化的一面。而：表顺承，可翻译为“来”。观：看。之：它。

⑨则：那么。曾（zēng）：竟然。以：用。一瞬（shùn）：一眨眼的工夫（时间）。

⑩物与我皆无尽：万物同我们一样都是永远存在的。皆（jiē）：都。无尽：无穷无尽，永远存在。

⑪而：表示承接，可不翻译。何：什么。羡：羡慕（xiànmù）（觉得好，希望自己也能那样）。何羡：羡何，羡慕什么？乎：呢。

⑫且：况且（kuàngqiě），表示进一步说明道理。夫（fú）：发语词，不翻译。

⑬物各有主：万物各有自己的归属。

⑭苟（gǒu）：如果。非：不是。吾（wú）：我。之所有：拥有的（东西）。

⑮虽：即使。一毫：一分一毫，指很细微的东西。莫取：不能求取，不能拿。

⑯惟（wéi）：只有。之：的。清风：清凉的风。

⑰耳得之：耳朵听到它（指风吹动的声音）。为声：成为声音。

⑱目遇之：眼睛看到它（指月亮）。成色：成为颜色。

⑲取之：取得（得到）它们。禁（jìn）：禁止，不允许。

⑳用之：使用（享用）它们。竭（jié）：竭尽，完。

㉑是：这。造物者：天地自然。无尽藏（zàng）：佛家语，指无穷无尽的宝藏。

㉒吾与子：我和你们。所共适：一起享受的（东西）。共适：一起享用（享受）。

我问道："你可是也知道这水与月？不断流逝的就像这江水，其实并没有真正流逝；有时圆有时缺的就像这月亮，但是最终并没有增加或减少。可见，如果从事物变化的角度来观察，那么天地万物时刻在变化，连一眨眼的工夫都不停止。从事物不变的一面来看，万物与我的生命同样没有穷尽，又有什么可羡慕的呢？何况天地之中，万物各有自己的归属，如果不是自己应该拥有的东西，即使一分一毫也不能求取。只有江上的清风与山间的明月，耳朵听它，听到的便是声音，眼睛看它，看到的便是色彩，每个人都可以自由得到它，并且享用不尽，这是大自然的无穷宝藏，是我和你可以共同享受的。"

《岳阳楼记》节选①

（宋）范仲淹

嗟夫②！予尝求古仁人之心③，或异二者之为④，何哉⑤？不以物喜，不以己悲⑥；居庙堂之高则忧其民⑦；处江湖之远则忧其君⑧。是进亦忧，退亦忧⑨。然则何时而乐耶⑩？其必曰"先天下之忧而忧，后天下之乐而乐"乎⑪！噫⑫！微斯人⑬，吾谁与归⑭？

注释

① 岳阳楼：在湖南岳阳西北的巴丘山下，原来这里是三国时期吴国都督鲁肃的阅兵台。宋仁宗庆历四年（1044），范仲淹的好朋友滕子京请他为重新修好的岳阳楼作记。范仲淹很爽快地答应了，但是范仲淹其实没有去过岳阳楼。庆历六年六月（即1046年6月），他看图写下了著名的《岳阳楼记》。记：一种文体，可以写景、叙事，多为议论，目的是抒发作者的情怀和抱负。

② 嗟（jiē）夫（fú）：唉！嗟、夫是两个词，都是语气词。

③ 予（yú）：我。尝：曾经。求：探求。古仁人：古时品德高尚的人。之：的。心：思想感情。

④ 或异二者之为：或许和以上两种思想感情不同。或：近于"或许""也许"的意思。异：不同。二者：是指前面两段写的"悲"和"喜"。为，心理活动。

⑤ 何哉（zāi）：为什么呢。

⑥ 不以物喜，不以己悲：不因为外物的（好坏）和自己的（得失）而喜悦或悲伤。以，因为。

⑦ 居庙堂之高则忧其民：在朝中做官就担忧百姓。居庙堂之高：处在高高的庙堂上，意思是在朝廷做官。庙，宗庙。堂，殿堂。庙堂：指朝廷。下文的“进”，即指“居庙堂之高”。

⑧ 处江湖之远则忧其君：在偏远的地方就为君主担忧。处江湖之远：在偏远的地方，意思是不在朝廷做官。下文的“退”，就是指“处江湖之远”。之：定语后置的标志。

⑨ 是：这样。进：在朝廷做官。退：不在朝廷做官。亦：也。

⑩ 然则：既然这样，那么。

⑪ 其必曰“先天下之忧而忧，后天下之乐而乐”乎：他们一定会说“在天下人担忧之前先担忧，在天下人享乐之后才享乐”吧。先：在……之前。后：在……之后。其：大概。必：一定。

⑫ 噫（yī）：唉，叹词。

⑬ 微斯人：没有这种人。微，没有。斯人，这样的人。

⑭ 吾谁与归：我同谁一道呢？谁与归，就是“与谁归”。归：归依。

唉！我曾经探求古时品德高尚的人的思想感情，或者和（以上）两种思想感情不同。为什么呢？他们不因为外物的好坏和自己的得失而高兴或伤心。在朝廷做官，就为百姓担忧；不在朝廷做官，就为君王担忧。这正是入朝廷做官也担忧，不在朝廷做官也担忧。那么，什么时候才快乐呢？他们一定会说“在天下人担忧之前先担忧，在天下人快乐之后才快乐”吧。唉！（如果）没有这种人，我同谁一道呢？

文学常识

散文：在中国古代文学中，散文与韵文、骈文相对，不追求押韵和句式的工整。先秦包括诸子散文和历史散文。西汉时期的司马迁的《史记》把传记散文推到了前所未有的高峰。唐宋在古文运动的推动下，散文的写法越来越多，越来越复杂，出现了文学散文，产生了不少优秀的山水游记、寓言、传记、杂文等作品，出现了著名的“唐宋八大家”。

唐宋八大家：又称唐宋古文八大家，是唐代韩愈、柳宗元和宋代苏洵、苏轼、苏辙、王安石、曾巩、欧阳修八位散文家的合称。

人物小故事

韩文公祭鳄鱼

广东潮州的韩江从前有很多鳄鱼，会吃过江的人，害得百姓好苦，人们把它叫做“恶溪”。

一天，又有一个百姓被鳄鱼吃掉了。韩愈知道后很着急，心想这个问题不解决，会有无穷无尽的麻烦和祸患，便叫人杀猪杀羊，决定到城北江边祭鳄。韩愈在江边的一个土堆上，摆了祭品，点上香烛，对着大江严厉地宣布道：“鳄鱼！鳄鱼！韩某到这里来做刺史，为的是保这个地方的百姓生活幸福安康。你们却在此祸害百姓。如今念在你们无知，不杀你们，限你们在三天之内，带上家人朋友游向大海，三天不走就五天走，五天不走就七天走。七天不走，便要杀了你们！”从那以后，江里再也没有看见鳄鱼，所有的鳄鱼都游到大海里去了。现在，人们把韩愈祭鳄鱼的地方叫做“韩埔”，渡口叫“韩渡”，又叫“鳄渡”，还把大江叫做“韩江”，江对面的山叫做“韩山”。

第十九讲 元散曲

元代（1271—1368）文学的代表是元曲，包括杂剧和散曲。散曲是诗词以外的又一种新的韵文形式，它是从词发展而来，又在金元时期各种曲调的基础上，吸收了少数民族的乐曲和部分唐宋词调的成分而形成的一种新体诗。元散曲是按一定宫调的曲牌填写出来的能唱的曲词。由于散曲可以配合音乐歌唱，当时人们又称它为乐府、今乐府等。

白朴（1226—约1306）字太素，号兰谷。元代著名的文学家、曲作家、杂剧家，与关汉卿、马致远、郑光祖合称为“元曲四大家”。

天净沙·秋①

白朴

孤村落日残霞②，
轻烟老树寒鸦③，
一点飞鸿影下④。
青山绿水⑤，
白草红叶黄花⑥。

① 天净沙：曲牌名。秋：题目。

② 孤村（gūcūn）：孤零零的村庄。落日：夕阳，快要落山的太阳。残霞（cánxiá）：快消散的晚霞。霞：指日出、日落时天空及云层上因太阳光斜射而出现的彩色光象或彩色的云，霞分为朝（zhāo）霞和晚霞。

③ 轻烟（qīngyān）：轻淡的烟雾。老树：古老的树。寒鸦（hányā）：天气寒冷即将飞回树林的乌鸦。乌鸦（wūyā）：一种鸟，嘴大而直，全身羽毛都是黑的。

④ 一点飞鸿（hóng）影下：一只大雁，像一个黑点，很快地从空中落下。飞鸿：天空中

飞着的大雁。

⑤青山：青青的山。绿水：绿绿的水。

⑥白草：枯萎（kūwěi）的草。红叶：枫（fēng）叶。黄花：菊花。

译文

孤单的村庄，天边快要落山的夕阳，以及开始消散的晚霞，一切是那么地安静凄凉。炊烟淡淡飘起，在古树光秃秃（tū）的枝干上栖息（qīxī）着几只乌鸦。一只大雁从天空中飞快地落下。远处一片连绵的青山倒映在碧绿的湖水中。湖边霜白的小草、山上火红的枫叶、地上金黄的菊花，好一派苍凉（cāngliáng）而又瑰（guī）丽的美景！

练习

一、给下列词语注音

1．孤村（　　　　　　）　2．残霞（　　　　　　）　3．轻烟（　　　　　　）

4．寒鸦（　　　　　　）　5．飞鸿（　　　　　　）

二、解释加点字词的意思并翻译诗句

1．孤村落日残霞

2．轻烟老树寒鸦

3．一点飞鸿影下

三、填空

1．元代文学的代表是________，包括________和________，元曲在思想内容和艺术成就上都体现了独有的特色，和________、________并立。由于散曲可以配合音乐歌唱，当时人们又称它为________、今乐府等。

2．元曲四大家是指________、关汉卿、________、郑光祖。

四、回答问题

1．“孤村落日残霞，轻烟老树寒鸦”写了哪些景物？有什么特点？

2. “一点飞鸿影下”中的“飞鸿”是什么意思？

3. “青山绿水，白草红叶黄花”写了哪些景物？有什么特点？

4. 全曲表达了作者什么样的思想感情？

五、背诵默写这首曲子

马致远（约1250—约1321），字千里，号东篱。与关汉卿、郑光祖、白朴并称“元曲四大家”，是中国元代著名的大戏剧家、散曲家。

天净沙·秋思①

马致远

枯藤老树昏鸦②，
小桥流水人家③，
古道西风瘦马④。
夕阳西下⑤，
断肠人在天涯⑥。

注释

① 天净沙：曲牌名。秋思：曲的题目。
② 枯藤（kūténg）：枯萎的藤蔓。昏鸦（hūnyā）：黄昏时归巢的乌鸦。昏：黄昏。
③ 人家：农家。
④ 古道：已经废弃不再用的古老驿（yì）道（公路）或年代久远的驿道。西风：寒冷、萧瑟（xiāosè）的秋风。瘦马：瘦骨如柴的马。

⑤ 夕阳（xīyáng）：指傍晚的太阳。西下：往西边落下。

⑥ 断肠人：形容伤心悲痛到极点的人，这里指漂泊天涯、极度悲伤、流落他乡的游子，因为思乡而愁肠寸断。天涯：远离家乡的地方。

枯萎的藤蔓缠绕着枝丫光秃秃的老树，树枝上栖息着黄昏时归巢的乌鸦。小桥下，流水潺潺，旁边几户人家炊烟袅袅，在古老荒凉的道路上，迎着秋风走来一匹孤独的瘦马。夕阳向西慢慢落下，悲伤断肠的人还漂泊在天涯。

练 习

一、给下列词语注音

1．枯藤（　　　　　）　2．昏鸦（　　　　　）　3．瘦马（　　　　　）

4．断肠（　　　　　）

二、解释加点字词的意思并翻译诗句

1．枯藤老树昏鸦

2．古道西风瘦马

3．夕阳西下，断肠人在天涯

三、回答问题

1．“枯藤、老树、昏鸦、古道、西风、瘦马”组成了一幅怎样的图景？

2．“小桥流水人家”在曲中的作用是什么？

3．“断肠人在天涯”的“断肠”怎么理解？

4. 这首小令表达了作者怎样的思想感情？

5. 白朴的《天净沙·秋》和马致远的《天净沙·秋思》所描绘的秋景有什么相同和不同的地方？你更喜欢哪个？为什么？

四、背诵默写这首曲子

张养浩（1270—1329），字希孟，号云庄。元代著名散曲家。

山坡羊·潼关怀古[①]

张养浩

峰峦如聚[②]，波涛如怒[③]，山河表里潼关路[④]。望西都[⑤]，意踌躇[⑥]。

伤心秦汉经行处[⑦]，宫阙万间都做了土[⑧]。兴[⑨]，百姓苦；亡[⑩]，百姓苦！

注释

① 山坡羊：曲牌名。潼关怀古：题目。意思是经过潼关，想起了古代的人和事，有一些感想。潼（tóng）关：古关口名，在今陕西省潼关县，关城建在华山山腰，下临黄河，非常险要，是古代进入陕西的门户，是历代的军事重地，有“天下第一关”的美誉。

② 峰峦如聚：形容山峰很多，好像聚会在一起一样。峰峦（fēngluán）：连绵的山峰。聚：聚拢，包围。

③ 波涛如怒：形容黄河波涛的汹涌（xiōngyǒng）澎湃（péngpài）。怒：指波涛汹涌。波涛（bōtāo）：这里指黄河的大波浪。

④ 山河表里潼关路：形容潼关一带地势险要。山河表里：外面是山，里面是河，具体指潼关外有黄河，内有华山。

⑤ 西都：指长安（今陕西西安），这里泛指秦汉以来在长安附近所建的都城。秦、西汉建都长安，东汉建都洛阳，因此称洛阳为东都，长安为西都。

⑥ 踌躇（chóuchú）：犹豫、徘徊不定，表示心里不平静。

⑦ 伤心：令人伤心的是，形容词作动词。秦汉经行处：秦朝（前221—前207）都城咸阳和西汉（前202—8）的都城长安都在陕西省境内潼关的西面。经行处：经过的地方，指秦汉故都遗址。

⑧ 宫阙（gōngquè）：古时帝王所居住的宫殿。宫：宫殿。阙：皇宫门前面两边的楼观。

⑨ 兴：指政权的统治稳固。

⑩ 兴、亡：指朝代的盛衰更替（gēngtì）。

（华山的）山峰连绵不断，好像从四面八方会聚在一起，（黄河的）波涛发怒似的汹涌。潼关外有黄河，内有华山，山河雄伟，地势险要。遥望古都长安，我忍不住深深思考。

从秦汉遗址经过，我感到无限感伤，无数宫殿早已变成了尘土。一个朝代兴盛，百姓受苦；一个朝代灭亡，百姓还是受苦。

练习

一、给下列词语注音

1．峰峦（　　　　）　2．波涛（　　　　）　3．潼关（　　　　）

4．西都（　　　　）　5．踌躇（　　　　）　6．宫阙（　　　　）

二、解释加点字词的意思并翻译诗句

1．峰峦如聚，波涛如怒，山河表里潼关路

2．望西都，意踌躇

3．伤心秦汉经行处，宫阙万间都做了土

4．兴，百姓苦；亡，百姓苦

三、回答问题

1. 曲子开头描写潼关的地势，作用是什么？

2. 作者为“宫阙万间都做了土”而伤心吗？

3. “兴，百姓苦；亡，百姓苦”一句写出了作者怎样的情感？怎样理解这句话的意义？

四、背诵默写这首曲子

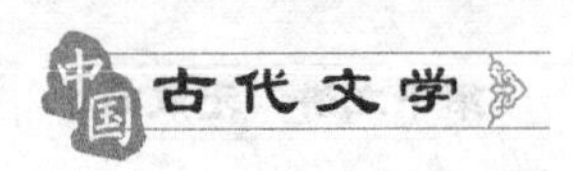

课外延伸阅读

徐再思，元代散曲作家。生卒年不清楚，现在存有散曲小令约100首。

水仙子·夜雨①

徐再思

一声梧叶一声秋②，一点芭蕉一点愁③，三更归梦三更后④。
落灯花⑤，棋未收⑥，叹新丰逆旅淹留⑦。
枕上十年事⑧，江南二老忧⑨，都到心头。

注释

① 水仙子：曲牌名。夜雨：题目。

② 一声梧叶：雨滴落在梧桐树叶上的声音。秋：秋天。

③ 一点芭蕉：雨滴落在芭蕉树叶上的声音。愁：忧愁。

④ 三更（gēng）归梦：夜半三更梦见回到了家乡。归梦：回家的梦。三更后：醒来后已经是三更后。三更：夜间十一点到凌晨一点。

⑤ 落灯花：灯花敲落。以前人们用油灯照明，灯芯烧完了后，落下来时好像一朵闪亮的小花，所以叫灯花。

⑥ 棋未收：棋盘上的棋子还没有收拾。

⑦ 叹新丰逆（nì）旅淹留（yānliú）：引用的是唐代初期大臣马周的故事。马周年轻时，生活贫困，有一次外出在新丰旅舍住宿，店主人见他贫穷，只给其他客人提供饭食，不招待他，马周就叫了一斗八升酒，舒服自在地一个人喝。新丰：在陕西新丰镇一带。逆（nì）旅：旅馆，旅店。淹留：长期待在一个地方。

⑧ 枕（zhěn）上十年事：借唐人李泌所作传奇《枕中记》故事，写作者的辛酸经历。

⑨ 二老：指年老的父母。忧：担忧。

译文

梧桐叶上的每一滴雨声，都传递出浓浓的秋意。芭蕉叶上的每一滴雨声，都唤起我深深的忧愁。夜半三更梦见回到了家乡，醒来后已经是三更后。只见灯花垂落，棋子还未收。唉，我孤单地住在新丰的旅馆里，靠着枕头，十年在外经历的辛酸，江南家乡为我担忧的父母的音容笑貌，一时间都涌上了心头。

张可久（约1270—约1350），元朝重要散曲家、剧作家，与乔吉并称“双壁”，与张养浩合称“二张”。

人月圆·山中书事[①]

张可久

兴亡千古繁华梦[②]，诗眼倦天涯[③]。
孔林乔木[④]，吴宫蔓草[⑤]，楚庙寒鸦[⑥]。
数间茅舍[⑦]，藏书万卷[⑧]，投老村家[⑨]。
山中何事[⑩]？松花酿酒[⑪]，春水煎茶[⑫]。

注释

① 人月圆：曲牌名。山中书事：题目。
② 兴亡：兴盛和灭亡。千古：自古以来。繁华梦：繁荣美丽的梦。
③ 诗眼：诗人的洞察力。倦：疲倦。天涯：天边。
④ 孔林乔木：是孔子和他的后代的墓地，在今山东曲阜（Qūfù）城北，种有很多花草树木。
⑤ 吴宫：指吴王夫差为西施扩建的宫殿，后被越国放火烧了，故址在苏州灵岩山上；也可指三国东吴建业（今南京）故宫。蔓（màn）草：一种蔓生的草。
⑥ 楚庙：指楚国的宗庙。
⑦ 数（shù）间：几间。茅舍（máoshè）：茅草盖的屋子。
⑧ 藏（cáng）书万卷（juàn）：收藏的书籍很多。卷：量词，指书籍的“册”或“本”。
⑨ 投老：到老。
⑩ 何事：什么事。
⑪ 松花：即松木花，可以酿酒。
⑫ 煎（jiān）茶：煮茶。

译文

自古以来，朝代的兴盛和灭亡就像繁荣美丽的梦一样。这一生奔波忙碌，早已勘破世情，厌倦风尘。孔子家族的墓地中长满高大的乔木，吴国的宫殿早已不在，现在野草丛生，楚国的宗庙里只有乌鸦飞来飞去。

临老我回到了农村生活，几间茅草屋里，收藏着万卷诗书。山中能有什么事呢？不过是用松花酿酒，用春天的河水煮茶罢了。

文学常识

元曲：又称长短句，是流行于元代的一种文艺形式，包括杂剧和散曲。杂剧是戏曲，散曲是诗歌，属于不同的文学体裁。作为元代文学的代表，元曲的兴起对后世有着深远的影响和卓越的贡献。出现了一大批杰出的作家，其中以关汉卿、马致远、白朴、郑光祖最为有名，合称为“元曲四大家”。

第二十讲　明清小说

明朝（1368—1644）和**清朝**（1636—1912）是中国小说史上的繁荣时期。从明朝开始，小说这种文学形式充分显示出它的社会作用和文学价值，它打破了正统诗文的垄断[①]，在文学史上，取得与唐诗、宋词、元曲并列的地位。明朝文人创作的小说主要有白话短篇小说和长篇小说两大类。代表性作品有“三言”“二拍”[②]和《三国演义》《水浒传》《西游记》《金瓶梅》等。清朝无论是长篇小说，还是短篇小说，无论是白话小说，还是文言小说，都取得了巨大的成功。蒲松龄的《聊斋志异》大放异彩[③]，成为中国古典文言小说的最高峰。清朝还出现了中国小说史上两部伟大的作品——《儒林外史》和《红楼梦》。前者是中国最成熟的古典讽刺小说[④]，而后者更是中国文学史上一部伟大的著作，将中国古代小说推上了新的高峰。

注释

① 垄断（lǒngduàn）：把持、独占。

② “三言”“二拍”：明朝五部短篇小说集的合称。“三言”是指冯梦龙编的《喻世明言》《警世通言》《醒世恒言》三部白话短篇小说；“二拍”是指凌濛初编著的拟话本集《初刻拍案惊奇》和《二刻拍案惊奇》。

③ 大放异彩：显现出异常鲜明的色彩，多形容取得十分突出的成就。

④ 讽刺小说：中国古代小说的一种流派，主要的特点是小说贬抑现实的态度和讽刺的表现手法的运用。

《水浒传》是中国文学史上第一部用白话文写成的章回体小说，又叫《忠义水浒传》，写于元末明初。这本小说根据民间流传的宋江起义的故事加工而成，内容主要写聚集在梁山泊的英雄好汉的故事。全书讲述了北宋末年梁山泊英雄聚众起义的故事，再现了封建时代被逼（bī）无路的英雄好汉从起义到队伍发展壮大再到失败的全过程，塑造了宋江、李逵（kuí）、武松、林冲、鲁智深等英雄形象，是中国古代优秀长篇小说之一。作者是谁一直有不同的看法，一般认为是施耐庵（ān）所著，还有一种说法是施耐庵作、罗贯中编著。

施耐庵（约1296—1370）中国元末明初作家，名子安，相传施耐庵是《水浒传》的作者。

景阳冈武松打虎[①]

（根据《水浒传》第二十三回改编）

武松在路上行了几日，来到阳谷县景阳冈下，见前面有一家酒店，门前挑[②]着一面旗，上头写着五个字："三碗不过冈。"

武松走进店里坐下，把哨棒[③]靠在一边，叫道："主人家，快拿酒来吃。"只见店家拿了三只碗，一双筷子，一盘熟菜，放在武松面前，满满筛[④]了一碗酒。武松拿起碗来一口就喝光了，叫道："这酒真有气力！主人家，有饱肚的拿些来吃。"店家道："只有熟牛肉。"武松道："好的切二三斤来。"店家切了二斤熟牛肉，装了一大盘子，拿来放在武松面前，再筛了一碗酒。武松吃了道："好酒！"店家又筛了一碗。恰好吃了三碗酒，店家再也不来筛了。武松敲着桌子叫道："主人家，怎么不来筛酒？"店家道："客官，要肉就添[⑤]来。"武松道："酒也要，肉也再切些来。"店家道："肉就添来，酒却不添了。"武松道："这可奇怪了！你如何不肯卖酒给我吃？"店家道："客官，你应该看见，我门前旗上明明写着'三碗不过冈'。"武松道："怎么叫做'三碗不过冈'？"店家道："我家的酒吃了三碗就醉了，过不得前面的山冈去。因此叫做'三碗不过冈'。过往客人都知道，只吃三碗，就不再问。"武松笑道："原来这样。我吃了三碗，为何不醉？"店家道："我这酒叫'出门倒'，初入口时只觉得好吃，一会儿就醉倒了。"武松从身边拿出些银子来，叫道："别胡说！难道不付你钱！再筛三碗来！"

店家无奈，只好又给武松筛酒。武松前后共吃了十八碗。吃完了，提着哨棒就走。店家赶出来叫道："客官哪里去？"武松站住了问道："叫我做什么，我又不少你酒钱！"店家叫道："我是好意，你回来看看这抄下来的官府的榜文[6]。"武松道："什么榜文？"店家道："现在前面景阳冈上有只大老虎，天晚了出来伤人，已经伤了二三十条人命，官府只准巳、午、未[7]三个时辰[8]结伴过冈。这时候天快晚了，你还过冈，不是白白送了性命？不如就在我店里休息，等明日凑[9]了三二十人，一齐好过冈。"武松听了，笑道："我是清河县人，这条景阳冈少也走过了一二十趟，什么时候听说有老虎！你别说这样的话来吓我。就算有老虎，我也不怕。"店家道："我是好意救你，你不信，进来看官府的榜文。"武松道："你留我住店，是不是想半夜三更谋财害命[10]，所以用老虎来吓我。就是真有老虎，我也不怕！"店家怒道："我是一片好心，你反当作恶意。你不相信我，请你自己走吧！"一面说一面摇着头，走进店里去了。

武松乘着酒兴[11]，只管走上冈来。不到半里路，看见一座破烂的山神庙[12]。走到庙前，看见庙门上贴着一张榜文，上面盖着官府的印信。武松读了才知道真的有虎。武松想："转身回酒店吧，一定会叫店家耻笑[13]，算不得好汉，不能回去。"细想了一回，说道："怕什么，只管上去，看看怎么样。"

这正是十月间天气，日短夜长，天容易黑。武松自言自语道："哪儿有什么老虎！是人自己害怕了，不敢上山。"

武松走了一程，酒力发作，热起来了，一只手提着哨棒，一只手把胸膛[14]敞开[15]，踉踉跄跄[16]，奔过乱树林来。见一块光挞挞[17]的大青石，武松把哨棒靠在一边，躺下来想睡一觉。忽然起了一阵狂风。那一阵风过了，只听见乱树背后扑地一声响，跳出一只大老虎来。

武松见了，叫声"啊呀！"从青石上翻身下来，把哨棒拿在手里，躲在青石旁边。那老虎又饥又渴，把两只前爪在地下按了一按，望上一扑，从半空里蹿[18]下来。武松吃了一惊，酒都变做冷汗出了。

武松见老虎扑来，一闪，闪在老虎背后。老虎背后看人最难，就把前爪搭在地下，把腰胯[19]一掀[20]。武松一闪，又闪在一边。老虎见掀他不着，吼[21]一声，就像半天起了个霹雳[22]，震得那山冈也动了。接着把铁棒似的虎尾倒竖起来一剪[23]。武松一闪，又闪在一边。

原来老虎抓人，只是一扑，一掀，一剪，三般都抓不着，劲儿先就没了一半。那只老虎剪不着，再吼了一声。武松见老虎翻身回来，就双手抡[24]起哨棒，使尽平生气力，从半空劈[25]下来。只听见一声响，簌[26]地把那树连枝带叶打下来。定睛一看，一棒劈不着老虎，原来打急了，却打在树上，把那条哨棒折做两截[27]，只拿着一半在手里。

那只老虎咆哮[28]着，发起性来，翻身又扑过来。武松又一跳，退了十步远。那只老虎恰好把两只前爪[29]搭在武松面前。武松把半截哨棒丢在一边，两只手就势[30]把老虎顶花皮揪[31]住，往下按去。那只老虎想要挣扎[32]，武松使尽气力按定，哪里肯放半点儿松！武松把脚往老虎面门上眼睛里只顾乱踢。那只老虎咆哮起来，不住地扒身底下的泥，扒起了两堆黄泥，成了一个土坑。武松把那只老虎一直按下黄泥坑里去。那只老虎叫武松弄得没有一些气力了。武松用左手紧紧地揪住老虎的顶花皮，空出右手来，提起铁锤[33]般大小的拳头，使尽平生气力只顾打。打了五六十拳，那只老虎眼里、口里、鼻子里、耳朵里都迸[34]出鲜血来，一点儿也不能动弹了，只剩下口里喘气。

武松放了手，去树边找那条打折的哨棒，只怕老虎不死，用棒子又打了一回，眼看那老虎气儿都没了，才丢开哨棒。武松心里想道："我就把这只死老虎拖下冈去。"就血泊[35]里用双手来提，哪里提得动！原来武松使尽了气力，手脚都酥软[36]了。

武松回到青石上坐了半歇[37]，想道："天色看看黑了，如果再跳出一只老虎来，却怎么斗得过？还是先下冈去，明早再来理会。"武松在石头边找到了毡笠儿[38]，转过乱树林边，一步步走下冈来。

注释

① 文段选自《水浒传》第二十三回，有改动。景阳冈（Jǐngyánggāng）：在山东省聊城阳谷县张秋镇景阳冈村东100米处，因小说中“景阳冈武松打虎”的故事而出名。武松：《水浒传》里的主要人物之一。

② 挑（tiǎo）：用竿子棍棒等的一头举起或支起。

③ 哨棒（shàobàng）：走路时防身用的棍棒。

④ 筛（shāi）：倒（酒）。

⑤ 添（tiān）：加。

⑥ 榜文（bǎngwén）：公告，告示。

⑦ 巳（sì）：地支的第六位，用于计时，上午九点至十一点。午：地支的第七位，用于计时，中午十一点到一点。未：地支的第八位，用于计时，下午一点到三点。

⑧ 时辰（shíchen）：中国古代的计时单位，一天12个时辰，一个时辰相当于现在的两个小时。

⑨ 凑（còu）：聚集到一起。

⑩ 谋财害命（móucái-hàimìng）：为了财物，想办法要别人的性命。

⑪ 乘着酒兴（chéngzhe jiǔxìng）：借着醉酒、喝酒的兴致。乘着：接着，凭着。酒兴：喝酒的兴致。

⑫ 山神庙：供奉山神的地方。山神：主管一座山的神灵。庙：古时供奉神佛的地方。

⑬ 耻笑（chǐxiào）：看不起，嘲笑。

⑭ 胸膛（xiōngtáng）：胸部。

⑮ 敞开（chǎngkāi）：打开，大开。

⑯ 踉踉跄跄（liàngliàngqiàngqiàng）：走路不稳，歪歪斜斜的样子。

⑰ 光挞挞（guāngtàtà）：光光的，没有东西。

⑱ 蹿（cuān）：向上跳，向前跳。

⑲ 胯（kuà）：腰和大腿之间的部分。

⑳ 掀（xiān）：向上翻起。

㉑ 吼（hǒu）：大声叫。

㉒ 霹雳（pīlì）：又急又响的雷。

㉓ 剪（jiǎn）：这里指用力扫过来。

㉔ 抡（lūn）：向上举起。

㉕ 劈（pī）：向下用力打下来。

㉖ 簌（sù）：原指风吹树叶等的声音，这里指哨棒打到树叶上的声音。

㉗ 折（shé）做两截（jié）：断成两半。折：断。两截：两段。

㉘ 咆哮（páoxiào）：（因为生气、伤心等）大声叫喊。

㉙ 前爪（zhuǎ）：动物长在前面的爪子。爪：动物的脚。

㉚ 就势（jiùshì）：顺着动作姿势上的便利（紧接着做另一个动作）。

㉛ 揪（jiū）：抓。

㉜ 挣扎（zhēngzhá）：用力支撑或摆脱。

㉝ 铁锤（tiěchuí）：铁做的锤子。锤：敲打东西的工具。

㉞ 迸（bèng）：溅射。

㉟ 血泊（xuèpō）：大滩的血。

㊱ 酥软（sūruǎn）：软弱无力。

㊲ 半歇（bànxiē）：一会儿。

㊳ 毡笠儿（zhānlìr）：动物毛做成的四周有宽檐的帽子。

练习

一、给下列词语注音

1. 时辰（　　　　）　2. 耻笑（　　　　）　3. 胸膛（　　　　）
4. 敞开（　　　　）　5. 踉跄（　　　　）　6. 挣扎（　　　　）
7. 咆哮（　　　　）　8. 血泊（　　　　）　9. 铁锤（　　　　）
10. 吼（　　　　）　11. 霹雳（　　　　）　12. 抡（　　　　）
13. 簌（　　　　）　14. 蹿（　　　　）　15. 揪（　　　　）
16. 剪（　　　　）　17. 掀（　　　　）　18. 迸（　　　　）
19. 酥软（　　　　）　20. 胯（　　　　）

二、填空

1. ________和________是中国小说史上的繁荣时期。明朝文人创作的小说主要有白话短篇小说和________两大类。代表性作品有“三言”“二拍”、《____________》《____________》《____________》《金瓶梅》等。清朝还出现了中国小说史上两部伟大的作品——《__________》和《__________》。

2. 课文选自__________，它是中国历史上第一部用__________写成__________的小说，内容主要写在__________聚义的英雄好汉的故事，塑造了__________、李逵、__________、林冲、鲁智深等英雄形象，是中国古代优秀长篇小说之一。作者相传是__________。

三、回答问题

1．概括课文前三自然段的主要内容，说说它们在文中的作用是什么？

2．武松与老虎搏斗共写了几个回合？请用简练的语言概括出来。

3．根据课文内容，分析一下武松这个人物形象。

4．中国四大古典名著是哪四本著作？

《红楼梦》是中国古代四大名著（《三国演义》《水浒传》《西游记》《红楼梦》）之一，是中国古代最伟大的长篇小说之一，也是世界文学经典巨著之一。小说以贾宝玉和林黛玉的爱情悲剧为主线，通过对“贾、史、王、薛”四大家族从兴盛到衰败的描写，展示了广阔的社会生活和多姿多彩的世俗人情。《红楼梦》是一部伟大的现实主义巨著，讲述的是一个彻头彻尾的悲剧故事，小说把时代的悲剧、文化的悲剧、人生的悲剧融合在一起，显示出内容的博大精深和主题思想的多元意蕴。人们称《红楼梦》包含了一个时代的历史容量，是封建末世的百科全书。《红楼梦》的作者是生活在清代乾隆年间的伟大作家曹雪芹，续作者为高鹗。

曹雪芹（1715—1763）名霑（zhān），字梦阮，号雪芹、芹圃、芹溪。中国古代伟大的小说家。

宝黛初见[①]

（《红楼梦》第三回节选）

黛玉亦常听得母亲说过，二舅母[②]生的有个表兄，乃衔玉而诞[③]，顽劣异常[④]，极恶[⑤]读书，最喜在内帏[⑥]厮混[⑦]；外祖母又极溺爱[⑧]，无人敢管。今见王夫人如此说，便知说的是这表兄了。因陪笑道：

"舅母说的，可是衔玉所生的这位哥哥？在家时亦曾听见母亲常说，这位哥哥比我大一岁，小名就唤宝玉，虽极憨顽[9]，说在姊妹情中极好的。况我来了，自然只和姊妹同处，兄弟们自是别院另室[10]的，岂得去沾惹[11]之理？"王夫人笑道："你不知道原故[12]：他与别人不同，自幼因老太太疼爱，原系同姊妹们一处娇养惯了的。若姊妹们有日不理他，他倒还安静些，纵然他没趣，不过出了二门，背地里拿着他两个小幺儿[13]出气，咕唧一会子[14]就完了。若这一日姊妹们和他多说一句话，他心里一乐，便生出多少事来。所以嘱咐你别睬[15]他。他嘴里一时甜言蜜语，一时有天无日[16]，一时又疯疯傻傻，只休信他。"

黛玉一一的都答应着。只见一个丫鬟来回："老太太那里传晚饭了。"王夫人忙携[17]黛玉从后房门由后廊往西，出了角门[18]，是一条南北宽夹道。南边是倒座[19]三间小小的抱厦厅[20]，北边立着一个粉油大影壁[21]，后有一半大门，小小一所房室。王夫人笑指向黛玉道："这是你凤姐姐[22]的屋子，回来你好往这里找他来，少什么东西，你只管和他说就是了。"这院门上也有四五个才总角[23]的小厮[24]，都垂手侍立[25]。王夫人遂[26]携黛玉穿过一个东西穿堂[27]，便是贾母[28]的后院了。于是，进入后房门，已有多人在此伺候，见王夫人来了，方安设桌椅。贾珠之妻李氏捧饭[29]，熙凤安箸[30]，王夫人进羹[31]。贾母正面榻上独坐，两边四张空椅，熙凤忙拉了黛玉在左边第一张椅上坐了，黛玉十分推让。贾母笑道："你舅母你嫂子们不在这里吃饭。你是客，原应如此坐的。"黛玉方告了座[32]，坐了。贾母命王夫人坐了。迎春姊妹三个[33]告了座方上来。迎春便坐右手第一，探春左第二，惜春右第二。旁边丫鬟执着拂尘、漱盂[34]、巾帕。李、凤二人立于案旁布让[35]。外间伺候之媳妇丫鬟虽多，却连一声咳嗽不闻。寂然饭毕[36]，各有丫鬟用小茶盘捧上茶来。当日林如海教女以惜福养身，云[37]饭后务待饭粒咽尽，过一时再吃茶，方不伤脾胃。今黛玉见了这里许多事情不合家中之式，不得不随的，少不得一一改过来，因而接了茶。早见人又捧过漱盂来，黛玉也照样漱了口。盥手毕[38]，又捧上茶来，这方是吃的茶。贾母便说："你们去罢，让我们自在说话儿。"王夫人听了，忙起身，又说了两句闲话，方引凤、李二人去了。贾母因问黛玉念何书。黛玉道："只刚念了《四书》。"黛玉又问姊妹们读何书。贾母道："读的是什么书，不过是认得两个字，不是睁眼的瞎子罢了！"

一语未了，只听外面一阵脚步响，丫鬟进来笑道："宝玉来了！"黛玉心中正疑惑[39]着："这个宝玉，不知是怎生个惫懒[40]人物，懵懂顽童[41]？倒不见那蠢物也罢了。"心中想着，忽见丫鬟话未报完，已进来了一位年轻的公子：头上戴着束发嵌宝紫金冠[42]，齐眉勒着二龙抢珠金抹额[43]；穿一件二色金百蝶穿花大红箭袖[44]，束着五彩丝攒花结长穗宫绦[45]，外罩石青起花八团倭缎排穗褂[46]；登着青缎粉底小朝靴[47]。面若中秋之月[48]，色如春晓之花[49]，鬓若刀裁[50]，眉如墨画[51]，面如桃瓣[52]，目若秋波[53]。虽怒时而若笑，即瞋视而有情[54]。项上金螭璎珞[55]，又有一根五色丝绦，系着一块美玉。黛玉一见，便吃一大惊，心下想道："好生奇怪，倒像在哪里见过一般，何等眼熟到如此！"只见这宝玉向贾母请了安[56]，贾母便命："去见你娘来。"宝玉即转身去了。一时回来，再看已换了冠带[57]：头上周围一转的短发，都结成小辫，红丝结束，共攒至顶中胎发，总编一根大辫，黑亮如漆，从顶至梢，一串四颗大珠，用金八宝坠角[58]；身上穿着银红撒花半旧大袄，仍旧带着项圈、宝玉、寄名锁、护身符[59]等物；下面半露松花撒花绫裤腿，锦边弹墨袜，厚底大红鞋。越显得面如敷粉[60]，唇若施脂[61]；转盼多情[62]，语言常笑。天然一段风骚，全在眉梢；平生万种情思，悉堆眼角[63]。看其外貌最是极好，却难知其底细。后人有《西江月》二词，批宝玉极恰[64]，其词曰：

无故寻愁觅恨[65]，有时似傻如狂[66]。纵然生得好皮囊，腹内原来草莽[67]。潦倒不通世务[68]，愚顽怕读文章[69]。行为偏僻性乖张[70]，那管世人诽谤[71]！

富贵不知乐业[72]，贫穷难耐凄凉[73]。可怜辜负好韶光[74]，于国于家无望。天下无能第一，古今不肖[75]无双。寄言纨裤与膏粱[76]：莫效此儿形状[77]！

贾母因笑道："外客未见，就脱了衣裳，还不去见你妹妹！"宝玉早已看见多了一个姊妹，便料定是林姑妈[78]之女，忙来作揖[79]。厮见毕归坐，细看形容，与众各别：两弯似蹙非蹙罥烟眉[80]，一双似喜非喜含情目。态生两靥之愁[81]，娇袭一身之病[82]。泪光点点，娇喘微微。闲静时如姣花照水[83]，行动处似弱柳扶风[84]。心较比干多一窍[85]，病如西子胜三分[86]。宝玉看罢，因笑道："这个妹妹我曾见过的。"贾母笑道："可又是胡说，你又何曾见过他？"宝玉笑道："虽然未曾见过他，然我看着面善，心里就算是旧相识，今日只作远别重逢，亦未为不可。"贾母笑道："更好，更好，若如此，更相和睦了。"宝玉便走近黛玉身边坐下，又细细打量一番，因问："妹妹可曾读书？"黛玉道："不曾读，只上了一年学，些须[87]认得几个字。"宝玉又道："妹妹尊名是那两个字？"黛玉便说了名。宝玉又问表字。黛玉道："无字。"宝玉笑道："我送妹妹一妙字，莫若'颦颦'二字极妙。"探春便问何出。宝玉道："《古今人物通考》[88]上说：'西方有石名黛，可代画眉之墨。'况这林妹妹眉尖若蹙，用取这两个字，岂不两妙！"探春笑道："只恐又是你的杜撰[89]。"宝玉笑道："除《四书》[90]外，杜撰的太多，偏只我是杜撰不成？"又问黛玉："可也有玉没有？"众人不解其语，黛玉便忖度[91]着因他有玉，故问我有也无，因答道："我没有那个。想来那玉是一件罕物[92]，岂能人人有的。"宝玉听了，登时发作起痴狂病来，摘下那玉，就狠命摔去，骂道："什么罕物，连人之高低不择，还说'通灵'不'通灵'呢！我也不要这劳什子[93]

了！”吓的众人一拥争去拾玉。贾母急的搂了宝玉道：“孽障[94]！你生气，要打骂人容易，何苦摔那命根子！”宝玉满面泪痕泣道：“家里姐姐妹妹都没有，单我有，我说没趣；如今来了这么一个神仙似的妹妹也没有，可知这不是个好东西。”贾母忙哄他道：“你这妹妹原有这个来的，因你姑妈去世时，舍不得你妹妹，无法处，遂将他的玉带了去了：一则全殉葬[95]之礼，尽你妹妹之孝心；二则你姑妈之灵，亦可权作见了女儿之意。因此他只说没有这个，不便自己夸张之意。你如今怎比得他？还不好生慎重[96]带上，仔细[97]你娘知道了。”说着，便向丫鬟手中接来，亲与他带上。宝玉听如此说，想一想大有情理，也就不生别论[98]了。

注释

① 文段节选自《红楼梦》第三回，题目是编者加的。宝黛：贾宝玉和林黛玉两人。贾宝玉：《红楼梦》里的男主人公，荣国府贾政与王夫人的二儿子，贾府人叫他宝二爷。因为嘴里含着一块美玉出生，又是贾府玉字辈嫡孙（dísūn），所以取名贾宝玉。林黛玉（Lín Dàiyù）：《红楼梦》里的女主人公，才华四溢（yì），聪敏过人，有着丰富的内心世界。林黛玉是贾宝玉姑姑的女儿，是他的表妹、恋人、知己，贾府人称她为林姑娘。初见：第一次见面。

② 二舅母：这里指贾政的夫人王夫人，贾宝玉的母亲，贾政是林黛玉的二舅，所以称王夫人为二舅母。

③ 衔（xián）玉而诞（dàn）：口里含着美玉出生。衔：用嘴含。诞：出生。

④ 顽劣（wánliè）异常：非常顽皮、不听话。

⑤ 极恶（wù）：非常厌恶、讨厌。

⑥ 内帏（nèiwéi）：内室，女子住的房间，这里代指女孩子。帏：幕帐（mùzhàng），多为皇宫贵族或大户人家使用。

⑦ 厮混（sīhùn）：密切交往、相处（多含贬义）。

⑧ 溺爱（nì'ài）：对孩子过分爱护。

⑨ 憨顽（hānwán）：顽皮，贪玩。

⑩ 别院另室：意思就是不住在一块儿。

⑪ 沾惹（zhānrě）：招惹。

⑫ 原故：原因。
⑬ 小幺（yāo）儿：年少的男仆。
⑭ 咕唧（gūjī）一会子：自言自语一会儿。
⑮ 睬（cǎi）：理睬，理会。
⑯ 有天无日：比喻说话没有顾忌，想说什么就说什么。
⑰ 携（xié）：带。
⑱ 角门：正门两侧的小门。
⑲ 倒座（dàozuò）：正房是坐北朝南，与之相反的坐南朝北的房子就是倒座。
⑳ 抱厦厅（bàoshàtīng）：围绕厅堂、正屋后面的房子。
㉑ 影壁（yǐngbì）：影壁又称为照壁，建在四合院大门的对面或大门内对着门外的墙壁，有遮挡(zhēdǎng）视线的作用。
㉒ 凤姐姐：王熙凤,《红楼梦》中人物，贾琏的妻子，王夫人的内侄女，贾府通称凤姐、琏二奶奶。她精明强干，深得贾母和王夫人的信任，并成为贾府实际的大管家。
㉓ 总角：古代儿童将头发分作左右两半，在头顶各扎成一个结，看起来像两个羊角，故称“总角”，这里借指童年时期。
㉔ 小厮（xiǎosī）：没有成年的男仆。
㉕ 垂手侍立：两手放下来，在旁边站着，形容恭敬地站在旁边，准备随时听话做事。
㉖ 遂（suì）：于是，就。
㉗ 穿堂：房屋之间的过道。
㉘ 贾母：《红楼梦》里的主要角色之一，又称史太君，也被称为“老祖宗”，娘家姓史，也是四大家族之一。贾母是贾府的最高权位者，她是贾宝玉的祖母，也是林黛玉的外祖母。
㉙ 贾珠之妻李氏捧饭：贾珠的妻子李氏态度恭敬地盛饭。贾珠：《红楼梦》里的人物，贾政的大儿子，贾宝玉的哥哥，年纪轻轻就死了，留下妻子李纨和幼子贾兰。
㉚ 安箸（zhù）：摆放筷子。箸：筷子。
㉛ 进羹（gēng）：上汤。
㉜ 告座：说“谢谢”后坐下。
㉝ 迎春姊妹三个：指贾迎春、贾探春、贾惜春三姐妹。贾迎春：《红楼梦》里人物，贾府的二小姐，贾赦和小老婆所生，贾宝玉的堂姐。贾探春：《红楼梦》中人物，贾政与赵姨娘所生的女儿，贾宝玉同父异母的妹妹，贾府通称三姑娘。贾惜春：《红楼梦》中人物，贾府四小姐，贾敬的女儿。

㉞ 拂尘（fúchén）：用来扫除灰尘、驱赶蚊蝇的工具；漱盂（shùyú）：装漱口水的器皿（qìmǐn）。

㉟ 布让：宴席间向客人敬菜、劝餐。

㊱ 寂然（jìrán）饭毕：安静地吃完饭。

㊲ 云：说。

㊳ 盥（guàn）手毕：洗手完毕。

㊴ 疑惑（yíhuò）：有疑问，不理解。

㊵ 惫懒（bèilǎn）：懒散、顽皮。

㊶ 懵懂（měngdǒng）：糊涂，不明事理。顽童：顽皮无知的小孩儿。

㊷ 嵌（qiàn）宝紫金冠（guān）：把头发束扎在顶部的一种髻（jì）冠，上面插戴各种饰物或镶嵌珠玉。

㊸ 二龙抢珠：抹额上装饰的图案。抹额（mòé）：围在额前的巾饰，一般多饰以刺绣或珠玉。

㊹ 二色金百蝶穿花大红箭袖（jiànxiù）：用两色金丝绣成的百蝶穿花图案的大红窄袖衣服。箭袖：是满族袍褂中很有特点的一种衣袖，在本来就比较窄的袖口前边，再接出一个半圆形的"袖头"。清朝时男子在庄重场合，穿箭袖袍，表示郑重、守礼。

㊺ 五彩丝攒（cuán）花结：用五彩丝攒聚成花朵的结子，指绦带上的装饰花样。长穗（suì）宫绦（tāo）：指系在腰间的绦带。长穗：指有长长的流苏。宫绦：用丝线编织成的花边或扁平的带子，可以装饰衣物。

㊻ 石青起花八团倭（wō）缎排穗（suì）褂（guà）：是清朝贵族的一种典型礼服。八团：是衣面上绛丝或绣成的八个彩团的图案，因"八团"凸出衣面，所以说"起花"。团：圆形团花。倭缎：也称"洋缎"，日本出产的一种缎子，后来福建漳州、泉州等地仿制，所以叫"倭缎"。排穗：指衣服下缘排缀的穗状流苏。褂：马褂。

㊼ 青缎粉底小朝靴（cháoxuē）：是一种黑色缎子面，白色靴底的方头长筒靴子。青缎，即黑色光缎。粉底，指靴底涂有白色的涂料。

㊽ 面若中秋之月：面容像中秋的月亮那样丰满、洁白、温润。面：脸。若：像。

㊾ 色如春晓之花：脸色就像春天早晨的花那样鲜艳、美丽。如：像。晓：早晨。

㊿ 鬓（bìn）若刀裁（cái）：鬓角十分整齐，像用刀裁过的一样，形容男子容貌好。

51 眉如墨（mò）画：眉毛像墨画一样黑。

52 面如桃瓣（bàn）：脸色像桃花瓣一样粉红鲜艳。

53 目若秋波：眼睛明亮，像秋天的水波。

54 虽怒时而若笑，即瞋视（chēnshì）而有情：即使生气的时候，他的神情也像露着笑意，含有深情。怒：发怒、生气。瞋视：生气时睁大眼睛看着。

(55) 螭（chī）：传说中的一种没有角的龙，古代建筑或工艺品上常用它的形状作装饰。璎珞（yīngluò）：中国古代用珠玉串成的装饰品。

(56) 请了安：请安，即问安，旧时的一种问候礼节，用于卑幼对尊长的问候。清代的请安礼节是，男子屈右膝，左腿半跪，左手着地，口称给某请安，名为打千儿；女子则双手抚左膝，右膝弯曲，往下蹲身行礼。

(57) 冠带：本指帽子和腰带，这里指穿着。

(58) 金八宝：是一种发饰，起到压服及点缀（diǎnzhuì）的作用。坠角（zhuìjiǎo）：这里指辫子梢部所坠的饰物。

(59) 寄名锁：明清时挂在儿童脖子上的一种装饰物，按照迷信的说法，只要佩挂上这种饰物，就能辟灾（bìzāi）去邪（qùxié），"锁"住生命，所以许多儿童从出生不久起，就戴上了这种饰物，一直戴到成年。护身符（hùshēnfú）：道士或巫师（wūshī）等所画的符或念过咒（zhòu）的物件，迷信的人认为随身佩戴（pèidài），可以驱邪（qū xié）免灾（miǎnzāi）。

(60) 面如敷（fū）粉：脸好像涂过粉一样，形容面皮白嫩（nèn），长得好看。

(61) 唇若施脂（chúnruòshīzhī）：指嘴唇好像画上了胭脂一样，形容人的嘴唇没有涂胭脂就很红润。唇：嘴巴。若：好像。施：涂、画。脂：胭脂、口红，在中国古代，化妆品都叫胭脂，而胭脂包括一种涂嘴的物品，一般是红色的。

(62) 转盼多情：目光流转充满感情。

(63) 天然一段风骚（fēngsāo），全在眉梢（méishāo）；平生万种情思，悉（xī）堆（duī）眼角：意思是宝玉的眉梢眼角都是风情。风骚：风韵，才情。眉梢：眉毛末端。情思：情意。悉堆眼角：都从眼神中表现出来。

(64) 极恰（qià）：非常恰当、合适。

(65) 无故寻愁（xúnchóu）觅恨（mìhèn）：无缘无故寻找愁恨。

(66) 有时似傻如狂：有时好像傻里傻气、疯疯癫癫的样子。似：好像。如：好像。

(67) 纵然生得好皮囊（náng），腹内原来草莽（mǎng）：即使天生就有一副好面容，肚子里却没有半点学问。皮囊：外表，长相。草莽（mǎng）：原意是指杂草，这里指宝玉是草包一个，没什么学问知识。

(68) 潦倒（liáodǎo）不通世务：糊里糊涂的、不通人情世故。潦倒：举止散漫，不约束自己。世务：人情世故。

(69) 愚顽（yúwán）怕读文章：愚笨顽劣不愿读书。

(70) 行为偏僻（piānpì）性乖张：行为奇怪、性格乖张。偏僻：偏激，不端正。乖张：偏执，性情古怪。

(71) 那管世人诽谤（fěibàng）：哪里管世人对自己的评价不好呢？诽谤：说人坏话。

⑫ 乐业：对家业感到满意。

⑬ 难耐凄凉（qīliáng）：不能忍受孤寂冷落。

⑭ 可怜辜负好韶（sháo）光：可惜白白浪费了大好时光。可怜：可惜。韶光：美丽的春光，比喻美好的青春年华。

⑮ 不肖（xiào）：不孝，不贤，指品德差，没出息。

⑯ 寄言：赠言。纨（wán）裤：用细绢做的裤子，中国古代指官僚、地主等有钱有势人家成天吃喝玩乐、不做正事的子弟。膏粱（gāoliáng）：肥肉和细粮，这里代指富贵人家子弟。

⑰ 莫效此儿形状：可别学这孩子的坏样子。莫：不要。效：仿效。

⑱ 林姑妈：指林黛玉的母亲贾敏，她是贾宝玉的姑妈。

⑲ 作揖（zuòyī）：两手抱拳高拱，身子略弯，表示向人敬礼。

⑳ 蹙（cù）：皱眉头。罥（juàn）烟眉：形容眉毛像一抹青烟。罥：挂，缠绕。

㉑ 态生两靥（yè）之愁：含愁的面容露出妩媚的风韵。态：情态，风韵。靥：面颊上的酒窝。

㉒ 娇袭（xí）一身之病：娇怯的情态出于病弱的身体。袭：继承，由……而来。

㉓ 闲静时如姣花照水：安静的时候，就像娇艳的花朵倒映在清水中，娴静优雅。

㉔ 行动处似弱柳扶风：走动的时候，就像柳树柔嫩的枝叶随风飘舞，楚楚动人。

㉕ 心较比干多一窍（qiào）：心比比干还多一窍。比干：商朝纣王的叔父，传说比干拥有一颗有七个洞的心脏，可以与世界万物交流。古人认为心窍越多越聪明，这里是说林黛玉比比干还聪明。

㉖ 病如西子胜三分：病弱娇美胜过西施。西子：西施，中国古代四大美女之一。

㉗ 些须：一点儿。

㉘《古今人物通考》：从下文看来，可能是宝玉自己编造出来的。

㉙ 杜撰（zhuàn）：没有根据地编造。

㉚《四书》：指《大学》《中庸》《论语》《孟子》四部儒家经典。

㉛ 忖度（cǔnduó）：推测，估计。

㉜ 罕物（hǎnwù）：很少见的东西。

㉝ 劳什子（láoshízi）：无用的，不好看或者使人不愉快的东西。

㉞ 孽（niè）障：佛教指妨碍修行的罪恶，这里是长辈骂不肖子弟的话。

㉟ 殉葬（xùnzàng）：古代以活人或物品与死去的人一起埋葬的习俗。

㊱ 慎重（shènzhòng）：小心认真。

㊲ 仔细：当心。

㊳ 别论：异议，其他的言论。

练习

一、给下列词语注音

1. 厮混（ ） 2. 溺爱（ ） 3. 愚顽（ ）
4. 殉葬（ ） 5. 忖度（ ） 6. 孽障（ ）
7. 杜撰（ ） 8. 膏粱（ ） 9. 诽谤（ ）
10. 懵懂（ ） 11. 惫懒（ ） 12. 疑惑（ ）

二、填空

1.《红楼梦》是中国古代______大名著之一，是中国古代最伟大的长篇小说之一，也是世界_________文学巨著之一。《红楼梦》作者是生活在清代_________年间的伟大作家_________，续作者为_________。

2.《红楼梦》一书，以___________、___________的爱情为主线，通过对“_________、_________、_________、_________”四大家族从兴盛到衰败的描写，展示了广阔的__________________和多姿多彩的__________________。《红楼梦》是一部伟大的主义巨著，也是一个彻头彻尾的_________悲剧，小说把_________的悲剧、时代的悲剧、_________的悲剧融合在一起，显示出内容的博大精深和主题思想的多元意蕴。

三、回答问题

1. 研读课文，简要分析课文初步表现了林黛玉什么样的性格？

2. 请结合注解理解《西江月》二词的深层含义，然后谈课文初步表现了贾宝玉什么样的性格？

3. 课文描写了贾宝玉和林黛玉初次见面的情景，表现了什么？

课外延伸阅读

《三国演义》是中国古代第一部长篇章回小说，是历史演义小说的经典之作。小说描写了公元3世纪时以曹操、刘备、孙权为首的魏、蜀、吴三个政治、军事集团之间的矛盾和斗争。在广阔的社会历史背景上，展示出那个时代复杂又非常有特色的政治军事冲突，在政治、军事谋略方面，对后世产生了深远的影响。

作者**罗贯中**（约1330—约1400），名本，字贯中，号湖海散人，元末明初著名小说家、戏曲家，是中国章回小说的鼻祖。

桃园三结义[①]

（《三国演义》第一回节选）

榜文[②]行到涿县[③]，引出涿县中一个英雄。那人不甚好[④]读书；性宽和[⑤]，寡言语[⑥]，喜怒不形于色[⑦]；素[⑧]有大志，专好结交天下豪杰[⑨]；生得身长七尺五寸[⑩]，两耳垂肩[⑪]，双手过膝[⑫]，目能自顾其耳[⑬]，面如冠玉[⑭]，唇若涂脂[⑮]；中山靖王刘胜之后[⑯]，汉景帝阁下玄孙[⑰]，姓刘名备，字玄德。昔[⑱]刘胜之子刘贞，汉武时封涿鹿亭侯[⑲]，后坐酎金失侯[⑳]，因此遗[㉑]这一枝在涿县。玄德祖刘雄，父刘弘。弘曾举孝廉[㉒]，亦尝作吏[㉓]，早丧[㉔]。玄德幼孤，事母至孝[㉕]；家贫，贩屦织席为业[㉖]。家住本县楼桑村。其家之东南，有一大桑树，高五丈余[㉗]，遥望之，童童[㉘]如车盖。相者云[㉙]：“此家必出贵人。”玄德幼时，与乡中小儿戏于树下，曰：“我为天子，当乘此车盖。”叔父刘元起奇其言[㉚]，曰：“此儿非常人也！”因见玄德家贫，常资给之[㉛]。年十五岁，母使游学[㉜]，尝师事郑玄、卢植[㉝]，与公孙瓒等为友。

及刘焉发榜招军时，玄德年已二十八岁矣。当日见了榜文，慨然长叹[㉞]。随后一人厉声[㉟]言曰：“大丈夫不与国家出力，何故长叹？”玄德回视其人，身长八尺，豹头环眼[㊱]，燕颔虎须[㊲]，声若巨雷[㊳]，势如奔马[㊴]。玄德见他形貌异常，问其姓名。其人曰：“某姓张名飞，字翼德。世居涿郡，颇[㊵]有庄田，卖酒屠猪[㊶]，专好结交天下豪杰。恰才见公看榜而叹，故此相问。”玄德曰：“我本汉室宗亲，姓刘，名备。今闻黄巾倡乱[42]，有志欲破贼安民，恨力不能，故长叹耳[43]。”飞曰：“吾颇有资财[44]，当招募乡勇[45]，与公同举大事[46]，如何?”玄德甚喜，遂与同入村店中饮酒。

正饮间，见一大汉，推着一辆车子，到店门首歇了，入店坐下，便唤酒保：“快斟酒[47]来吃，我待赶入城去投军[48]。”玄德看其人：身长九尺，髯[49]长二尺；面如重枣[50]，唇若涂脂；丹凤眼[51]，卧蚕眉[52]，相貌堂堂[53]，威风凛凛[54]。玄德就邀他同坐，叩[55]其姓名。其人曰：“吾姓关名羽，字长生，后改云长，河东解良[56]人也。因本处势豪倚势凌人[57]，被吾杀了，逃难江湖，五六年矣。今闻此处招军破贼，特来应募[58]。”玄德遂以己志告之[59]，云长大喜。同到张飞庄上，共议大事。飞曰：“吾庄后有一桃园，花开正盛；明日当于园中祭告天地，我三人结为兄弟，协力同心，然后可图大事。”玄德、云长齐声应曰：“如此甚好。”

次日，于桃园中，备下乌牛白马祭礼等项[60]，三人焚香再拜而说誓曰[61]：“念刘备、关羽、张飞，虽然异姓，既结为兄弟，则同心协力[62]，救困扶危[63]；上报国家，下安黎庶[64]。不求同年同月同日生，只愿同年同月同日死。皇天后土，实鉴此心[65]，背义忘恩，天人共戮[66]！”誓毕[67]，拜玄德为兄，关羽次之，张飞为弟。

注释

① 文段节选自《三国演义》第一回，题目是编者加的。桃园：指种满桃树的园子。结义：即结拜，古时候中国人的社交习俗，指没有血缘关系的人结为兄弟姐妹。

② 榜（bǎng）文：古时候指官府张贴的公告，这里指幽州太守刘焉为了招兵而发布的公告。

③ 涿（Zhuō）县：古代中国的一个行政区名，在今河北省涿州市城区。

④ 不甚（shèn）：不很。甚：很，非常。好（hào）：喜欢。

⑤ 性宽和：性格宽厚谦和。

⑥ 寡（guǎ）言语：指平时说话不多。寡：少。
⑦ 喜怒不形于色：高兴和生气都不表现在脸色上。
⑧ 素（sù）：向来。
⑨ 豪杰（háojié）：才能、才智出众的人。
⑩ 身长：身高。七尺五寸：汉朝一尺大约等于23.5厘米，七尺五寸大约是175厘米。
⑪ 两耳垂肩：耳朵很大，垂到肩膀了。
⑫ 双手过膝（xī）：手臂很长，下垂超过膝盖。
⑬ 目能自顾其耳：自己的眼睛能看到自己的耳朵。目：眼睛。顾：看。
⑭ 面如冠玉（guānyù）：形容男子面貌俊美，有如装饰（zhuāngshì）在帽上的美玉。面：脸。如：像。冠玉：装饰帽子的美玉。
⑮ 唇若涂脂（chúnruòtúzhī）：指嘴唇好像画上了胭脂（yānzhi）一样，形容人的嘴唇没有涂胭脂就很红润。
⑯ 中山靖王刘胜之后：中山靖王刘胜的后代。刘胜（前165—前113）：汉景帝刘启的儿子，与汉武帝刘彻同父异母，母为贾夫人，后世称为西汉中山靖王。
⑰ 玄孙（xuánsūn）：孙子的孙子。汉景帝：刘启，汉文帝的儿子，西汉皇帝。
⑱ 昔：从前，以前。
⑲ 汉武时封涿鹿（Zhuōlù）亭侯（tínghóu）：汉武帝的时候被封涿鹿亭侯（汉朝侯爵最低一级叫亭侯）。
⑳ 后坐酎金失侯：后来因为金子成色不足丢失了爵位。坐：因为。酎（zhòu）金，指祭祀太庙时诸侯向皇帝上交的金子。
㉑ 遗（yí）：留。
㉒ 举孝廉（xiàolián）：是汉朝的一种由下向上推选人才为官的制度。举：推举，举荐。孝廉：孝顺父母、办事廉正。
㉓ 亦尝作吏：也曾经做过官吏。亦：也。尝：曾经。
㉔ 早丧（sàng）：年纪轻轻就死了。丧：失去，这里指失去生命。
㉕ 事母至孝：对待母亲极其孝顺。事：服侍，对待。
㉖ 贩履织席（fànlǚzhīxí）为业：以贩卖草鞋织席子为生。贩：买货卖出。
㉗ 高五丈余：高有五丈多。余：多。
㉘ 童童如车盖：形容大树枝叶茂密（màomì），中国古代帝王车上有遮幔（zhēmàn），叫车盖，样子像伞，这里是认为树长得像车盖，就是这家要出贵人的预兆（yùzhào）。童童：形容树大枝叶茂盛。
㉙ 相（xiàng）者云：有算命的人说。云：说。
㉚ 奇其言：对他说的话感到很惊讶。奇：对……感到奇怪和惊讶。

㉛ 常资给（zījǐ）之：经常拿钱帮助他。
㉜ 游学：到外地学习。
㉝ 尝师事郑玄、卢植：曾经拜郑玄、卢植为老师。郑玄：东汉末年儒家学者、经学大师。卢植：东汉末年经学家、将领。师事：拜某人为师或以师礼相待。
㉞ 慨然（kǎirán）长叹：由于感慨而长声叹气。
㉟ 厉声：大声。
㊱ 豹（bào）头环眼：像豹子脑袋一样小巧的头（头大一般称之为虎头），很大的眼睛，形容人的面目威严凶狠。
㊲ 燕颔虎须（yànhàn-hǔxū）：形容相貌威武。燕颔：下颌成斜坡状而又饱满丰起。颔：下巴。
㊳ 声若巨雷：声音很大，像巨大的雷声。
㊴ 势如奔马：气势就像奔跑的战马。
㊵ 颇（pō）：很。
㊶ 屠（tú）猪：杀猪。
㊷ 今闻黄巾倡乱（chàngluàn）：现在听说黄巾军造反，带头作乱。
㊸ 故长叹耳：所以就长叹了。故：所以。耳：了。
㊹ 吾颇（pō）有资财：我很有钱财。颇：很。
㊺ 招募（zhāomù）乡勇：募集乡兵。招募：征召募集。乡勇：乡兵。
㊻ 与公同举大事：和您一起打败黄巾军，干一番大事。
㊼ 斟酒（zhēnjiǔ）：倒酒。
㊽ 投军：投奔军队去当兵。
㊾ 髯（rán）：两腮（sāi）的胡子。
㊿ 面如重枣（zhòngzǎo）：形容人脸色深红。重枣：深暗红色的枣子。
51 丹凤眼：指眼睛细长，但细而不小，眼尾平滑略微上翘（qiào）。
52 卧蚕（wòcán）眉：眉尾向上高扬，眉身呈现两段微弯，眉色乌亮有光泽，如蚕一般，卧蚕眉一般用来比喻男性英武。
53 相貌堂堂：形容男子端庄帅气，长得好看。
54 威风凛凛（wēifēng-lǐnlǐn）：形容声势或气派使人又尊敬又害怕。威风：威严的气概。凛凛：严肃，让人害怕的样子。
55 叩（kòu）：询问，打听。
56 河东解良：在现在的山西省运城市西南。河：指黄河，河东指黄河以东。
57 势豪（shìháo）：地方上有势力的豪强。倚势凌人（yǐshì-língrén）：倚仗权势，欺侮别人。
58 应募（yìngmù）：响应招募，也就是看到官府的招募军人的告示，前去参军。

⑲ 玄德遂以己志告之：刘备就把自己的志向告诉了他（关羽）。遂：于是，就。以：把。
⑳ 备下乌牛白马祭礼等项：准备好黑牛白马等祭祀用的物品。乌牛：黑牛。白马、乌牛在古人眼里是很受尊崇的，用它们来祭天地，来表示结盟设誓的神圣与庄重。
㉑ 三人焚（fén）香再拜而说誓（shì）曰：三个人（指刘备、关羽、张飞）烧香再拜天地发誓说。焚香：烧香。再拜：古代一种隆重的礼节，拜两次，表达敬意。说誓：发誓。
㉒ 同心协力（tóngxīn-xiélì）：团结起来，一起努力。心：思想。协：合。
㉓ 救困扶危（jiùkùn-fúwēi）：指救济、帮助那些处于困穷危难中的人。
㉔ 黎庶（líshù）：平民百姓。
㉕ 皇天后土，实鉴（jiàn）此心：天地神明通过我们的实际行动明察我们的心意。鉴：观察，察觉，看到。
㉖ 戮（lù）：杀。
㉗ 誓毕：发誓完毕。

《西游记》是中国古代的一部著名的神魔小说。小说主要写孙悟空、猪八戒、沙僧三人保护唐僧到西天去取经，一路上遇到八十一难，他们降妖伏魔（xiángyāo-chúmó），化险为夷（huàxiǎn-wéiyí），最后到达西天、取得真经的故事。

作者**吴承恩**（约1500—1582），字汝忠，号射阳居士，又称射阳山人，中国明代杰出的小说家。

美猴王出世[1]

（《西游记》第一回节选）

那座山[2]，正当顶上，有一块仙石。其石有三丈六尺五寸高，有二丈四尺围圆。三丈六尺五寸高，按周天[3]三百六十五度；二丈四尺围圆，按政历[4]二十四气。上有九窍八孔[5]，按九宫八卦。四面更无树木遮阴[6]，左右倒有芝兰相衬[7]。盖自开辟以来[8]，每受天真地秀[9]，日精月华[10]，感之既久，遂有灵通之意[11]。内育仙胞，一日迸裂[12]，产一石卵，似圆球样大。因见风，化作一个石猴，五官俱备[13]，四肢皆全[14]。便就学爬学走，拜了四方[15]。目运两道金光，射冲斗府[16]。惊动高天上圣大慈仁者玉皇大天尊玄穹高上帝，驾座金阙云宫灵霄宝殿[17]，聚集仙卿[18]，见有金光焰焰[19]，即命千里眼、顺风耳[20]开南天门[21]观看。二将果奉旨[22]出门外，看的真，听的明。须臾[23]回报道："臣奉旨观听金光之处，乃东胜神洲[24]海东傲来小国之界，有一座花果山，山上有一仙石，石产一卵，见风化一石猴，在那里拜四方，眼运金光，射冲斗府。如今服饵水食[25]，金光将潜息[26]矣。"玉帝垂赐[27]恩慈曰："下方之物，乃天地精华所生，不足为异。"

那猴在山中，却会行走跳跃，食[28]草木，饮涧泉[29]，采山花，觅树果[30]；与狼虫为伴，虎豹为群，獐鹿为友，猕猿为亲；夜宿石崖之下[31]，朝游峰洞之中[32]。真是"山中无甲子，寒尽不知年[33]。"

注释

① 文段节选自《西游记》第一回，题目是编者加的。美猴王：指孙悟空，《西游记》中的主角之一，由一块仙石孕育而生，带领猴子们进入水帘洞而成为众猴之王，尊为"美猴王"。拜菩提祖师为师学艺，取名孙悟空，学会七十二变、筋斗云、长生不老等高超的法术。后保护唐僧西天取经，一路降妖除魔，不怕艰难困苦，历经九九八十一难，最后取得真经修成正果，被封为斗战胜佛。

② 那座山：这里指孙悟空的出生地花果山，位于东胜神洲傲来国。

③ 周天：天球大圆一周，天文学上以天球大圆三百六十度为周天。

④ 政历：历法。

⑤ 九窍（qiào）八孔：是中国古人用来区分人和动物的基本特征之一。"九窍"是人的特点，包括人面部的七窍，两耳、两鼻孔、双眼、一口，加上下体的"水道"（膀胱）和"谷道"（肛门）。由于动物的"水道"和"谷道"为一体，所以加上面部的七个洞，总共只有"八孔"。孙悟空出世的那块石头上有"九窍八孔"，说明了孙悟空既是人，又是动物，也就是我们所说的"妖"。

⑥ 遮阴（zhēyīn）：遮挡阳光。

⑦ 芝兰（zhīlán）相衬（chèn）：形容周围有芝兰陪衬，环境美好。芝兰：芝草和兰草，是两种香草。

⑧ 盖（gài）自开辟以来：自从开天辟地以来。盖：发语词，没有意义，可不翻译。

⑨ 天真地秀：指天地间的灵气。

⑩ 日精月华：太阳和月亮的光华。

⑪ 遂有灵通之意：于是慢慢地就有了灵性和意识。

⑫ 迸裂（bèngliè）：裂开。

⑬ 五官俱（jù）备：所有的器官都有。五官：指耳、眼、鼻、口、身，通常指脸部器官。

⑭ 四肢（sìzhī）皆全：手脚齐全。四肢：指两条腿和两只手臂。

⑮ 四方：东、南、西、北四个方向。

⑯ 目运两道金光，射冲斗府（dòufǔ）：眼中发出两道金色的光芒，直射天空星宿中斗的区域（qūyù）。斗府：天空的一块区域，天空分为28星宿，斗是其中之一，射冲斗府则表示孙悟空眼中的金光直冲云霄（yúnxiāo）。

⑰ 金阙（què）云宫：玉皇大帝统领的天界，由九层云盾（dùn）浮空托起，纵横排布着三十六宫、七十二殿，是神仙们的快乐天堂。灵霄宝殿（língxiāobǎodiàn）：中国神话传说中玉皇大帝的宫殿名，是玉帝面见臣子的地方。

⑱ 仙卿（qīng）：仙界的贵官。

⑲ 金光焰焰（yànyàn）：金光闪闪。焰焰：明亮。

⑳ 千里眼、顺风耳：中国神仙体系中两位有特异功能的神仙，千里眼能够看见千里之外的事物，顺风耳能够听到风传来的任何声音。

㉑ 南天门：中国神话传说中的天宫一共有东、西、南、北四大天门。南天门向南，所以叫“南天门”，同时也是天宫的正门入口，直接通向玉皇大帝的灵霄宝殿，在九重天之上。

㉒ 奉旨（fèng zhǐ）：接受玉皇大帝的命令。

㉓ 须臾（xūyú）：一会儿，表示很短的时间。

㉔ 东胜神洲：佛教四大部洲之一。其他的三部洲是南赡部洲、西牛贺洲、北俱卢洲，后把这四洲泛指人间世界。

㉕ 服饵（fú'ěr）水食：吃了凡间的食物和水。服饵：这里是“吃”的意思。

㉖ 潜息（qiánxī）：渐渐被磨灭消失。

㉗ 垂赐（chuícì）：敬辞，表示对地位高的人物话语权的尊重。

㉘ 食：吃。

㉙ 饮涧（jiàn）泉：喝山中的泉水。

㉚ 觅（mì）树果：找寻树上的果实。

㉛ 夜宿石崖（yá）之下：夜里住在石崖的下面。

㉜ 朝（zhāo）游峰洞之中：早上在洞中游玩。

㉝ 山中无甲子，寒尽不知年：意思是由于深山里面没有历法，二十四节气中小寒、大寒已经过去了，还不知新春即将来临。甲子：中国古代的历法，是用天干和地支的组合来纪年的。

文学常识

1. 章回体小说：分章回讲故事的长篇小说就是章回体小说，是中国古典长篇小说的一种传统形式，由宋元讲史话本发展而来。长篇小说《三国演义》和《水浒传》是它成熟的标志。特点是将全书分为许多章，称为“回”，每一回的标题经常是一个对仗工整的词句，比如《水浒传》第一回“王教头私走延安府　九纹龙大闹史家村”，很好地概括出每一回大概的内容。章回小说一般分成三大类，即历史演义、英雄传奇和神魔怪异。

2.《红楼梦》金陵十二钗

金陵十二钗，是指《红楼梦》中最优秀的十二位女性。金陵是小说中的一个省，也是小说故事的发生地；“钗”指女子，《红楼梦》以十二人为一组把贾府上、中、下三等女子编成正、副、又副三册。在小说第五回中作者完整展示出了林黛玉、薛宝钗、贾元春、贾探春、史湘云、妙玉、贾迎春、贾惜春、王熙凤、贾巧姐、李纨、秦可卿十二位正册女子名单及她们的判词，暗示了她们的结局。

林黛玉：林如海与贾敏的女儿，因为父母先后去世，外祖母贾母可怜她孤独，接来荣国府抚养。她虽然是孤儿，但生性孤傲高洁，感情丰富，内心敏感。她和贾宝玉有着共同的理想和志趣，既是爱人也是知己，但这样的爱情却得不到家长和世人认可，林黛玉最后伤心泪尽而死。

薛宝钗：薛姨妈的女儿，出生富商之家。她容貌美丽，举止端庄娴雅，有那个时代女性最标准的品德。在贾母、王夫人等人的安排下，贾宝玉不得已娶了薛宝钗。因为两人没有共同的理想与志趣，贾宝玉无法忘怀林黛玉，婚后不久便出家当和尚去了，薛宝钗只好一个人孤独生活到老。

贾元春：贾政与王夫人的大女儿。作为贾宝玉的大姐，在贾宝玉三四岁时，就已教他读书识字，两人虽是姐弟，感情却像母子。后来因为贤孝才德，选入皇宫作女官。不久，封凤藻宫尚书，加封贤德妃，最后突然生重病而死。

贾探春：贾政与妾（qiè）赵姨娘的女儿，在贾府排行第三。她机灵聪明，办事能力强，有心机，遇到问题能自己做决定，连王夫人与凤姐都让她几分，有“玫瑰花”的外号，最后远嫁他乡。

史湘云：是贾母的侄孙女。虽然出生在富贵人家，但她从小父母都死了，由叔父抚养，而婶婶对她并不好。在叔叔家，她一点儿也做不得主，而且经常要做针线活做到半夜。她心直口快，开朗豪爽，从来没有把儿女私情放在心上。后嫁给卫若兰，婚后不久，丈夫就生病而死。

妙玉：苏州人氏，是一个带发修行的尼姑。她原是仕宦人家的小姐，因为从小多病，出家做了尼姑，一直带发修行。贾府建造大观园，妙玉住进了贾府的栊翠庵。她美丽聪明，心性高洁。贾府败落后，她被人用迷魂香闷倒奸污，劫持而去。

贾迎春：贾赦与妾所生的女儿，贾府二小姐。她老实无能，懦弱怕事，有“二木头”的外号。她父亲贾赦欠了孙家五千两银子没钱还，就把她嫁给孙家，实际上是拿她抵债。出嫁后不久，她就被丈夫虐待（nüèdài）而死。

贾惜春：贾珍的妹妹。因为父亲贾敬对什么事都不关心，一心想修道成仙，母亲又早死，她一直在荣国府贾母身边长大。由于缺乏父母的爱，养成了孤僻冷漠的性格，心冷嘴冷。最后出家做了尼姑。

王熙凤：贾琏之妻，王夫人的内侄女。她聪明能干，深得贾母和王夫人的信任并成为贾府的实际大管家。她贪婪无度，心狠手辣。最后贾琏休掉了王熙凤，她在狱中生病，无人照顾而死。

贾巧姐：贾琏与王熙凤的女儿。因生在七月初七，刘姥姥给她取名为“巧姐”。王熙凤死后，舅舅王仁和贾环要把她卖掉，被刘姥姥救下来，跟随刘姥姥去了乡下，做了村妇。

李纨：贾宝玉的哥哥贾珠的妻子，贾珠早死，只给她留下一个儿子。贾珠死后，李纨便过着心如死灰的日子，侍奉公婆，培养儿子贾兰。她是个小心恭顺地遵守封建礼法的贤女节妇的典型。

秦可卿：贾蓉的妻子，她是营缮司郎中秦邦业从养生堂抱养的女儿。她体态轻盈柔美，性格风流，做事又温柔和平，深得贾母等人的欢心。但公公贾珍与她关系暧昧（àimèi），致使她年纪轻轻就死了。

3.《水浒传》主要人物及绰号

宋江——及时雨（别人遇到困难，能及时帮助，舍得花钱。）

鲁智深——花和尚（出家做和尚，身上又有花样刺青，所以叫花和尚，喝酒吃肉，看到别人被欺负就出手相救，出家戒律一点儿都不遵守。）

林冲——豹子头（东京八十万禁军教头，虎豹的头领，武艺高强，为人仗义，非常勇猛。）

武松——行者（因为杀人，为躲避官府捉拿，改扮为和尚中的行者的样子，所以叫“行者”。）

李逵——黑旋风（一身皮肤黑得像炭，双斧舞开像一阵旋风。）

吴用——智多星（聪明智慧，计谋办法多。）

4.《三国演义》最精辟的几句话

(1)“人中吕布，马中赤兔。”

人才就像吕布，马就像三国名马赤兔，比喻非常出众的人才。

(2)“鞠躬尽瘁，死而后已。”（诸葛亮语）

指做事勤勤恳恳，尽心尽力，到死才停止。

(3)“既生瑜，何生亮?”(周瑜语，与历史不符)

“既然有我周瑜在世，为什么还要有一个诸葛亮呢?”是周瑜对自己的才华比不过诸葛亮的一种叹息。

(4)“生子当如孙仲谋。”(曹操语)

生儿子应当像孙权那样。

(5)“天下英雄，惟使君与操耳!”(曹操语)

世界上能称得上英雄的，只有您（刘备）和我曹操了。

(6)“治世之能臣，乱世之奸雄。”(许邵评曹操语)

如果国家稳定和平，你（指曹操）就是一个辅佐君主的有才能的臣子，如果国家动荡不安，你就是一个奸诈、狡猾的英雄。

(7)“子龙一身都是胆也。”(刘备语)

赵子龙一身都是胆，勇敢无畏。

(8)“内事不决问张昭，外事不决问周瑜。”(孙策语)

内政的事情无法做出决定，就请教张昭；对外的事情无法做出决定，就请教周瑜。

文化常识

1. 天干地支

天干：甲（jiǎ）、乙（yǐ）、丙（bǐng）、丁（dīng）、戊（wù）、己（jǐ）、庚（gēng）、辛（xīn）、壬（rén）、癸（guǐ）

地支：子（zǐ）、丑（chǒu）、寅（yín）、卯（mǎo）、辰（chén）、巳（sì）、午（wǔ）、未（wèi）、申（shēn）、酉（yǒu）、戌（xū）、亥（hài）

中国古时用十二地支计时：

古时	今时	古时	今时
子时	23:00—00:59	丑时	1:00—2:59
寅时	3:00—4:59	卯时	5:00—6:59
辰时	7:00—8:59	巳时	9:00—10:59
午时	11:00—12:59	未时	13:00—14:59
申时	15:00—16:59	酉时	17:00—18:59
戌时	19:00—20:59	亥时	21:00—22:59

2. 古代的更

古代的更是按时间算的。

19:00—21:00为一更，21:00—23:00为二更，23:00—01:00为三更，01:00—03:00为四更，03:00—05:00为五更。

后 记

现实需要是最好的研究动力，也是最好的生产催化剂。本教材的编写初衷源于对外汉语教学中的实际需要。编者从2005年开始教授东盟国家来华汉语专业本科留学生的中国文学课程。在选用教材时发现，当时国内这方面的教材很少。即使现有的一些教材，相对于编者所在学校的留学生汉语水平来说，也是偏难偏深，不太合适。因此编者只能自己找资料编写讲义，发给学生使用。过程艰难辛苦，工作量很大。在接下来的十几年的实际教学中，编者根据教学实践和学生的反馈，不断修改讲义，编成书稿。一边教学一边修改，在数次修改后，才成形了这本教材。

教材的三位编者都是长期从事对外汉语教学的一线教师，有扎实的专业基础和丰富的教学经验。教材编写过程中充分考虑到了中国文学学科的科学性和对外汉语教学的特性以及学习者的实际水平，考虑到留学生学情的巨大差异，教材的设置以讲为单位，每一讲选录数量不等的几篇作品，每篇作品后都设计有练习，方便学习者根据实际情况灵活使用。编者对作品的选择、作品的注释、作品的翻译、练习的设计等，都反复斟酌，力图既保持中国古代文学的学科特点，又能反映出对汉语教学的特殊性、实用性和针对性。

在教材的编写中，主编张群芳负责教材整体框架、体例的确定，负责教材的作品选录、作品注释、作品翻译、文学理解、鉴赏的练习编写，负责第十讲到第二十讲的字词句的练习编写以及大部分的文学文化常识等内容的编写，负责书稿的审查、修改及最终定稿。副主编桂春芳负责第一讲到第九讲字词练习、部分古文作品的翻译及文化常识的编写及书稿的校订；唐文成专门负责书稿的校订。

广西民族大学教务处非常重视学校的教材建设，多年以来一直持续并专门划拨经费支持教材建设，大大推动了学校教育教学改革与高质量发展。本教材是学校教务处支持无数教师开展教材研究与建设一个小小的个案。学院与教师是一个协同发展的整体，国际教育学院领导和系部非常关注和支持教师的科研工作，学院周艳鲜院长多次打电话关注教材编写进度、出版经费的落实情况等，汉语国际教育系蒲春春主任也一直关注本教材的建设，在教材的编写，出版经费的申请等方面给予了大力的支持和帮助。诸此种种，即使万言，也难以表达编者的感激之情。

对外汉语的教材建设、教育教学研究永无止境。唯有不断潜心前行，方不负学校、学院的支持与扶助，不负教育的初心。